DIE FRANZÖSIN

Buch

Charlotte, eine junge Französin, wird 1944 in Marseille von deutschen Soldaten gefangen genommen und gelangt auf Umwegen als Zwangsarbeiterin ins berüchtigte „Werk Tanne" nach Clausthal-Zellerfeld. Fred, ihr deutscher Verlobter, wird zur Wehrmacht eingezogen und landet an der Normandie-Küste im Stützpunkt („Widerstandsnest") Pointe du Hoc. Er erlebt die Schlacht des D-Day mit und desertiert. Im Mittelpunkt der Handlung steht die NS-Munitionsfabrik „Werk Tanne" in Clausthal-Zellerfeld, seit Jahrzehnten leerstehende Ruinen, sogenannte *lost places:* verlassene Orte, verfallene Gebäude mit einer schaurigen Vorgeschichte.

Als im Jahr 1998 auf dem mit Sprengstoff verseuchten Werksgelände ein Toter gefunden wird, kehren die dunklen Schatten der NS-Herrschaft in den Harz zurück.

Autorin

Barbara Ehrt lebt im Harz, sie ist Mitglied im Freien Deutschen Autorenverband (FDA) und im Verband Deutscher Schriftsteller (VS-Verdi)

Weitere Veröffentlichungen

Die Harzfrau ISBN: 9783750411616
Der Venediger ISBN: 978375930314
Die Tote im alten Schacht ISBN: 9783751935135
Skurriles zwischen Himmel und Harz (E-Book)
ISBN: 978-3-7380-9530-2
Das Herz des Kaisers
Eine kleine Geschichte des Harzes
Ein zwölfter Kaiser im Huldigungssaal?
(Unser Harz, 2014)
Die Kapelle St. Ulrich in der Goslar Pfalz
(Unser Harz, 2019)

BARBARA EHRT

DIE FRANZÖSIN

ROMAN

© Barbara Ehrt

behrt@t-online.de

Goslar, 2021

Herstellung und Verlag:

BoD – Books on Demand, Norderstedt

https://www.bod.de

Satz und Umschlaggestaltung: ehrt art&design

Bibliografische Information der Deutschen Nationalbibliothek Die Deutsche Natinalbibliothek verzeichnet diese Publikation in der Deutschen Nationalbibliografie; detaillierte bibliografische Daten sind im Internet über http://dnb.ddb.de abrufbar

ISBN: 9783755741381

...dein goldenes Haar Margarete,
dein aschenes Haar Sulamith...
Todesfuge, Paul Celan

1

Clausthal-Zellerfeld, Juni 1998

An einem warmen Tag im Juni zwängten sich zwei Spaziergängerinnen durch ein Loch in einem drei Meter hohen Maschendrahtzaun, der mit Stacheldrahtaufsetzern versehen war. Die Umzäunung schirmte die Ruinen einer ehemaligen Munitionsfabrik ab, die während der NS-Zeit Sprengstoff produziert hatte. Der Zutritt zu dem über 100 Hektar großen Grundstück war verboten und die beiden Frauen mussten sich die Stelle mit dem Schlupfloch gut einprägen, um den Fluchtweg zu finden, falls eine Kontrolle kam.

Man konnte sich auf dem unübersichtlichen Gelände leicht verirren und es war nicht ungefährlich. Unter den über hundert halbeingestürzten Fabrikhallen, die in den Jahrzehnten des Leerstands unter wucherndem Gestrüpp verschwunden waren, gab es Hohlräume und Löcher. Den Frauen war ein wenig unbehaglich zumute.

„Los komm, da drüben ist die gepflasterte Straße, die verläuft einmal ums ganze Werk herum und dort hinten stehen die meisten Gebäude. Was ist, hast du Angst?" Die ältere der beiden, eine dunkelhaarige, schlanke Frau, sah sie ablehnend an. „Ich mach da lieber nicht mit!" Das sportlich aussehende, junge Mädchen mit Kurzhaarschnitt in Jeans und Männerhemd, versuchte sie zu beschwichtigen.

„Ach, das sind doch nur leere Fabrikhallen, wir gehen ein paar Meter und dann kehren wir um. Wovor solltest du dich fürchten, die Hitlerzeit liegt doch weit zurück!" Ein unschuldiger blauer Himmel kolorierte die Mauerfragmente einer Vergangenheit, in der Morden und Töten zum normalen Alltag gehört hatte. „Sieh mal da, die erste Halle!"

Die Mitvierzigerin ging zögerlich weiter, vor einer Ruine blieben sie stehen. Beide machten ein paar Fotos. „Komisch, ich wusste überhaupt nicht, dass es hier so etwas gibt."

Die ältere der beiden hatte das Gelände zum ersten Mal betreten, die Jüngere kannte sich aus und genoss sichtlich die spannende Durchführung einer Zuwiderhandlung.

„Die Clausthaler möchten die Zeugnisse ihrer unrühmlichen Vergangenheit am liebsten vergessen. Es gibt noch nicht mal eine Gedenktafel, aber ich habe einen Lehrer, der macht mit uns Projektarbeit zum Dritten Reich und ich habe sogar ein Referat über das Werk `Tanne´ gehalten!"

„Und die Leute hier haben davon nichts gewusst?"

„Doch, na klar, das war ein großes Fabrikgelände, da haben auch viele Leute aus Clausthal gearbeitet, nicht nur die Zwangsarbeiter. Aber für die gefährlichen Sachen wurden immer die Russen und Polen oder andere Ausländer eingesetzt. Mit denen ist man nicht zimperlich gewesen und alle haben das mitgekriegt, obwohl sie jetzt so tun, als hätte es keiner gewusst."

„Und woher weißt du das alles?"

„Na, sag ich doch, der Lehrer! Und jetzt, man stelle sich vor, sind sogar zwei Bücher zu diesem Thema erschienen. Deshalb wollte ich doch unbedingt hierher! Ich hab mir beide gekauft, also, wenn du sie dir ausleihen möchtest?"

Inzwischen standen sie im Schatten einer besonders schaurig aussehenden, großen Werkshalle und tauschten ihre Kommentare nur noch flüsternd aus. Zögernd wagten sie sich bis an den Eingang heran, denn ein Teil der Halle war bereits unter der Last großer Fichten und Birken auf dem Dach eingesunken. Sie fotografierten eifrig die zerborstenen Fensterrahmen, die halb ausgehängten Türen und die mit Bäumen bewachsenen, pittoresken Dächer aus Stahlbeton.

„Und was wurde hier produziert?"

Ihre Frage riss die Jüngere aus düsteren Überlegungen.

„Na, Sprengstoff, ach, wie heißt der bloß, ein ganz seltsamer Name..."

„Nitroglycerin?" „Nein, äh, ich hab´s gleich, TNT, also Moment: Trinitrotoluol, genauso steht´s in den Büchern!"

„Wie heißt das: Tri- Trini... noch nie gehört. Und wozu sollte das sein?"

„Für Bomben, Tellerminen, Granaten, Munition, ach, sogar die Füllung für Hitlers V1-Raketen sollte hier hergestellt werden."

„Hat es da nicht dauernd geknallt, Sprengstoff ist doch hochexplosiv!"

„Soweit ich weiß, wurden deshalb alle Produktionshallen doppelwandig gebaut, eine Wand aus Beton und eine aus Backstein, falls die eine weg krachte, konnte die andere immer noch das Dach stützen. Und es gab immer eine zweite Ersatzhalle, falls eine in die Luft flog, ging´s in der anderen weiter. Und alles schön in sicherem Abstand."

„Wie lange ist das her, dass die das alles gebaut haben?"

„Ich glaube, schon vor dem Krieg war alles fertig. Ich weiß das nur, weil ich das Referat gehalten hab. Du musst dir vorstellen, Werk `Tanne´ war eine gut funktionierende Industriestadt. Es gab Bürogebäude, Werkshallen, Pumpmaschinen, einen Güterbahnhof, Lokschuppen, Tischlereien, Aufenthaltsräume, Bunker, Tunnel und sogar unterirdische Labore. Ach ja, und der Zaun war elektrisch!"

Sie schüttelte sich.

„Aber jetzt doch wohl nicht mehr?"

„Nee, natürlich nicht, dann wären wir doch schon tot umgefallen. Etliche Gebäude sind gleich nach Kriegsende von der Militärregierung weggesprengt worden und sämtliches Inventar, also zum Beispiel gusseiserne Kessel, Maschinenteile, Elektrokabel, wurde beschlagnahmt und als Reparationsgüter gen Osten oder Süden verschoben. Clausthal stand zuerst unter amerikanischer und dann unter britischer Militärverwaltung. Hitler hat schon vor dem Krieg, als er noch behauptet hat, er wolle den Weltfrieden, da hat er schon mehrere Munitionsfabriken errichten lassen, die werden in dem einen Buch „Schläferwerke" genannt, die sollten bei Kriegsbeginn sofort voll einsatzfähig sein. In den abgelegenen Wäldern des Harzes konnte man solche Einrichtungen gut versteckt halten. Im Krieg gegen Russland und Polen haben sie dann die Leute weggefangen und in der Rüstungsindustrie schuften lassen."

Sie schwiegen eine Weile.

„Warum stehen überall Bäume auf den Dächern?"

„Die hat man schon 1939 angepflanzt, damit die Hallen von oben nicht zu sehen waren."

„Und es gibt nirgendwo Tafeln mit Erläuterungen?"

„Nein, das Betreten des Geländes ist ja nicht erlaubt, wegen der Einsturzgefahr und hier liegt immer noch das ganze Gift in der Erde."

Zwischen den umgestürzten Betonbrocken einer riesigen Werkshalle stand ein verlassener weißer Campingstuhl aus Plastik, daneben ein verrosteter Grill.

„Wer hat denn hier gegrillt?"

„Das stammt vielleicht noch von den Leuten, die nach dem Krieg hier gewohnt haben. Als man noch nicht wusste, wie verseucht der Boden ist, da wurden die Häuser vermietet und einige Gebäude als Abstellräume genutzt. Jetzt ist das alles Sperrgebiet."

Die jüngere schaute ihre ältere Begleiterin besorgt an. „Ich hoffe, ich hab dir nicht den Tag verdorben?" „Nein, das nicht, aber lass uns langsam zurückgehen, ich finde es hier unheimlich, man hört nicht mal die Vögel zwitschern. Das ist ein Ort mit schlechten Schwingungen, genauso gespenstisch wie diese alten Inka-Städte, wo der Urwald alles zugewuchert hat."

Wie bei allen als „lost places" bezeichneten Orten hatte die Natur sich auch das Werk „Tanne" zurückerobert. Gebüsch, Gestrüpp und umgestürzte Baumstämme versperrten den Weg, Fichten mit kahlen, dürren Stämmen waren in die Höhe geschossen und auf dem Kopfsteinpflaster der ehemaligen Zufahrtsstraße hatte sich eine schmierige, grüne Haut aus Moos gebildet.

„Die bewachsenen Dächer sind wirklich kurios. Wie lange

wird es wohl dauern, bis die irgendwann unter dem Gewicht des Holzes zusammenbrechen?"

„Keine Ahnung, aber sieh mal, da drüben, das ist doch nicht aus der Kriegszeit, oder? Türen stehen offen, Scheiben kaputt."

Durch eine eingestürzte Wand waren Personaltoiletten mit Waschbecken, Duschen und gelbbraun gemusterten Wandfliesen zu sehen. Daneben befand sich eine Garage mit abgebrochenem Tor.

„Da liegt Maschendraht, der sieht ganz neu aus!" Zu irgendeinem Zweck lagen zwei ungebrauchte, dicke Rollen von grünem Zaundraht in einer Ecke, vielleicht wurden damit die Löcher ausgebessert, die immer wieder von Schaulustigen aufgeschnitten wurden, um das Gelände zu betreten. An der Decke baumelte ein verrosteter Flaschenzug, eine Eisenstange stand angelehnt im Türrahmen, alte Stromkabel hingen aus der Wand.

Neugierig näherten sie sich einer riesigen Werkshalle, deren Eisentore ausgehängt waren, wagten aber nicht, einzutreten, denn das Innere der Halle lag in einem unheimlichen Halbdunkel verborgen. Die beiden Frauen bemerkten nicht, dass sie schon eine Weile beobachtet wurden. In der Werkshalle wartete jemand darauf, dass die Eindringlinge endlich verschwanden.

„Ach, komm, weg hier! Ich hab Angst, dass irgendwas einstürzt! Außerdem stinkt es nach Schwefel." Die ältere der beiden Frauen fühlte sich nicht wohl, sie zog die andere am Ärmel mit sich. Die Person in der Werkshalle atmete erleichtert auf.

Die Jüngere blieb gleich wieder stehen, sie bewunderte ein Gebäude, das von einer noch immer dekorativen Trockenmauer aus Natursteinen umgeben war.

„Sieht aus wie die ehemalige Verwaltung. Die haben sich richtig Mühe gegeben, nach außen hin einen harmlosen Eindruck zu machen. War bestimmt im Krieg ein Superjob, hier in der Verwaltung zu arbeiten! Und die armen Zwangsarbeiter mussten malochen." „Haben die auch hier gewohnt?"

„Nein, in Lagern in der Umgebung. Sie wurden streng bewacht und jeden Tag hierher gebracht."

„Wie schrecklich! Ob die Geister dieser Menschen hier noch sind?"

„Meine Güte, du kommst auf Ideen!"

„Ich würde gern nochmal zurückgehen, die große Halle hat´s mir angetan, los, komm."

„Nein, ich bleibe hier!" Die Ältere blieb verärgert stehen, konnte aber die Mutigere nicht davon abbringen, zurückzugehen.

Die Person in der Halle überlegte fieberhaft, wie man sie daran hindern konnte, das Gebäude zu betreten.

Die Ältere schrie auf, lief hinter der Freundin her und umklammerte deren Arm.

„Hörst du das?"

Sie lauschten angestrengt, von irgendwoher war ein Klopfen zu vernehmen, doch es war schwer auszumachen, ob es aus der Werkshalle kam, deren Seitenwände noch intakt waren. Überdeutlich war es jetzt zu hören, Metall auf Stein. Unwillkürlich senkten sie die Stimmen, die Ältere flüsterte aggressiv:

„Du mit deinen Einfällen, ich wollte überhaupt nicht hierher! Sind wir noch weit vom Zaunloch entfernt?"

„Ich denke schon."

„Oh Gott, da, da war es wieder! Ich glaube, es kommt direkt da drüben aus der Halle!"

„Sollen wir mal reingehen und nachsehen?"

„Nein, bist du verrückt! Lass uns ganz schnell zum Zaun zurück laufen, es fängt langsam an, dunkel zu werden und der Regen wird stärker!"

„Aber wenn das ein Hilferuf ist?"

„Du kannst ja später die Polizei anrufen, ich bleibe erst wieder stehen, wenn wir draußen sind!"

Sie packte die jüngere, zog sie weiter und beide kehrten auf den Hauptweg zurück. Es war inzwischen so dämmrig geworden, dass die Umrisse im nachlassenden Licht verschwanden. Sie rannten los, kletterten über umgestürzte Bäume, stolperten über Betonreste, versanken in feuchten Mooskissen und zwischen tropfenden Farnwedeln, bis sie endlich ganz durchnässt den Zaun erreicht hatten. Außer Atem schlüpften sie durch die Öffnung und hasteten zum Auto, dass am Pfauenteich geparkt war, an der Stelle, wo man die Toten begrub.

„Warte, warte, fahr noch nicht los, wenn doch.. also, ich finde, wir sollten etwas tun!"

Nach kurzer Beratung beschlossen sie, zu einer Telefonzelle zu fahren. Im Zentrum von Clausthal angelangt, wählte die jüngere den Notruf der Polizei, beschrieb kurz das Erlebte und beendete dann rasch das Gespräch.

„Du, ich hab ein ganz schlechtes Gewissen, hätten wir nicht wenigstens mal nachsehen sollen?"

Die Ältere blieb stur.

„Ach, sei still, wir sind Frauen! Niemand kann von uns verlangen, dass wir die Heldinnen spielen! Lass uns abhauen, sonst kriegen die uns noch wegen Hausfriedensbruchs dran!"

Der vielversprechende Ausflug endete mit einem Missklang.

Zwei Tage später

„Hast du schon gehört, was passiert ist?" Die dickliche kleine Frau in engen Jeans zerrte an der Leine ihres strubbeligen, kleinen Mischlingshundes und schob sich dichter an eine Frau im grellbunten Fitnessdress heran, die ihre Dehnübungen unterbrach, um den neuesten Klatsch zu erfahren.

„Nee, was denn?"

„Man hat einen Toten gefunden, da oben im Werk „Tanne"!"

„Wirklich? Das ist ja gruselig, Unfall oder Mord?"

„Mord, aber ich habe das nur zufällig aufgeschnappt, als mein Sohn telefoniert hat. Der ist ja beim THW und kriegt so einiges mit." „Ist das Technische Hilfswerk denn immer noch auf dem Werksgelände?"

„Klar, sie dürfen da ihre Sachen unterstellen, Fahrzeuge, Material und so. Manchmal wird da auch gefeiert, hört ja keiner, wenn da die Sau raus gelassen wird." Die Hundebesitzerin stieß ein rauchiges Lachen aus senkte ihre tiefe Stimme. „Sie wissen aber nicht, wer der Tote ist. Vielleicht einer von diesen okkulten Satanisten, die gern in dunklen Ruinen herumspuken, die schneiden da immer Löcher in den Zaun und schon sind sie drin. Eigentlich ist es doch verboten, aber so ein riesiges Gebiet kann ja keiner kontrollieren."

„Was genau ist denn passiert?"

Die verschwitzte Joggerin hatte ihre Dehnübungen wieder aufgenommen, streckte sich nach allen Seiten und trippelte dann sportlich mit den Füßen auf der Stelle.

„Es ging wohl ein Anruf bei der Polizei ein, gestern Abend, aber da war der schon tot."

„Wer?" „Keine Ahnung, irgendein Mann eben, mehr weiß ich auch nicht."

2

Der Ermittler aus Braunschweig war froh, dass ihn ab morgen ein erfahrener, älterer Kollege unterstützen würde, er sah schon die Zeitungsmeldungen vor sich: `Hitlers Munitionsfabrik im Harz als Mord-Kulisse´. Der Druck der Öffentlichkeit bei einem so makabren Mordfall würde groß sein, zu groß, um im Alleingang vorzugehen.

Wenn es sich allerdings um einfach zu klärende Fälle handelte, war Mark ein bekennender Einzelgänger. Er fluchte leise, denn fast wäre er ausgerutscht und in der Dunkelheit hingefallen.

Mit eingezogenem Kopf folgte er einem Beamten aus Clausthal-Zellerfeld, dessen Stablampe das glitschige Kopfsteinpflaster der ehemaligen Werksstraße im Werk „Tanne" beleuchtete. Marks Laune war genauso schlecht wie die Sicht mitten in der regnerischen Nacht. Bald mussten sie den immerhin festen Boden der Straße verlassen und sich zwischen Gebüsch und nasser Erde hindurch kämpfen, bei Nieselregen von oben und Matsch von unten. In einigen Metern Entfernung winkte ein anderer Polizist aufgeregt mit einer Lampe, um ihnen die Richtung anzuzeigen.

Mark schickte den ersten Beamten zurück zum Eingangstor und verharrte einen Moment im Halbdunkel, um die beiden Männer von der Spurensicherung zu beobachten, die den von Scheinwerfern hell beleuchteten Tatort untersuchten. Das Gebrumm des Generators war das einzige Geräusch in der Stille des dunklen Waldes. Marks Haare und T-Shirt fühlten sich sehr feucht an, er wandte sich dem Kollegen mit der Taschenlampe zu. „Na, was ist passiert? Haben Sie den Toten gefunden?"

Der ebenfalls durchnässte Polizist holte redselig aus. „Nö, das nicht, jedenfalls nicht sofort, also, ich wollte gerade Feierabend machen, da kam der Anruf, eine weibliche Person, sie hätte auf dem Gelände der Rüstungsfabrik ein Klopfen gehört. Ist immer dasselbe, die Leute müssen auf dem Gelände herumspuken, obwohl sie wissen, dass es verboten ist. Na, die Frau befürchtete wohl, da könne ein Notfall dahinter stecken und wollte nicht verantwortlich sein, wenn es da einen Unfall gäbe, und vielleicht würde die Person, die geklopft hat, ja auch Hilfe brauchen. Da fragt man sich doch, ob die Frau den nicht selber umgelegt hat? Sie hat versucht, die Stelle zu beschreiben, wo er liegt, aber Sie sehen ja selbst, das war völlig sinnlos, es gibt hier so viele Hallen. Also habe ich den Roy mitgenommen und bin los.“

„Wer ist Roy?“

„Na, unser Spürhund, also eigentlich hab ich ihn selber ausgebildet, wir haben ja hier oben keine Hundestaffel. Aber wie soll man denn im Dunkeln einen Ort finden, den keiner richtig beschreiben kann? Außerdem ist es gefährlich, die alten Bunkeranlagen sind brüchig, da fällt man rein und ist weg!“

„Und da haben Sie ihn dann entdeckt, den Toten?“

„Ja, Roy ist immer aufgeregter geworden und hat mich trotz des Regens in genau diese Halle geführt!“

Der Beamte schwieg und sah Mark Lob heischend an, doch der überlegte gerade, dass er sich robuste Schuhe kaufen müsste.

„Also, der Tote, der Anblick, das hat einen ziemlich umgehauen, werden Sie ja gleich sehen. Habe aber nichts angefasst, da brauchte nicht überprüft zu werden, ob der noch lebt, bei dem Zustand, hab´ dann über Funk alles weitergegeben.“

Ratlos senkte er den Kopf.

„Ausgerechnet heute, wo unser Kommissariatsleiter mal einen Tag frei gehabt hat! Ist doch sonst nichts los hier oben, mal ein Einbruch oder eine Schlägerei, wir haben wenig mit Mord zu tun, eigentlich gar nichts.“

Mark suchte die Decke des Gebäudes nach Rissen ab.

„Besteht hier eigentlich Einsturzgefahr?" Er drängte sich, ohne die Antwort abzuwarten, an dem Mann vorbei.

Auf einem länglichen Betonklotz lag ein Toter, dessen Beine rechts und links mit Steinen daran gehindert wurden, seitlich wegzurutschen, die Arme hingen schlaff herab, das Gesicht oder was davon übrig war, hatte jemand mit einem Stück Stoff zugedeckt. Mark trat einen Schritt vor und schrak entsetzt zurück. Der ganze Körper war schwärzlich verkohlt. Ärgerlich fuhr ihn einer der Kollegen von der Spurensicherung an.

„Mensch, Vorsicht, bleib doch stehen, wir sind noch nicht so weit! Der Boden ist ganz aufgeweicht, du legst hier neue Spuren. Der Beamte mit seinem Hund hat schon das wenige an Spuren zermatscht, das es wegen des Regens sowieso kaum noch gibt."

Mark blickte verlegen auf seine Füße.

„Wie lange braucht ihr noch?"

Undeutlich kam es unter dem Mundschutz hervor.

„Halbe Stunde. Die Säure hat alles zerfressen." „Säure? Keine Verbrennungen?"

„Nein, Schwefelsäure, die Verätzungen sehen ähnlich aus wie Verbrennungen."

Mark wich vorsichtig einen Meter zurück und bemühte sich, Leiche, Fundort, Haltung, jedes Detail genauestens einzuprägen. Dabei schrieb er im Geist schon an seinem Bericht: wahrscheinlich männliche Leiche, ca. 1,80 groß, schlank, große Teile des Körpers wohl mit Säure übergossen, genaues Alter bisher unbekannt. Jemand hatte dem Toten ein Tüchlein oder einen Stofffetzen aufs Gesicht gelegt, ein Ritual? Man hörte ja so einiges über den Harz, Hexenwahn, alte Kultstätten…

Sollte er es mit einem Ritualmord zu tun haben, musste er unbedingt den Kriminalhistoriker aus Hannover hinzuziehen, der sich mit alten Bräuchen auskannte. Die Stimme des Kollegen von der Spurensicherung holte ihn in die Gegenwart zurück. In seinem weißen Overall stand er dicht vor ihm, hatte den Mundschutz abgestreift und starrte ihn schlecht gelaunt an.

„Man hat ihm erst nach dem Tod die Kehle durchgeschnitten, dann ist er so langsam ausgeblutet und dann kam post mortem die Säure. Im Mund ist so ein schwacher Geruch nach Bittermandeln, wie gesagt, nur sehr schwach, wegen der stinkenden Säure kaum wahrnehmbar, das könnte, ich sage: könnte, auf Zyanid hindeuten. Hier, wirf mal einen Blick aufs Gesicht oder was davon noch übrig ist."

Vorsichtig hob er das schwärzlich verklebte Tuch mit einer Pinzette an und wartete lauernd auf die entsetzte Reaktion des Kollegen. Mark drehte sich sofort wieder weg. „Mein Gott, warum macht man denn sowas?" Der Rechtsmediziner lachte bissig. „Vermutlich, damit ihr auch was zu tun habt, die Identifizierung könnte schwierig werden." Die Verätzungen ließen kaum mehr Rückschlüsse auf das Aussehen der Person zu, die zerstörten Lippen gaben den Blick frei auf ein vergilbtes Gebiss. Mark verwünschte schon jetzt den Moment, in dem er sich das unbekleidete Opfer auf dem Seziertisch würde ansehen müssen.

Am nächsten Abend saß er allein in einer Clausthaler Kneipe. Er brauchte vor dem Einschlafen noch einen Absakker, die Auseinandersetzungen mit dem Gerichtsmediziner, den Kollegen der Oberharzer Polizeiwache und vermeintlichen Zeugen, die überhaupt nichts gesehen und gehört hatten, war anstrengend und erfolglos gewesen. Die einzige echte Zeugin, die Anruferin, konnte nicht ermittelt werden. Nach zahlreichen Telefonaten mit Vorgesetzten in halb Niedersachsen waren sie jetzt offiziell für den Fall zuständig, er und ein Kollege. Der Verdacht auf eine Blausäurevergiftung als Todesursache hatte sich bestätigt, viel mehr wussten sie nicht.

Mark kam sich in der Kneipe ziemlich verloren vor, um ihn herum wurde gelacht und geschwatzt, alle schienen sich zu kennen, nur er saß allein am Tisch. Als würden ihn die anderen Gäste gar nicht interessieren, richtete er seine Aufmerksamkeit auf den perlenden Schaum in seinem Bierglas und dachte an den Tatort. Schwefelsäure. Warum hatte man den Körper des Mannes mit Säure zerstört und die entstellten Züge danach mit einem Tüchlein abgedeckt? Mark schüttelte sich, nein, er würde nur ungern in die NS-Vergangenheit eintauchen wollen, eine Beziehungstat mit dem Versuch, eine falsche Spur zu legen, wäre ihm lieber.

Sein Kollege Rolf, ein älterer Ermittlungsbeamter aus Braunschweig, der kurz vor seiner Pensionierung stand, hielt es auch für sehr unwahrscheinlich, dass die Tat mit der Clausthaler Nazi-Vergangenheit in einem Zusammenhang stand, er riet dringend zur Vorsicht mit Spekulationen. Rolf war am Morgen eingetroffen und sie hatten sich gemeinsam am Tatort umgesehen, anschließend hatten sie in der Mensa zu Mittag gegessen und sich später in der Oberharzer Polizeiwache mit den anderen Beamten ausgetauscht. Am Abend hatte der Kollege leider kein Interesse gezeigt, noch auf ein Bier mit in die Kneipe zu gehen.

Mark setzte seine Grübeleien fort. Der Mann war also zuerst mit Zyanid vergiftet worden, jedenfalls befand sich eine zerbissene Kapsel in seinem Mund, alles Weitere, die Verätzungen und der Kehlkopfschnitt, wurden ihm erst nach Eintritt des Todes zugefügt. Hatte er das Gift freiwillig genommen? Ganz bestimmt hatte er sich danach nicht den Kehlkopf durchtrennt und mit Säure überschüttet. Wollte jemand durch den Schnitt und die Säure falsche Spuren legen? Oder hatte der Täter bezweifelt, dass der Mann wirklich tot war und wollte sein Werk vollenden? Jedenfalls würden sie einige Zeit mit dem Fall zu tun haben.

Er nahm einen großen Schluck aus dem Bierglas, entfernte mit dem Handrücken den Schaum von der Oberlippe und lehnte sich zurück. Wäre schön, wenn man die Ermittlungsarbeit durch einen netten Flirt aufhellen könnte. Er blickte sich unauffällig in dem schummrigen Lokal um. An der Theke aus dunkelbraunem Holz unterhielten sich zwei viel zu junge Mädchen, sonst saßen nur Männer an den Tischen. Es war allseits bekannt, dass an der Technischen Universität in Clausthal ein großer Männerüberschuss herrschte, Studienfächer wie Bergbau, Hüttenwesen und Maschinenbau zogen nun mal eher männliche Bewerber an. Und die kamen sogar aus chinesischen, arabischen und afrikanischen Ländern, hoppla, wäre das eventuell auch eine Spur, Eifersucht, rassistisch motivierte Rache?

Als er sich gerade mit der Identität des Toten befassen wollte, betrat eine Frau das Lokal. Sie ließ den Regenschirm zuschnappen und sah sich suchend um. Mark blieb die Luft weg. Sie war ziemlich groß, trug knallenge schwarze Hosen und unter ihrem ebenso engen, vom Regen durchnässten T-Shirt zeichneten sich, schön füllig und groß, ihre Brüste ab, das pechschwarze Haar trug sie straff zurückgekämmt.

Die Frau fiel nicht nur ihm auf, das erkannte er an den Blicken anderer Männer, meistens Studenten, die sich plötzlich interessiert der Tür zugewandt hatten. Aber sein Vorteil war: er saß allein an dem einzigen noch freien Tisch - und auf den steuerte sie zu und fragte, ob da noch was frei wäre.

Nachdem sie sich gesetzt hatte, lud er sie zu einem Getränk ein und weil er sich dauernd verbieten musste, auf ihre Brüste zu starren, fiel er ihr vor lauter Nervosität ständig ins Wort, bis keiner mehr was zu sagen wagte.

Bemüht, im Gespräch zu bleiben, fragte er sie nach ihrem Namen – Ingrid – und nach Hobbies, Lieblingsmusik, nach Filmen und Büchern. Sie schwärmte von der Gruppe „Gotwind", die er nur vom Hörensagen kannte und deren Kassetten er schon mal in der Asservatenkammer gesehen hatte. Ihm gefielen deutsche Liedermacher, die sagten ihr aber nicht viel.

Sie gab ihm ohne zu zögern ihre Telefonnummer und nachdem er sie notiert hatte, schwiegen sie eine Weile in be-

20

glücktem Einverständnis. Als er sie gerade fragen wollte, ob sie sich am folgenden Abend wiedertreffen könnten, hatte sie auf die Uhr gesehen und erschrocken ausgerufen, dass sie leider sofort weg müsse.

Sie hatte sich ein schwarzes Tuch über die Schultern geworfen, war aufgesprungen und zur Tür hinausgestürmt (übrigens ohne ihr zweites Bier bezahlt zu haben). Enttäuscht beobachtete Mark, wie sie schnellen Schrittes mit ihren langen Beinen in der Dunkelheit verschwand. Er tröstete sich damit, dass er ihre Nummer hatte.

Club der Himmelsleute

„Amanda, du wirst es schon nicht bereuen, und bisher hat man dich noch nie im Stich gelassen, oder?"

Ich streckte die Hände nach einem mit einer trüben Flüssigkeit gefüllten Glas aus und ließ mich in einen der smaragdgrünen Sessel fallen, einer Farbe, die so typisch war für das Interieur im Club der Himmelsleute. Ich versuchte mich zu entspannen und benutzte eine alte Atemtechnik, um diesen Zustand zu erreichen.

„Nun gut, was also soll ich tun? Natürlich geht es wie immer um die Not der Weltleute.

„Es geht um eine kleine Reise in die Zeit des Nationalsozialismus und um die Ausläufer des Bösen, die noch immer aus dieser untergegangenen Welt heraus wuchern und Menschen zu verschlingen drohen. Das spricht dich doch an, oder?"

Seine Art zu Lächeln trieb mir die Röte ins Gesicht. Warum musste ausgerechnet er mein Mentor sein?

„Alles spricht mich an, was dazu führt, den Weltleuten zu helfen, über ihren Tellerrand hinaus zu blicken! Wie werde ich handeln, bewusst, unbewusst, namenlos, anonym?"

„Du wirst von hier aus gelenkt. Deine Wahrnehmung bleibt einigermaßen `normal´, das heißt, du folgst unseren Instruktionen und interagierst, wie wir es für richtig halten, bist dir dessen aber nicht bewusst. Es mag vorkommen, dass du dich sehr weit von deinen Überzeugungen entfernen musst, um mit den Menschen mitzugehen. Sie würden dich sonst mit all deiner politischen Korrektheit und all der Liebe in deinem Herzen nicht in ihre düsteren Abgründe hineinlassen, das verstehst du doch, Amanda? Bist du einverstanden, willigst du ein?"

„Solange man mich nicht in einer Rettungskapsel aus irgendeiner engen Höhle bergen muss…" Er sah mich nur verständnislos an, Humor war nicht seine Stärke.

„Ja, ist ja gut, ich willige ein, darf ich hinterher erfahren, worum es ging?"

„Das kann ich dir noch nicht sagen, es hängt vom Ausgang der ganzen Geschichte ab. Wie du weißt, gibt es Unwägbarkeiten, die auch wir nicht immer lückenlos kontrollieren können. Warte einfach ab, wir werden später entscheiden, was für dich am besten ist."

Ich zog hinter seinem Rücken eine Grimasse und folgte W. nach draußen. Selten dauerte ein Aufenthalt im Club länger als einige Minuten.

3

Amanda

Ich heiße Amanda und wohne im Harz, genau genommen in Goslar. Dort befinden sich auch meine Praxisräume, in denen ich gerade sitze und aus dem Fenster schaue. Allerdings gibt es außer einer weiß getünchten Wand, die zum Haus gegenüber gehört, nicht viel zu sehen. Mir war wichtig, dass die Räume am Stadtrand liegen, dass meine Klienten immer einen Parkplatz finden und neugierige Nachbarn nicht allzu viel beobachten können.

Nachdem ich mich eine Weile als fest angestellte Psychotherapeutin in einer Reha-Klinik durchgeschlagen hatte, fand ich es verlockend, eine eigene Praxis zu haben. Es war aber noch kein Jahr vergangen, da sehnte ich mich nach dem monatlichen Festgehalt auf meinem Konto zurück, inklusive Kranken- und Rentenversicherung. Frei zu praktizieren ist ganz schön, die Verantwortung für die Patienten allein zu tragen und den gesamten Papierkram nebenbei erledigen zu müssen, ist eine andere Sache.

Meine Tochter Johanna hatte die Entscheidung sehr begrüßt, es war ihr lieber, wenn ihre alles und jeden analysierende Mutter freiberuflich unterwegs war, dann konnte man sie hin und wieder als Au-pair-Oma nach Frankreich holen. Johanna oder Jeanne, wie sie jetzt genannt wurde, lebte in Frankreich, genaugenommen in der Normandie, und trotz der Entfernung tauschten wir uns regelmäßig telefonisch aus. Unsere Beziehung ist ziemlich harmonisch, lustig, stressfrei und mein Kind zeigt - oh Wunder! - trotz ihrer manchmal leicht verrückten Mutter keinerlei Verhaltensauffälligkeiten.

Sie Johanna zu nennen, obwohl der Name keineswegs im Trend lag, war übrigens nicht meine Idee gewesen. Meine katholische Mutter hatte meine jugendliche Wehrlosigkeit ausgenutzt, um ihre hochverehrte Heldin Jeanne d´Arc in unsere Familie zu implantieren. Schon als ich geboren wurde, hatte sie sich mit dem Namen Amanda durchgesetzt und damit meinem amerikanischen Vater gehuldigt. Amanda heißt in den USA jedes fünfte Mädchen, in Deutschland war ich immer die einzige und erntete bei sämtlichen Vorstellungsrunden erstauntes Gekicher. Klothilde hätte schlimmer nicht sein können... Meinem Vater nach Amerika zu folgen, war aber für meine Mutter nicht in Frage gekommen, außerdem hatte sie ihn sowieso bald vergessen, nur durch mich wurde sie regelmäßig an ihn erinnert.

Früh schwanger zu werden und das Kind allein großzuziehen scheint bei uns inzwischen schon in der dritten Generation ein unausweichliches Schicksal zu sein. So war es bei Mutter und mir und auch Johanna teilte uns kurz nach ihrem siebzehnten Geburtstag mit, dass ihre Periode ausgeblieben war. Ich hätte ihr nicht erlauben sollen, den Schüleraustausch mitzumachen!

Die Goslarer Gymnasiasten verbringen einmal im Jahr ihre Ferien in französischen oder englischen Partnerstädten und werden von den französischen Schülern erwidert, die freundschaftlichen Kontakte gehen oft über die kurze Ferienzeit hinaus, manche halten lebenslang.

Johanna wollte natürlich unbedingt nach Frankreich fahren, sie war sechzehn, als sie sich in Dominique verliebte, einen jungen Deutschlehrer aus Arcachon, der gerade mit seinen Schülern in Goslar weilte. Sie ging mit ihm aus und mit ihm ins Bett, wurde schwanger und wollte ihn heiraten. Es gab an den Schule hier und dort einigen Ärger, aber es gab auch ein Happyend. Sie bekamen das Kind, ich verlor meine Tochter an das Nachbarland.

Wie lange hatte ich sie nicht gesehen?

Ich rechnete nach. Seit drei Jahren lebte sie in Frankreich, zwei davon in Paris, und ja, genau, den letzten Besuch hatte ich ihr abgestattet, als sie mich beim Umzug nach Rouen um Hilfe gebeten hatte. Ich kann mich noch gut an die vierzehn turbulenten Tage zwischen tapezierenden, hämmernden und Wände streichenden jungen Helfern erinnern, die mit Brot und Wein bei Laune gehalten wurden und die nie Anzeichen von Ermüdung zeigten, während ich beinahe im Stehen einschlief.

Meine Anwesenheit diente einzig der Aufgabe, mein damals zweijähriges Enkelkind, das überall im Weg war, von den verlockenden Farbeimern, Tapetenrollen und Leimtöpfen fernzuhalten, damit das gut organisierte Handwerker-Team nicht gestört wurde.

Jeanne sprang eifrig zwischen ihnen herum, gab Anweisungen, stellte Regale auf, füllte die fertigen Zimmer mit Mobiliar und ich verbrachte die Tage mit ausufernden Spaziergängen zu allen Spielplätzen entlang der Seine.

René, mein zierliches, schwarzhaariges Enkelkind, platzte vor Energie und ich musste immer wieder hinter ihm her rennen, um ihn am Flussufer einzufangen. Da er eigentlich nie sitzen wollte, sprang ich mit einer ausgestreckten Hand griffbereit herum und schob mit der anderen Hand die „Poussette", die praktische, faltbare Kinderkarre. Abends, so spät wie möglich, kehrte ich erschöpft in die Wohnung zurück. Nachdem ich wieder in Deutschland war, lag ich zwei Wochen mit Grippe im Bett und schwor mir, mich nie wieder als Oma missbrauchen zu lassen.

Überraschenderweise hatte ich heute eine Einladung von Jeanne in meinem Briefkasten gefunden. Meine erster Gedanke war: brauchte sie mich, waren sie schon wieder umgezogen, musste renoviert werden? Dann rief sie mich an. Sie erkundigte sich oberflächlich nach meinem Befinden und lud mich in die Normandie ein, dann sprudelte sie los.

„Mama, stell dir vor, Henry hat uns das Haus in Étretat überschrieben! Du kennst es ja, ist das nicht fantastisch??!! Das ganze Grundstück ist inzwischen ein Vermögen wert, aber natürlich würden wir es niemals hergeben, aber es gehört jetzt uns, ist das nicht süß von Henry? Dominique ist auch ganz begeistert! Komm doch einfach ein paar Tage her und vergiss für eine Weile den ganzen Scheiß mit deiner Arbeit!"

Henry ist Dominiques Vater, also der Schwiegervater meiner Tochter, und ein Arbeitstier. Mit Fleiß und Glück hat er es zu einigem Vermögen gebracht. Aber mit Henry wollte ich so wenig wie möglich zusammentreffen. Beiläufig fragte ich:

„Kommen Marthe und Henry denn auch?"

„Ja, natürlich, es ist doch sein fünfzigster Geburtstag, aber spielt das eine Rolle für dich? Ich weiß, es ist etwas eng und manchmal stressig, aber wir haben das doch letztes Mal auch ganz gut hingekriegt, oder?"

Als ich schwieg, fügte sie bemüht unbefangen hinzu: „Das ist vielleicht in den nächsten Jahren die letzte Gelegenheit, mit Henry und Marthe zu feiern. Marthe ist mit ihrem Lungenemphysem sehr eingeschränkt und Henry hat ständig etwas mit dem Magen, sie ziehen die komfortable Wohnung in Paris dem Landleben vor."

Als hätte Johanna geahnt, wie sehr ich mich nach Abwechslung sehnte! Tatsächlich war es verlockend, durch eine kleine Reise vom Grübeln abgelenkt zu werden.

Nachdenklich lehnte ich mich in meinem Bürostuhl zurück. Étretat ist ein ehemaliges Fischerdorf, in dem sich ein großer Teil der Pariser Stadtbevölkerung in teure Immobilien eingekauft hatte. Die verlockende Schönheit der schroff aus dem Meer ragenden Felsen der Atlantikküste, das harmonisch-wilde Wechselspiel von Ebbe und Flut und die höchst reizvollen, alabasterfarbenen Klippen, die einen wunderbaren Kontrast zu dem grünen Weideland bilden, würden genau das richtige sein.

Ohne Zögern hätte ich ja gesagt, wenn da nicht die Geschichte mit Henry gewesen wäre. Trotz meiner Bedenken beschloss ich, die Einladung erst einmal anzunehmen.

Wenn ich Zeit habe, bin ich gern in Clausthal-Zellerfeld. Dort gibt es ein sehr interessantes Bergbaumuseum und außerdem stöbere ich im Archiv des Oberbergamtes und benutze die Universitätsbibliothek, um mir Fachbücher zur Kulturgeschichte des Harzes auszuleihen. Die Historie des Harzes ist nämlich mein Hobby und wenn ich noch einmal die Wahl hätte, würde ich mich für das Fach Geschichte entscheiden.

Aber als ich 1978 mit Johanna schwanger war, faszinierte mich die Psychoanalyse und ich stellte mir vor, eines Tages eine berühmte Psychotherapeutin zu werden. Dazu benötigte ich ein Fundament und da mein Notendurchschnitt recht gut war, bewarb ich mich in Göttingen für das Fach Psychologie und wurde angenommen.

Es war nicht leicht gewesen, mit einem kleinen Kind das Abitur zu schaffen und ohne die Hilfe meiner Mutter wäre es mir auch nicht geglückt. Meine Tochter ist mehr bei ihrer Großmutter als bei mir aufgewachsen, beiden Frauen gegenüber habe ich ein schlechtes Gewissen, weil ich ihnen so viel zugemutet habe. Keine von beiden hat mir jemals einen Vorwurf gemacht.

Ich saß im Auto und war auf dem Weg von Clausthal-Zellerfeld nach Goslar, es war schon dunkel und ich freute mich schon auf das Lesen von ein paar interessanten Büchern, die sich auf dem Rücksitz meines Wagens stapelten.

Die Straße nach Goslar führt am Gasthaus `Auerhahn´ und im Bärental durch zwei sehr enge Kurven. Schon als ich am `Auerhahn´ vorbeikam, spürte ich diesen seltsamen Sog, der mich aus der Realität in eine andere Dimension hinüberziehen wollte. Vor der Einmündung zum Kalten Tal, wo ein besonders düsteres Waldstück beginnt, verstärkte sich der Sog, etwas schien auf mich zu warten und mich hineinziehen zu wollen in eine dieser Visionen, die mir zwar nicht fremd sind, aber dennoch ein gewisses Unbehagen auslösen.

Die Fichten rechts und links der Straße zeichneten sich pechschwarz gezackt gegen den Himmel ab, als ich den

Bärental-Parkplatz befuhr, auf dem man sich bei Dunkelheit sehr verloren vorkommt.

Ich rutschte tiefer in den Autositz und blockierte vorsichtshalber die Türschlösser. Es ist jedoch nicht die Angst, die mir am meisten zu schaffen macht, sondern die Ungewissheit. Mein Verstand schaltet sich ab, Urinstinkte erwachen und aktivieren meine Fluchtbereitschaft, denn ich weiß ja nie, was passieren wird. Es ist ziemlich unangenehm, auf einem leeren Parkplatz mitten im Wald im Dunkeln zu sitzen und aus dem Fenster zu starren.

Auf einmal kann ich etwas sehen, eine dunkle, schmale Gestalt im langen Gewand, eine Frau? Sie wird vom Standlicht des Autos beleuchtet und kommt näher, bedeutet mir mit einer Drehbewegung der Hand, das Licht auszuschalten. Ich mache es und sehe gar nichts mehr. Zwei Sekunden später steht sie neben dem Auto. Ich sehe in ein freundliches Gesicht dicht an der Scheibe, sie lächelt mich an und haucht gegen das Glas und malt mit einem Finger eine Spirale. Dann dreht sie sich um und verschwindet im Wald. Im selben Moment ist der Zauber vorbei, ich fühle es, ich kann nachhause fahren. Aber sie wird irgendwann wiederkommen.

Ein paar Tage später passierte es erneut. Ich hatte einen anstrengenden Tag hinter mir und saß abends ganz allein vor dem Fernseher. Ich überlegte, was mich diesmal erwarten würde und welch trauriges Schicksal sich die Mentoren vom Club der Himmelsleute ausgesucht hatten, in das ich eingreifen sollte.

Vielleicht verwundert es, dass ich so unbekümmert mit diesen Zeitsprüngen umgehe, es gelingt mir nur, weil ich glücklicherweise immer ohne Probleme in die Normalität zurückkehren kann.

Ich glaube fest an die Normalität, jeden Morgen geht die Sonne auf, Ecken sind eckig, Kreise sind rund, Entfernungen und Gewichte bleiben gleich und es wird nicht plötzlich um zwölf Uhr mittags dunkel und wir befinden uns nach dem Aufwachen nicht an einem anderen Ort als vor dem Einschlafen. Ja, ich liebe die Normalität, die angenehme, regelmäßige Wiederkehr des Vertrauten. Nur darum finde ich mich in den fremdartigen Zeitsprüngen zurecht, die ja auch nur einen kleinen Teil meines Lebens ausmachen.

Nachdem ich noch eine Weile gegrübelt hatte, begab ich mich ins Badezimmer, um mich für die Reise in die Nacht herzurichten, denn Schlafen ist ja auch ein Ausflug in unbekanntes Terrain. Als ich dann im Bett lag, dauerte es nicht lange und ich war eingeschlafen.

Ich bin wach und doch nicht wach. Draußen ist es dunkel, die Uhr zeigt vier Uhr dreißig. Etwas drängt mich, aufzustehen und mich anzuziehen. Ich streife Jeans und T-Shirt gleich über mein Nachthemd, ziehe den Mantel an, dann die Schuhe, alles ohne Licht. Ich stecke den Schlüssel ein, verlasse die Wohnung und steige leise die Treppe hinab. Schließe die Haustür ohne einen Laut.

Die aus Sparsamkeitsgründen eingeführte Nachtabschaltung bewirkt, dass es draußen stockfinster ist. Außer mir ist kein Mensch unterwegs. Angst habe ich nicht, eine tief in mir sitzende Unruhe löscht alle anderen Empfindungen aus, sie ist stark genug, die Sorge um mein kleines, unwichtiges Leben zu überdecken.

Ohne den Weg zu kennen, bewege ich mich langsam vorwärts, habe bald Häuser und Straßen hinter mir gelassen und den Waldrand erreicht. Wo bin ich jetzt? Ich höre ein Käuzchen und andere Geräusche der Nacht, die man nur hört, wenn man von Wäldern umgeben ist. Ein paar Meter entfernt steht reglos eine Gestalt, in der Finsternis kaum zu erkennen.

Wieder dieselbe Frau, die sich in Bewegung setzt, sobald sie mich sieht und geradewegs auf mich zukommt. Viel mehr als die Augen sind von ihrem Gesicht nicht zu erkennen und als sie die meinen treffen, dreht sie sich abrupt weg und bedeutet mir mit einer Armbewegung, ihr zu folgen.

Ohne Angst folge ich ihr auf einem schmalen Pfad, der tiefer hinein führt ins Dunkel des Waldes, wir gehen hintereinander zwischen hohen, kahlen Fichtenstämmen hindurch, bis die kalkweißen Wände eines Gebäudes zwischen den Baumstämmen zu sehen sind. Sie bleibt stehen, hebt mahnend eine Hand und ein erneutes Winken zieht mich fort, wir verlassen den Wald.

Der Eingang des verfallen wirkenden Gebäudes liegt feindselig verschlossen vor uns, die mit einem Scherengitter gesicherte Glastür wirkt unüberwindlich. Die Frau ergreift meine Hand, ihre Handflächen sind trocken und warm und halten einen Schlüssel. Sie bedeutet mir nickend, das Gitter aufzuschließen und berührt anschließend mit den Fingern ein beleuchtetes Tastenfeld dahinter, sofort schiebt sich das Glas einer Eingangstür geräuschlos zu Seite.

Wir treten ein, der ausladende Empfangsbereich wird nur von einem Notlicht erhellt und wirkt verlassen. Trotz des spärlichen Lichtes kann ich das Gesicht der Frau nicht sehen, ich erkenne nur ein dunkles Augenpaar. Wir stehen vor einem Fahrstuhl.

Mit großer Selbstverständlichkeit betätigt sie einen Knopf und als die Türen sich öffnen, gibt sie mir mit einem Blick zu verstehen, dass ich eintreten soll. Sie selbst bleibt draußen, der Fahrstuhl bewegt sich mit einem Seufzen nach unten. Die Zahlen zeigen an, dass ich zwei Stockwerke in die Tiefe gefahren bin, und ich erkenne einen nur schwach beleuchteten Gang.

Hier steht wartend eine andere Frau, sie ist mit einer schwarzen Burka bekleidet, einem bis auf den Boden reichenden Gewand, das nur Sehschlitze für die Augen freilässt.

Da ich weiß, dass der nächtliche Ausflug übergeordnete Bedeutung hat, verlasse ich zuversichtlich den Lift. Die Frau sieht mich durch den schmalen Sehschlitz stumm an, wendet sich nach links und es ist, als würde sie über den Teppich schweben.

Der Flur ist ohne jede Dekoration und die Türen aus schimmerndem Edelstahl, so kahl wie in einem Gefängnis, ohne Türgriffe. Sie bleibt stehen und betätigt wieder ein Tastenfeld. Eine Metalltür gleitet geräuschlos zur Seite, sie bedeutet mir, einzutreten. Ich folge ihr.

Das Zimmer, in dem wir uns nun befinden, gleicht einem spartanisch eingerichteten Krankenzimmer, steril, kalt und trostlos. Ein Bett mit gummierter, weißgelber Matratze, eine grelle Deckenleuchte, in die Wand eingelassene Metallschränke.

An den Wänden hängen mehrere gerahmte Schwarzweißfotos, ich erröte vor Scham, als ich sehe, dass sie nackte Menschen zeigen. Alle Personen, ob Mann oder Frau, sind blond, hellhäutig und perfekt gebaut, sie zeigen sich in einer Pose der Stärke mit in die Hüften gestemmten oder hochgereckten Armen, durchtrainierten Beinen, stolz erhobenem Kopf, um ihre Kraft und Perfektion zum Ausdruck zu bringen, die Gesichter bleiben ohne Ausdruck.

Ich bin angewidert. Was soll ich hier und was will die Frau hier? Mit einer energischen Bewegung zieht sie sich die Burka über den Kopf und ich halte entsetzt den Atem an.

Sie steht nackt vor mir, ihr Bauch ist gewölbt wie bei einer weit fortgeschrittenen Schwangerschaft und ihre dunkle Haut ist über und über tätowiert, selbst im Gesicht wurde kein Zentimeter ausgelassen und auch der kahl rasierte Schädel ist voller Muster und Zeichen.

Sie streckt mir ihre Handrücken entgegen, auch da winzige, fremdartige Symbole, Schriftzeichen, Zahlen, Linien. Sie gestikuliert mit den Händen, öffnet den Mund und zeigt mit dem Finger aufgeregt hinein. Ich beuge mich vor, der Mund ist leer, man hat ihre Zunge entfernt.

Von irgendwo erklingen Geräusche und bewirken, dass die Frau sich die Burka schnell wieder überstreift und mich aufgeregt zu den Doppeltüren des Schrankes zieht, mich in den Schrank hineindrückt und die Türen schließt.

Ich versuche, nicht in Panik zu verfallen und gleichmäßig zu atmen, als mir klar wird, dass jemand das Zimmer betreten hat. Ich kann nichts sehen, höre aber feste Schritte und die Stimme einer Frau, die Befehle bellt.

Die Burka-Frau stöhnt gequält auf, dann ist es eine Weile still. Ohne ein weiteres Wort zu sprechen, entfernen sich die Schritte, werden leiser und verstummen. Die Schranktür wird aufgerissen und ich trete erleichtert aus meinem Versteck. Die Burka-Frau zieht mich zum Fahrstuhl, wartet nicht auf seine Ankunft, winkt mir Abschied nehmend zu und läuft über den Gang zurück.

Ich drücke den Erdgeschoss-Button und bin sehr froh, die Frau mit dem freundlichen Gesicht wiederzusehen. Gemeinsam verlassen wir das Gebäude und kehren zum Waldrand zurück. Dann kreuzt sie die Hände vor der Brust, verbeugt sich kurz und verschwindet. Ich bin auf einmal so müde, dass ich es kaum bis zu mir nach Hause und schon gar nicht die Treppen hoch schaffe. Es ist kurz vor sechs Uhr morgens. Ohne mich auszukleiden, werfe ich mich aufs Bett und schlafe sofort ein.

Am Morgen erwachte ich erfrischt und ausgeruht, sogar eine Stunde, bevor mein Wecker klingelt. Ich empfand eine gewisse Ratlosigkeit, mir war aber völlig klar, dass ich mich in einer anderen Dimension befunden habe und dass es zwecklos wäre, auf eigene Faust nach dem Ort suchen zu wollen.

Ich trank gerade eine Tasse Kaffee, da klingelte der Wecker in meinem Schlafzimmer und als ich ihn ausstellte, sah ich ein Stück Papier auf dem Nachttisch, das am Abend noch nicht dort gelegen hatte, eine ausgeschnittene Zeitungsmeldung zum Thema Leihmutterschaft.

In Russland war eine Frau von einem deutschen Ehepaar dafür bezahlt worden, ihr in vitro, also künstlich im Reagenzglas, gezeugtes Kind auszutragen. Die Leihmutter hatte das später bereut und wollte das Kind nicht herausgeben. Nach einigem Hin und Her hatten die deutschen Eltern das Kind einfach mitgenommen. Die Leihmutter reiste ihnen nach und zeigte sie in Deutschland an, da das Kind nach deutschem Recht ihr, der Leihmutter gehörte. Die deutschen Eltern mussten es ihr zurückgeben.

Es stand kein Datum und kein Ort in dem Zeitungsausschnitt, worauf sollte er mich hinweisen? Hatte es mit der Klinik zu tun, über die man so wenig wusste?

Die Bevölkerung der Universitätsstadt Clausthal war den Plänen, eine Klinik für forensische Psychiatrie einzurichten, mit unverhohlener Abneigung begegnet. Schließlich waren es die Studenten der Technischen Universität gewesen, zu einem großen Teil Ausländer, die dem Hin und Her ein Ende gesetzt und sich demonstrativ hinter die Klinikpläne gestellt hatten.

Die Baugenehmigung wurde erteilt, die Renovierungen begannen und in dem seit langem leer stehenden Gebäude etablierte sich hinter einer sterilen Betonfassade der geheimnisumwitterte, psychiatrische Alltag. Der Einzug geschah in einer Nacht und Nebel Aktion mit Kleinbussen und, wie man sich erzählte, mindestens dreißig Transportern.

Seitdem wurde gemutmaßt, gerätselt und gemunkelt. Hatte der Betreiber die Abgeschiedenheit des kleinen Ortes bewusst gesucht oder war das klobige Gebäude aus Waschbeton einfach nur eine kostengünstige Immobilie gewesen? Niemand wusste so genau, was sich hinter dem Kürzel `MCC´ verbarg, ging alles mit rechten Dingen zu, sollte man sich einmischen? Um mich zu beruhigen, sagte ich mir, dass in so einer Einrichtung doch auf irgendeine Weise gewisse Standards gewahrt werden mussten, oder etwa nicht?

Das Personal, das fast ausschließlich aus Männern zu bestehen schien, die mit verschlossenen Gesichtern jedem Kontakt mit Einheimischen aus dem Weg gingen, trug schwarze T-Shirts mit dem rot aufgedruckten Klinik-Logo. Sie ähnelten mehr dubiosen Wachmännern als medizinischem Fachpersonal.

Ich hatte auch noch nie einen Mitarbeiter der Klinik irgendwo gemütlich sitzen gesehen, selbst im Supermarkt des Ortes ließen sie sich nicht blicken und wenn man sich ihnen freundlich grüßend näherte, erwiderten sie den Gruß mit einer abweisend gemurmelten Floskel.

Und noch eine Richtlinie der Klinik war ganz deutlich: die Personalpolitik duldete keine Einstellung von Leuten aus der Region.

Insgesamt wirkte nicht nur das Haus beunruhigend, auch die schwarzen Kleinbusse mit getönten Scheiben, die regelmäßig an- und abfuhren, verstärkten den Eindruck von etwas Unheimlichem. Es wurde behauptet, dass sämtliche Fenster hinter dem Spiegelglas nach innen vergittert seien und besonders irritierend war die Tatsache, dass man die Bewohner des riesigen Gebäudekomplexes nie zu sehen bekam. Die gesamte Einrichtung am Rande eines großen Waldgebietes schottete sich ab. Irgendwann hatte ich beschlossen, die Klinik genauso zu ignorieren, wie sie uns ignorierte.

Marseille 1944

Die Frühnebel tauchten die Felder in milchiges Licht. Die siebzehnjährige Renée Charlotte Nivet war schon seit einer Stunde auf den Beinen. Während sie mit geübten Bewegungen die Milch aus den Eutern der Ziegen in einen Eimer pumpte, blickte sie durch die geöffnete Stalltür hinaus auf die Weiden. Seit einer Woche war sie auf dem kleinen Bauernhof der Großeltern in der Nähe von Marseille, nur wenige Kilometer vom lärmenden Hafenviertel entfernt und doch inmitten einer erholsamen, ländlichen Ruhe, denn in den Außenbezirken der Großstadt machte sich die deutsche Besatzung weniger bemerkbar.

Ihr Magen knurrte, gleich würde sie gemeinsam mit den Großeltern und dem kleinen Bruder frühstücken und anschließend würden sie zur Messe in die Chapelle Sainte Claire gehen.

Das Mädchen pustete sich eine blonde Haarsträhne aus

dem Gesicht und stieß einen tiefen Seufzer aus. Sie hatte Sehnsucht nach ihrem fiancé, ihrem Verlobten. Sie errötete beim Gedanken daran, wie sie sich heimlich geküsst hatten. Dann überkam sie wieder die Trauer, denn die Familie ihres Verlobten Fred Tellmann hatte Frankreich verlassen und seit der Trennung von ihm hatte sie sehr viel geweint.

Sie blickte prüfend in den Himmel. Bald sieben Uhr, es war an der Zeit, das Frühstück zuzubereiten. Die Großeltern gestatteten sich den Luxus des Ausschlafens nur, weil die Enkelin darauf bestanden hatte, ganz allein die Ziegen zu melken. Nun harrten sie geduldig aus, bis der Tisch gedeckt war. Charlotte hob den gefüllten Milcheimer an und wollte zur Stalltür gehen, da sah sie zwei Männer im Türrahmen stehen.

Im Gegenlicht erkannte sie die Silhouetten uniformierter, deutscher Soldaten, enge Schaftstiefel, an den Oberschenkeln gebauschte Hosen, Schirmmützen. Schweigend versperrten die Männer ihr den Weg, die Gesichter konnte sie nicht erkennen. Nur keine Angst zeigen, einfach weitergehen, was hatte sie denn zu befürchten? Ihr Vater arbeitete eng mit den Deutschen zusammen, man ließ die Familie in Ruhe. Bevor sie die Tür erreicht hatte, trat ein Mann mit dem Stiefel heftig gegen den Eimer und Charlotte stieß unwillkürlich einen Schreckensschrei aus. Eine Hand legte sich auf ihren Mund, eine andere hielt sie fest.

Während ein Uniformierter daneben stand und die Waffe auf sie gerichtet hielt, warf der andere das Mädchen zu Boden und vergnügte sich mit ihr. Als beide fertig waren, wurde sie aus dem Stall getrieben.

Ihre Gedanken überschlugen sich voller Panik, was hatten sie den Großeltern angetan, wo war der kleine Bruder, warum hatte der Hund nicht gebellt? Sie taumelte vor den Männern her, sie folgten einem kleinen Pfad, der sich unterhalb der Weinberge zwischen den Feldern hinunter ins Dorf schlängelte. Immer wieder spürte sie das harte Metall des Gewehrlaufes im Rücken.

Sie gingen nicht ins Dorf, sondern zur Landstraße, dort wartete ein großer Armeelaster, bewacht von Soldaten mit Gewehren im Anschlag. Die Soldaten musterten Charlotte und tauschten unter Gelächter Bemerkungen aus. Die Plane wurde angehoben, eingepfercht auf der Ladefläche saßen Frauen und Mädchen, denen das Entsetzen ins Gesicht geschrieben stand. Die neue Gefangene musste zu den anderen nach oben klettern. Noch während sie versuchte, einen Platz zu finden, fuhr der Wagen ruckartig an und sie landete schmerzhaft mit den Knien auf dem harten Boden.

4

Amanda

Ich gehe ungern allein in eine Kneipe, aber es macht mir nichts aus, mich allein ins Café „Spieglein, Spieglein" zu setzen. Das ist die einzige Kneipe in Goslar, in der ich mich als Frau ohne Begleitung nicht allzu unwohl fühle, ich sitze manchmal nur da und schaue mir die Leute in dem Kaleidoskop von Spiegelbildern an. Wenn ich aber niemandem aus Goslar begegnen will, dann fahre ich nach Clausthal und trinke in der Studentenkneipe Anno Tobak ein Bier oder einen Wein.

An jenem Tag war es dort sehr voll, nur an der Bar waren noch zwei Stühle frei und auf dem dritten saß schon ein interessant aussehender Mann. Ich ging zu ihm hin und fragte:

„Hi, magst du Gesellschaft oder möchtest du lieber…?" Erfreut sah er zu mir auf.

„Ja, gerne, setz dich doch." Die Kellnerin erschien, ich bestellte mir ein Bier und die Vorspeise des Hauses, schwarze und grüne Oliven mit in Knoblauch gerösteten Brotwürfeln, ich rechnete nicht damit, heute noch jemanden küssen zu müssen oder zu dürfen.

Der Mann war schon älter, vielleicht Ende vierzig oder Anfang fünfzig, aber noch sehr attraktiv, markante Züge, dunkler Teint, Tätowierung am Hals, schlank, männlich und muskulös.

Er nahm einen Schluck aus seinem Bierglas und sagte:

„Du bist hier Stammgast? Man scheint dich zu kennen." Ich lachte. „Ich bin nicht der Typ, irgendwo Stammgast zu sein, die Zahl meiner Kneipenbesuche ist recht übersichtlich. Ich heiße übrigens Amanda."

„Amanda? Ein seltener Name. Ich bin Mark.“

„Wohnst du hier?“

„Nein, ich bin dienstlich in der Gegend.“

„Dienstlich? Also an der Uni?“ Er betrachtete seine Hände, zog an den Fingerknöcheln, als müsse er abwägen, was zu sagen war, dann sah er mir ins Gesicht. „Ich bin wegen dieser Geschichte im Werk `Tanne´ hier, na, du hast doch sicher davon gehört.“ „Du meinst – den Mord, der heute in der Zeitung stand?“ „Ja, leider geht es um Mord. Und der ist gleich ziemlich unappetitlich.“ „Bist du Polizist?“ „Würde dich das stören?“

Er blinzelte mit den Augen und sah mich erst wieder an, als ich geantwortet hatte.

„Natürlich nicht, warum sollte es?“

„Da bin ich aber froh, der Beruf liegt nicht jedem, für viele sind wir die Bullen und - Ende der Unterhaltung.“

„Ach, deshalb sitzt du hier so ganz allein!?“

Das sollte ein Witz sein, aber er lachte nicht. „Ich verstehe, was du meinst, ich bin Psychologin, da reagieren die Leute manchmal ganz ähnlich, sie fühlen sich durchschaut und unbehaglich und gehen einem aus dem Weg. Was ist eigentlich passiert? Ich habe nur ganz wenig gehört. Und - keine Angst, du weißt doch, als Psychologin kenne ich meine Verschwiegenheitspflichten, du kannst mir ruhig ein paar Einzelheiten verraten.“

Er runzelte die Stirn, seine Kiefermuskeln bewegten sich angespannt. „Hmm, na, was soll´s, ein Mann wurde getötet, der Tote wurde auf dem abgesperrten Terrain der ehemaligen Sprengstofffabrik gefunden.“ Nachdenklich ließ er den Rest seines Bieres im Glas kreisen.

Bärbel, die Kellnerin, die erstaunlich schnell mit meiner Vorspeise am Tisch erschienen war, sah ihn fragend an. „Noch eins?“ Er nickte.

Als ich bemerkte, wie interessiert er sowohl den Busen der attraktiven Bärbel als auch meine Brotwürfel anstarrte, war mir klar, dass wir heute Abend ähnliche Ziele hatten.

„Und was genau ist ihm angetan worden?" Mark blickte sich vorsichtig nach allen Seiten um und schwieg, bis Bärbel das Bier auf den Tisch gestellt hatte und wieder verschwunden war. „Ist besser, wenn wir über was anderes reden." Er lehnte sich zurück und sah mich dabei irgendwie herausfordernd an. „Was machst du so, Amanda? Bist du liiert?" Ich wurde rot. Ich weiß nicht warum, aber ich fühlte mich plötzlich wie ein Beutetier, das gerade von einem paarungsbereiten Männchen entdeckt worden war.

„Du bist ja sehr direkt, Mark, aber ja, ich bin gerade mal wieder Single, zwischen den Studenten fällt man nicht so auf, wenn man allein ausgeht."

Nachdenklich fuhr sein Blick über meinen Körper und das fühlte sich an, als würde er mich berühren. Er rückte seinen Stuhl näher heran. „Und wie kommst du nach dem Bier wieder nachhause, mit dem Bus, zu Fuß?"

Vor Verlegenheit wurde mein Gesicht noch röter. „Oh je, normalerweise achtet keiner auf mich und ich lasse meinen Wagen einfach den Berg runter rollen, ich trinke ja höchstens ein, zwei Gläser, aber du hast recht, eigentlich dürfte ich dann gar nicht mehr fahren, denn ich wohne in Goslar."

„Ach, so hab ich das nicht gemeint, Amanda, ich wollte dich nicht einschüchtern. Weißt du, während der Ermittlungen wohne ich hier oben, wenn du magst, kannst du heute bei mir übernachten, dann könnte ich dich zuhause auf ein Glas Rotwein einladen! Du kennst doch den Spruch, Wein auf Bier, das rat ich dir, haha! Und ich kann dir ein Gästezimmer anbieten."

Ich war unsicher und wollte schon dankend ablehnen, aber war es klug, dem Treffen mit einem so interessanten Mann ein jähes Ende zu bereiten und ihn vielleicht nie wiederzusehen? Nein, das konnte ich nicht über mich bringen. Würdevoll antwortete ich: „Das ist nett von dir, ich nehme das Angebot gerne an, in deinem Gästezimmer zu schlafen."

Wir wussten beide, dass ich nicht im Gästezimmer schlafen und es wahrscheinlich nicht einmal betreten würde.

„Du wohnst also jetzt hier in Clausthal?", fragte ich, um dem Gespräch wieder eine unverfängliche Richtung zu geben. Er nickte und sein Mund verzog sich zu einem schiefen Grinsen. „Eigentlich nicht, aber meine Mutter bewohnt noch immer unser altes Haus und wenn ich in der Gegend zu tun habe, mache ich mich dort breit."

Um unsere körperlichen Ausdünstungen auf eine Linie zu bringen, hielt ich es für klug, ihm von meinen Knoblauch-Oliven anzubieten, die er auch genussvoll verzehrte. Wir saßen inzwischen dicht nebeneinander und ich spürte die Wärme seines Oberschenkels.

„Okay, Mark, dann gebe ich jetzt mal eine Runde aus, ich nehme einen trockenen Roten, was möchtest du?"

Charlotte

Ein Blitz zuckte über den Nachthimmel von Clausthal-Zellerfeld, gefolgt von einem krachenden Donner. Die inzwischen zweiundsiebzigjährige Französin Renée Charlotte Nivet blickte auf ihr Leben zurück. Viel war nicht dabei herausgekommen.

Warum war sie nicht nach Frankreich zurückgekehrt, warum war sie in Deutschland geblieben? Hatte sie die Fähigkeit ihrer Familie unterschätzt, sie nach allem, was man mit ihr gemacht hatte, wieder aufzunehmen? Von der Familie ihres Vaters, streng gläubige Katholiken mit einer unguten Begeisterung für die Ideologien des Deutschen Reiches, war ihr eingeprägt worden, ein Mädchens müsse sich die Jungfräulichkeit bis zur Eheschließung bewahren. Und sie war zu eine durch und durch beschmutzten Wesen geworden.

Die zierliche Frau blickte hinaus in die Dunkelheit. Sie fürchtete sich vor dem Unwetter, das sie an die Willkür der Menschen erinnerte. Blitze und Menschen konnten einiges mit einem anstellen, ob man nun aufpasste oder nicht. Das Fachwerkhaus am Waldrand, in dem sie seit fünfzig Jahren wohnte, konnte jederzeit vom Blitzschlag in Brand gesetzt werden.

Sie erhob sich schwerfällig, zog am Fenster ein Rollo nach unten und schlurfte leicht gebückt zum Sessel zurück. Nachdem sie im Vorbeigehen eine altmodische Stehlampe angeschaltet hatte, konnte sie ihr Spiegelbild im dunklen Glas des Fernsehgerätes sehen, eine schmale Gestalt mit weißen, gewellten Haaren und großen Augen. Die Lippen zu einem traurigen, umgekippten U verzogen.

Leise sprach sie ihren Namen vor sich hin, als müsse sie sich beweisen, dass es sie noch gab. In der Bibel stand, Gott würde einen beim Namen rufen. Hatte er das bei ihr jemals getan?

Sie blickte sich um. Alles hübsch aufgeräumt und sauber, an der Wand tickte beruhigend eine Uhr, zu jeder vollen Stunde ertönten Kuckucksrufe. Sofa, Sessel und Tisch standen, wie es sich gehörte, auf dunkelbraunem Teppichboden und der schwere Wohnzimmertisch aus Eiche passte stilvoll zu Wandschrank und hölzerner Hängelampe mit vier gelblichen Glaskugeln. Liebevoll strich sie über die Armlehnen des Fernsehsessels, für den sie zwei rosafarbene Deckchen gehäkelt hatte. Ihr Leben war jetzt so harmlos, harmlos und öde. Keine Katastrophen mehr, keine Erniedrigungen, keine Todesängste, stattdessen Langeweile, Monotonie und vor dem Einschlafen die allabendliche Invasion der dunklen Schatten.

Das Gewitter hatte sich gelegt, es war ruhig und still, totenstill. Ihr Haus war umgeben von hohen Nadelbäumen, die außerhalb des Gartens in einen Fichtenwald übergingen, der sich bergab bis zur nächsten Ortschaft erstreckte.

Charlotte verließ das Haus nur selten. Vor einiger Zeit, im fortgeschrittenen Alter von sechzig Jahren, hatte sie sich durchgerungen, einen Führerschein zu machen und durfte seit der Fahrprüfung mit dem alten Volkswagen ihres Mannes herumfahren. Weit kam sie dabei nicht, wenn sie es ohne Angstanfälle bis Goslar schaffte, war sie schon froh und dachte nur noch daran, was ihr auf der Rückfahrt alles zustoßen konnte. Meistens telefonierte sie mit den Geschäften und ließ sich Waren und Lebensmittel ins Haus bringen.

Ihr Ehemann Horst Wegener und sie gingen schon lange getrennte Wege. Er hatte ihr das Haus am Waldrand überlassen und bewohnte die einsame Jagdhütte am anderen Ende der Stadt. Gelegentlich kam er vorbei, um etwas zu holen oder zu bringen, das müde, hagere Gesicht grämlich verzogen, die Haut vergilbt wie Pergament. Geldsorgen hatten sie nicht, zusätzlich zu seinen Ansprüchen aus den Zeiten seiner Lehrtätigkeit war ihm eine Rente nach dem Bundesversorgungsgesetz für Kriegsgeschädigte bewilligt worden, die recht hoch ausgefallen war. Dass seine Kriegsverletzung aus seinem Dienst bei der Waffen-SS stammte, hatte bei der Bewilligung keine Rolle gespielt.

Im Fernsehen zeigten sie in letzter Zeit vermehrt Dokumentationen über Hitler-Deutschland. Manchmal schaute sie hin, meistens schaltete sie weg zu einem anderen Programm. Sie fand es deprimierend, mit welcher Sturheit die Deutschen jede Schuld von sich abwälzten und alles auf Adolf Hitler schoben, als hätten sie nie von irgendetwas gewusst.

Charlotte sah auf die Uhr, es war Zeit, die Tabletten einzunehmen. Im Bad ließ sie Wasser in ein Glas laufen und trank. Sie warf einen Blick in den Badezimmerspiegel, die Haare waren ein wenig zu lang, morgen würde sie ihre mobile Friseuse anrufen. Charlotte achtete auf ihr Äußeres, trotz ihres isolierten Lebens wollte sie eine attraktive Frau bleiben. Wozu, das wusste sie selber nicht, aber für eine Französin war der Begriff Frau eben untrennbar mit Attraktivität verknüpft.

Das Telefon klingelte, sie fuhr zusammen. Es war ihr Sohn. Wie immer gab er nur schnell durch, was er von ihr wollte und legte auf, ohne sich nach ihrem Befinden zu erkundigen. Er wollte Geld und kündigte sein Kommen an, damit sie ihm aufmachte.

Charlotte öffnete niemandem die Tür, der sich nicht vorher angemeldet hatte. Sie öffnete einen Wandsafe, der von einer

Spitzweg-Malerei verdeckt wurde und entnahm drei hundert DM-Scheine, rollte sie zusammen und umwickelte sie mit einem Gummiband. Den Safe mitsamt einer veränderbaren Zahlenkombination hatte Horst Wegener ihr eines Tages überlassen, drückte man an einer bestimmten Stelle gegen das Metall, öffnete sich ein als Rückwand getarntes zweites Fach. Mit besorgt gerunzelter Stirn betrachtete sie das, was darin lag. Sorgfältig verschloss sie beide Fächer wieder. Ihr Sohn durfte niemals sehen, was sie dort verborgen hatte.

Amanda

Es war gekommen, wie es kommen musste, ich hatte mein Auto stehen gelassen und war Mark gefolgt. Nach drei Gläsern Wein zu reichlich vorgerückter Stunde konnte ich natürlich nicht mehr selber fahren und hätte mir bis nach Goslar ein Taxi oder ein Hotelzimmer in Clausthal nehmen müssen. Aber wir befanden uns in einem aufgeregten Erwartungsmodus und niemand dachte daran, einen Rückzieher zu machen.

Als wir aufbrachen, war es draußen stockdunkel und wir mussten sehr weit gehen, viel weiter, als ich mir vorgestellt hatte. Unterwegs knisterte es geradezu vor erotischer Spannung zwischen uns und wir lachten und alberten herum wie Kinder, hielten uns an den Händen, blieben immer wieder stehen, um uns ausgiebig zu küssen.

Der Weg führte zuerst durch die schnurgeraden, leeren Straßenzüge von Clausthal, vorbei an altmodischen Fachwerkhäusern, es ging mal bergauf und mal bergab, bis wir auch Zellerfeld hinter uns gelassen hatten.

Die Bewohner der ursprünglich voneinander getrennten zwei Siedlungen Clausthal und Zellerfeld haben sich über Jahrhunderte spinnefeind gegenübergestanden, weil sie von untereinander verfeindeten Adelsgeschlechtern regiert wurden. Inzwischen sind sie zu einer Bergstadt im Oberharz zusammengeschmolzen und haben ihre Fehde beigelegt.

Nachdem wir auch das letzte Gefälle überwunden hatten,

mussten wir noch ein kleines Stück durch den Wald laufen, dann hatten wir das Haus erreicht. Soviel ich damals im Dunkeln erkennen konnte, war es eines dieser ehemaligen Forsthäuser mit hübschen Holzschnitzereien aus dem vorigen Jahrhundert. Es lag etwas zurückgesetzt hinter hohen Fichten, dichtem Buschwerk und Hecken und war von der Straße aus kaum zu sehen.

Ich fragte mich verzagt, ob ich jemals mein Auto wiederfinden würde. Im Erdgeschoss brannte hinter zugezogenen Gardinen noch Licht und Mark erklärte, die untere Wohnung würde von seiner Mutter bewohnt, während ihm die Mansarde zur Verfügung stünde. Von einem Gästezimmer war gar nicht mehr die Rede. Das Haus wirkte beinahe unheimlich in seiner Abgeschiedenheit und ich bekam ein beklemmendes Gefühl und war schon drauf und dran, mir mitten in der Nacht ein Taxi zu rufen. Das schien Mark zu bemerken, er zog mich energisch durch die Haustür.

Im Flur roch es nach Äpfeln, ein angenehmer Geruch, der mich beruhigte. Wir stiegen zwei steile Treppenabsätze hoch, Mark schloss die Tür auf und drehte das Licht an. Wir befanden uns in einem sehr geräumigen Mansardenzimmer mit schrägen Wänden an beiden Seiten, das sich über den gesamten Grundriss des Hauses zu erstrecken schien.

Einige Wände waren bemalt, seltsame Fabelwesen, oder Ungeheuer, je nachdem, wie man sie betrachtete, zierten die Tapete. Mark zündete eine Kerze an und löschte das Licht, die Wesen versanken im Halbdunkel. Er ging zu einer kleinen Kochnische, entkorkte eine Flasche, schenkte zwei Gläser ein und überreichte mir eins.

Kichernd ließ ich mich auf ein Sofa fallen und sackte sofort bis fast auf den Boden durch. „Na, wie viele Frauen hast du schon hierher gelockt, das Ding ist ja ganz durchgehangen!" Er zog mich hoch und führte mich zu einer riesigen Matratze ohne Rahmen, die ihm wohl als Bett diente. „Du musst schon entschuldigen, Amanda, das hier ist eine echte Studentenbude, die ganze Einrichtung stammt noch aus meiner Jugendzeit!" Er betätigte eine Fernbedienung und von irgendwoher erfüllten Klänge den Raum, instrumentale Musik ohne Gesang, die irgendwie synthetisch klang und es wohl auch war, eine Musikrichtung, die ich eigentlich nicht mochte, aber damals war mir das egal. Ich wartete nur darauf, dass wir endlich nebeneinander liegen und uns anfassen konnten.

Später konnte ich nicht einschlafen und wäre doch lieber in meinem eigenen Bett gewesen, aber das war unerreichbar weit weg. Der Mord ging mir durch den Kopf und ich betrachtete die Wandmalereien, die nur vom Licht einer Laterne beleuchtet wurden, die draußen vor der Haustür brannte. Auf einem Bild wand sich eine Schlange und bedrohte mit aufgerissenem Maul und spitzen Zähnen einen Engel, die Darstellung wirkte etwas kindlich und ich nahm an, dass sie aus Marks Jugendzeit stammte.

Als ich bemerkte, dass er auch noch wach war und mich ansah, stützte ich mich auf und fragte: „Herr Kommissar, was meinen Sie, welchen tieferen Sinn haben diese Zeichnungen?"

Er drehte sich unwillig zur Seite und grummelte: „Ich bin müde."

„Ja, aber du hast sie doch gemalt, oder?" Er schwieg. Ich sank zurück in die Kissen, doch an Schlaf war nicht zu denken, wie sollte ich die Nacht überstehen? Ich spielte mit dem Gedanken, zu Fuß zum Auto zu wandern, aber angesichts meines Alkoholpegels, des weiten Weges und meiner Angst vor der Dunkelheit verwarf ich das schnell wieder. „Wo ist eigentlich das Klo?" Seine Stimme klang verschlafen und unwirsch. „Hinten rechts die Tür mit dem pinkelnden Jungen drauf." Ich machte mich auf die Suche und irgendwann war ich dann sogar für ein paar Stunden eingeschlafen.

5

Charlotte

Als die Türglocke läutete, stand sie schon wartend im Flur. Gleichmütig beobachtete sie die fahrigen Bewegungen ihres Sohnes, begrüßte ihn, bat ihn aber nicht hinein. Er nahm das Geld in Empfang, sie wechselten ein paar belanglose Worte und er verschwand wieder. Sein Körper war vom Training in irgendwelchen Sportgruppen sehnig und muskulös geworden, man sah ihm sein Alter nicht an, doch in letzter Zeit hegte sie den Verdacht, dass er etwas einnahm, um sich aufzuputschen. Seine fiebrigen Augen wirkten wie sumpfige Löcher. Ihr war es egal, was er trieb, sie empfand nichts für ihn.

Auch von seinem Vater hatte der Junge wenig Zuneigung empfangen, er hatte einen Erziehungsplan für die Zukunft des Knaben festgelegt, der vorsah, ihn schon ab der Grundschulzeit auf ein Internat zu schicken. Der neunjährige Knabe verschwand also in einer katholischen Einrichtung bei Hildesheim, die mit großer Strenge von sehr rechtslastigen Ordensbrüdern geleitet wurde.

Charlotte ging in die Küche, griff nach einer Tüte Salzstangen, kehrte zum Sessel zurück und schaltete unterwegs den Fernseher ein. Kauend überließ sie sich einer Sendung über Tiere in Afrika. Nach wenigen Minuten nickte sie ein und ihr sonst so wachsamer Geist geriet in einen Zustand der Wehrlosigkeit. Sofort schwärmten die bösen Geister aus, zwangen sie, sich zu erinnern und sie war wieder hellwach.

Die schlimme Zeit lag inzwischen mehr als fünfzig Jahre zurück, doch noch immer konnte sie ganz plastisch vor sich sehen, was sich damals ereignet hatte.

Nachdem die SS-Männer sie als Kriegsbeute vergewaltigt und entführt hatten, wurde sie zuerst in das gefürchtete Hauptquartier der Gestapo in Marseille gebracht, das sich ausgerechnet in der Rue du Paradis Nr. 425 befand. Es folgten qualvolle Verhöre, in denen man sie mit konstruierten Beschuldigungen konfrontierte und ihr die Beteiligung an Anschlägen von Résistance-Gruppen vorwarf. Dann wurde sie mit anderen zu Unrecht Verhafteten in eine Zelle gesperrt.

Anfangs hatte sie noch gehofft, dass alles ein Irrtum sei und sie bald wieder nachhause zurückkehren durfte. Doch nach drei Tagen im Gefängnis wurde sie von bewaffneten Soldaten zur Registrierung ins Büro des Pflichtarbeitsdienstes gebracht, wo sie hungrig, verängstigt und erschöpft ausharren musste, telefonieren durfte sie natürlich nicht.

Anschließend wurde sie mit anderen Häftlingen auf einen Wehrmachts-LKW verladen, zum Bahnhof von Marseille gekarrt und in einen Güterzug der Reichsbahn gesperrt. Die Züge brachten die Gefangenentransporte in das jeweilige Lager im Deutschen Reich.

Es folgte eine Irrfahrt voller Entbehrungen und Demütigungen, von der Charlotte vor allem die Gerüche in Erinnerung behielt. Sie besaß einen sehr ausgeprägten Geruchssinn und hatte unter den Ausdünstungen der Menschen gelitten, die dicht gedrängt um sie herum in den Waggons hockten. Alte Frauen, die sich entkräftet an sie gelehnt hatten, schlafende Männer, die ihre Schenkel als Kopfkissen benutzten, Jugendliche, die abwechselnd sangen, weinten oder fluchten. Vom Sitzen und Liegen auf dem harten Boden tat ihr jeder Knochen weh, es gab keine Aborte, die Notdurft musste in den Ecken verrichtet werden, der Gestank war unerträglich.

Der erste Abschnitt ihrer Reise hatte in einem Barackenlager bei Fallingbostel geendet, dem Stammlager XI B nördlich von Hannover. Ein Ort des Grauens! Erst viele Jahre nach dem Krieg hatte Charlotte erfahren, dass das Stammlager XIB eines der größten Lager der Wehrmacht gewesen war.

Es diente dazu, die kostenlosen, ausländischen Arbeitskräfte an Betriebe weiterzuverteilen.

Unter dem Gelächter der Aufseherinnen wurde sie kahl geschoren und musste sich anschließend nackt zu anderen Frauen in eine Reihe stellen. Arme heben, Beine auseinander, dann hüllten die giftigen Dämpfen des Läusepulvers sie ein und sie durfte wegtreten. Nachts kam das höllische Brennen, besonders in der Schamgegend, und Übelkeit.

Noch heute sah Charlotte ungewaschene, ausgezehrte Körper vor sich, roch die giftigen Chemikalien, die widerlichen Mahlzeiten, die verdreckten Schlafplätze mit krabbelndem Ungeziefer, die Latrinen voller Exkremente und Urin und die toten Körper, die man aus den Baracken trug. Sie hatte mit eigenen Augen gesehen, warum es immer wieder zum Ausbruch von Seuchen kam, die entkräftete Insassen nicht überlebten.

Bei ihrer Ankunft hatte die Ruhr grassiert, aber sie hatte sich nicht angesteckt, ihr Gesundheitszustand war damals noch sehr gut.

Ein Lagerinsasse hatte ihr geraten, sie solle sich besser krank stellen, denn die Rüstungsindustrie hielt gerade nach kräftigen und gesunden Neulingen Ausschau und wer von der Rüstungsindustrie rekrutiert wurde, durfte sich keine Hoffnungen machen, den Arbeitseinsatz zu überleben. Am meisten Glück hatte man in einem Bauernhof, dort gab es trotz der schweren, körperlichen Arbeit wenigstens etwas zu essen.

Charlottes Aufenthalt im Lager Fallingbostel endete Anfang März 1944. Frühmorgens um fünf Uhr bei eisiger Kälte, es lag Raureif auf dem Boden, musste sie am Güterbahnhof mit Franzosen, Holländern und Belgiern in einen Waggon steigen, in dem schon zwei Dutzend Ostarbeiterinnen in einem Verschlag auf die Abfahrt warteten.

Während der Zugfahrt war es noch möglich, durch die Bretter hindurch mit den Ostarbeiterinnen zu reden, weil in den überfüllten Waggons kein Wachpersonal mitfuhr.

Eine dieser beklagenswerten Frauen war Nina Schischkin gewesen. Sie hatte zu Charlottes Erstaunen ziemlich gut französisch gesprochen und die beiden Mädchen, sie waren etwa gleichaltrig, hatten ihre Lebensgeschichten ausgetauscht. Nina stammte aus einer Stadt namens Taganrog in der Sowjetunion. Die Wehrmacht hatte die Stadt vollkommen verwüstet und eine Spezialeinheit der SS hatte die die jüdischen Bewohner getötet. Jüngere, kräftige Personen wie Nina nahmen sie als Gefangene mit.

Nach mehreren Stunden Fahrt in dem zugigen Waggon waren alle Gespräche verstummt. Der Zug erreichte den im März noch immer verschneiten Harz und Charlotte hatte durch die Bretter hindurch erstaunt die weiße Landschaft betrachtet, noch nie hatte sie so viel Schnee gesehen.

Kurz vor dem Ende der Fahrt hatte Nina sie eindringlich gebeten: „Schreibst du einen Brief an Mama und Papa, bitte, das ist Adresse in Taganrog."

Sie hatte ihr einen zerknitterten Zettel in die Hand gedrückt und es blieb gerade noch genug Zeit, dass Charlotte rufen konnte: „Oui, c´est promis!" Ein Versprechen, dass sie nicht gehalten hatte.

Bei der Ankunft am Clausthaler Ostbahnhof durfte nicht mehr geredet werden, die Russinnen wurden getrennt abgeführt. Mit ihren leichten Schuhen war Charlotte im Matsch versunken und hatte völlig durchnässt die Franzosen-Baracke erreicht, einen großen Raum ohne Trennwände, in dem ihre Landsleute hausten, sechzig Männer und Frauen.

Schon am ersten Abend erfuhr sie, dass es in Clausthal eine Waffenfabrik mit sehr gefährlichen Arbeitsbereichen gab. Charlotte war einem Arbeitskommando mit der Nummer 1354 zugeteilt worden, sie stellte erleichtert fest, dass sie für die weit über tausend Lagerinsassen den Küchendienst verrichten sollte. Das war besser, als in der Waffenfabrik das Gift einzuatmen.

Ja, sie war damals durch die Hölle gegangen und wenn

man sie fragen würde, was am schlimmsten gewesen sei, dann würde sie antworten: Die Feigheit der Menschen, die hätten helfen können und nichts taten.

Jetzt, viele Jahrzehnte nach dem Krieg, beobachtete sie eine Blaumeise, die über die Terrasse hüpfte und eine Amsel, die zu dem großen Vogelhaus flatterte, das im Garten am Stamm einer Fichte angebracht war. Charlotte füllte es das ganze Jahr über mit Futter. So konnte sie nicht nur Meisen, sondern auch Zaunkönige, Heckenbraunellen, Rotkehlchen, Singdrosseln, Buchfinken und Gimpel beobachten und ihr eintöniges Leben bekam dadurch etwas Abwechslung.

Die Abende, inzwischen leider auch die Tage, verbrachte sie vor dem Fernseher. Vor einigen Wochen hatte Charlotte eine Dokumentation über Anne Frank gesehen und es wurde erwähnt, dass man das zu trauriger Berühmtheit gelangte niederländische Mädchen im November 1944 ins Lager Bergen-Belsen verlegt hatte.

Bergen-Belsen und das Durchgangslager Fallingbostel, in dem Charlotte gewesen war, gehörten zusammen. Also, hatte Charlotte gedacht, also wäre es möglich gewesen, dass sie Anne Frank in Clausthal getroffen hätte, wenn die bis auf die Knochen abgemagerte Gefangene nicht schon vor dem geplanten Weitertransport in eine Rüstungsfabrik gestorben wäre.

Die Dokumentation hatte Charlotte aufgewühlt. Noch am selben Tag sichtete sie die im Wandsafe versteckten Papiere, stopfte sie in einen Plastikbeutel und übertrug die Adresse von dem Zettel, den Nina ihr damals zugesteckt hatte, auf einen großen, kartonierten Umschlag. Den brachte sie eigenhändig zur Post. Endlich! Endlich hatte sie nach über fünfzig Jahren das Versprechen erfüllt, leider zu spät, Ninas Eltern waren natürlich längst tot.

Damals, 1944, ein paar Wochen nach ihrer Ankunft in Clausthal, war Charlotte mit zwei schweren Eimern voller

Kartoffeln in die Werksküche gegangen und hatte das russische Mädchen am Zaun gesehen.

Die Oberharzer Winter waren lang, noch immer lag Schnee und Nina war inzwischen dürr wie ein Skelett, ihre dunklen Augen wirkten unnatürlich groß in dem kleinen, ausgezehrten Gesicht. Sie winkte Charlotte zu sich heran, doch Charlotte hatte Angst, es war verboten, mit den Russen zu sprechen. Schließlich hatte sie doch die Eimer abgestellt und war hingegangen. Nina weinte.

„Sieh mich an, ich fühle nichts mehr, alles ist taub. Da!" Sie schlug gegen den Stacheldraht, Blut floss über ihren Handrücken. Mit einer Geste der Verzweiflung warf sie sich gegen den Zaun, entsetzt musste Charlotte feststellen, dass sich Ninas Haut gelblich verfärbt hatte und auch die Haare unter dem schmutzigen Kopftuch giftgelb aussahen.

Die Mädchen hatten die Aufmerksamkeit eines entfernt stehenden Wachposten auf sich gelenkt, der langsam näher kam.

„Wenn ich sterbe, Charlotte, dann musst du es Mama und Papa sagen, sie müssen wissen, wo ich gestorben bin! Du hast doch noch den Zettel mit der Adresse?"

Hastig hatte Charlotte die Kartoffeleimer ergriffen und war weggerannt, sie wollte nicht bestraft werden. Der Wachmann hatte den Zaun erreicht und Nina mit dem Gewehr zur Seite gestoßen. Nina schrie Charlotte auf Französisch hinterher: „Vergiss mich nicht!" Trotz der Entfernung konnte man hören, wie Ninas Schrei in einen rasselnden Husten überging.

Zwei Tage später trabte Charlotte mit anderen Arbeiterinnen durch die Kälte, hintereinander in einer Reihe, bewacht von einer Aufseherin und einem Wachmann. Da sah sie einen Körper am Straßenrand liegen, es war Nina. Charlotte war stehen geblieben und hatte die Aufseherin auf das Mädchen aufmerksam gemacht, doch die Wärterin hatte sich nicht einmal umgedreht. Verächtlich schnaubend hatte sie gesagt:

„Geh weiter, das Bolschewiken-Schwein ist tot."

Charlotte wollte schon eingeschüchtert weitergehen, da sah sie, dass Nina sich bewegte, ganz leicht hob sie eine Hand, drehte den Kopf und richtete ihre weit aufgerissenen Augen in stummem Flehen auf Charlotte.

Die Augen schienen zu betteln: „Hilf mir, geh nicht weg, lass mich nicht im Stich!"

Charlotte war plötzlich alles egal, sie trat aus der Reihe, lief zu Nina und beugte sich zu ihr herab. Die Aufseherin kam hinterher und packte sie am Arm, dabei rutschten beide aus und fielen in den Schneematsch. Der Wachmann kam angerannt, richtete das Gewehr auf die am Boden liegende Charlotte und wollte schon abdrücken, da wurde aus dem Hintergrund ein Befehl gebrüllt.

Der Wachmann blickte sich irritiert um, verharrte unentschlossen. Als keine weiteren Befehle kamen, schwenkte er den Gewehrlauf und schoss dreimal auf Nina. Nach dem letzten Schuss blickte er Charlotte herausfordernd an.

Charlotte hatte sich aufgerappelt und war in unkontrollierter Wut auf ihn losgegangen.

Amanda

Meret war meine beste Freundin und die neugierigste Frau, die ich kenne. Aber sie war auch die beste Gesprächspartnerin, die ich hier im Harz hatte finden können und, was noch wichtiger war, die angenehmste Wanderbegleitung überhaupt.

Wir planten ausgedehnte Wanderungen, picknickten an den schönsten Plätzen, die das Gebirge zu bieten hatte und in den Sommermonaten schwammen wir in den Stauteichen der Oberharzer Wasserwirtschaft, von denen es gerade um Clausthal herum sehr viele gab.

Wir hatten uns zu einer Wandertour verabredet, es war mein freier Tag und sie, als Hausfrau und Ehegattin eines gut verdienenden Professors an der Clausthaler Uni, kam und ging wie sie wollte.

„Was du nicht sagst, Amanda, was du nicht sagst! Und mehr weißt du nicht? Das glaubt dir keiner, du hast den Ermittler gevögelt und der soll dir nichts erzählt haben? Was habt ihr denn gemacht, wortlosen Sex, seid ihr schweigend übereinander hergefallen? Habt ihr hinterher nicht eine Zigarette geraucht und über seine Arbeit gesprochen?"

Ihre Stimme schwappte über vor beißendem Spott und sie ahnte nicht, wie nahe sie der Wahrheit kam. Tatsächlich hatte es vom ersten Moment unserer Begegnung an keine Alternative gegeben, als früher oder später im Bett zu landen. Aber ich kann es nicht leiden, wenn man mich zum Ausplaudern von Geheimnissen zwingen will. Die Details, die Mark mir verraten hatte, durfte ich doch bestimmt nicht weitererzählen.

„Was denkst du nur, Meret, Mark darf mich doch nicht einfach so in die Ermittlungen einbeziehen!"

„Nein, aber wie ich dich kenne, hast du ihm das Wichtigste entlockt!" Lachend hüpfte sie über eine Pfütze hinweg.

„Mach dich nur lustig, Meret, du hast ja eine feste Beziehung und weißt gar nicht, wie das ist, wenn man ständig auf der Suche nach dem Richtigen töricht umher rennt!"

Leicht ergrimmt bohrte ich meine Wanderstöcke in die aufgeweichte Erde und versuchte, an ihr vorbeizukommen. In diesem Sommer hatte es glücklicherweise mehr geregnet als im vergangenen, damals waren viele Bäche im Harz trocken gefallen und viele Pflanzen und Tiere mussten verdursten.

„Verrate mir doch nur, ob es einen oder mehrere Tote gibt? Es macht mir Angst, wenn ich weiß, dass ein Mörder frei herumläuft."

„Wir wohnen doch in Goslar, das ist weit genug von Clausthal entfernt und ich weiß nur von einem Toten, das hat aber auch heute alles in der Zeitung gestanden. Ich glaube nicht, dass da ein Serienmörder durch die Gegend läuft. Erinnerst du dich an die Morde vor sechs Jahren im Südharz, da hatte jemand einem Rentner den Kopf abgetrennt. Soweit ich weiß, ist der Täter nie gefasst worden und trotzdem gehen alle furchtlos durch den Wald, man denkt einfach nicht mehr daran. Und in eurem langweiligen Viertel wird er schon nicht weitermorden!"

Meret und ihre Familie wohnten in einem Neubaugebiet bei Goslar, sie war froh, nicht in dem Studentenort Clausthal voller langweiliger Naturwissenschaftler und Techniker leben zu müssen, wo noch Schnee lag, wenn in Goslar schon die Krokusse blühten.

„Ja, das war damals, ich erinnere mich. Könnte das nicht derselbe Täter sein?" „Danach sieht es aber nicht aus. Bis jetzt weiß man nicht mal, wer der Tote ist. Jetzt habe ich genug von dem Thema, bitte, erzähl von was anderem!"

„Na gut, dann halte ich dir einen kleinen Vortrag über Materialismus!" Ich rollte mit den Augen, Merets Lieblingsthema. „Wir lassen uns viel zu sehr vom materiellen Denken beeinflussen und wir haben falsche Wertvorstellungen. Was bemessen wir, wenn wir das Gehalt eines Menschen abschätzen? Seine Leistung in cash. Welche Leistung? Was macht uns denn aus, wofür werden wir belohnt, welchen Wert hat ein Mensch? Sollte man nicht danach gewertet werden, wie weit unser ethisches und moralisches Handeln unsere Gesellschaft vorangebracht hat?"

Mein gelangweiltes Desinteresse bemerkend, schwenkte sie um auf das Thema Naturschutz und schilderte die neuesten Aktionen der von ihr sehr bewunderten Aktivistenbewegung, die auch mich stets in Erstaunen versetzten.

Ich hörte zu, betrachtete den Waldrand, die Gräser, das feine Moos, die Blütenvielfalt der üppig wuchernden Pflanzen mit ihren gelben, blauen, roten und weißen Köpfchen und sog den Geruch des Holzes, der Tannennadeln und des Waldbodens ein.

6

Charlotte

Dass Charlotte nicht auch erschossen worden war, hatte sie nur der zufälligen Anwesenheit eines SS-Mannes zu verdanken, dem das arisch-blonde Äußere des französischen Mädchen angenehm aufgefallen war. Er konnte zwar verhindern, dass sie erschossen wurde, nicht aber das Eingreifen der Gestapo.

Charlotte wurde in einem geschlossenen Gefangenentransporter mit vergittertem Rückfenster in das ungefähr sechzig Kilometer entfernte Sonderlager 21 gebracht, das war ein Arbeitserziehungslager in Salzgitter-Watenstedt. Dort wurde sie in einen winzigen, fensterlosen Betonbunker gesperrt.

Zu jeder vollen Stunde öffnete sich die Tür und Charlotte wurde von Aufseherinnen unter die eiskalte Dusche getrieben. Im Frauenlager B regierte vorwiegend weibliches Personal, unbarmherzige Personen, die im Privatleben brave Mütter und Ehefrauen waren, stolz, eine so kriegswichtige Aufgabe verrichten zu dürfen, für die sie im Alter eine Rente empfangen würden. Es dauerte lange, bis Charlotte begriff, dass die peinigenden Sonderbehandlungen, die man den Häftlingen überall in den Lagern angedeihen ließ, für die Deutschen zum ganz normalen Berufsalltag gehörten.

Dass sie schon nach einer Wochen im Lager Salzgitter wieder frei gekommen war, verdankte sie demselben SS-Mann, der ihre Tötung verhindert hatte. Als sie beim Aussteigen aus dem Güterzug am Ostbahnhof die Umgebung von Clausthal wiedererkannte, hatte sie das fast wie eine Heimkehr empfunden.

Amanda

Gleich nach der Arbeit fuhr ich am nächsten Tag wieder zu Mark, um bei ihm zu übernachten. Seine Mutter schien sehr menschenscheu zu sein, einmal erklang Musik aus ihrer Wohnung, gemischt mit dem Dröhnen eines Staubsaugers, aber sie kam nicht zum Vorschein. Auf meine Nachfrage erhielt ich nur die einsilbige Antwort: „Mutter liebt die Einsamkeit! Sie hat gern ihre Ruhe und verlässt sehr selten das Haus. Menschen interessieren sie nicht."

Missbilligend verzog er das Gesicht und seine Augenbrauen zogen sich zu einem Strich über den dunklen Augen zusammen. „Und wie alt ist deine Mutter?", fragte ich. „Ach, irgendwas zwischen siebzig, neunzig, hundert, ich zähle nicht mehr mit, sie mag das Älterwerden nicht, wer mag das schon?"

Charmant lächelnd hielt er mir die Haustür auf und ich nahm eine Bewegung hinter der geblümten Gardine wahr, die das Türfenster bedeckte. Ich blieb stehen und Mark wedelte ungeduldig mit den Händen, um mich anzutreiben, zügig die Treppen hochzusteigen.

„Wer kümmert sich um deine Mutter, wenn du nicht da bist?", fragte ich etwas außer Atem, als wir in seinem Zimmer angelangt waren. „Kümmern? Die macht noch alles selbst, was denkst du denn, die Mama ist so fit, wie eine deutsche Mutter sein sollte." Ich verstand nicht, was er damit sagen wollte.

Charlotte

Nach Charlottes Rückkehr aus dem Gestapo-Straflager hatte der unbekannte SS-Mann Veränderungen eingeleitet, die das weißblonde, gut gebaute, französische Mädchen betrafen. Zunächst unterzog er sie hinter der verschlossenen Tür des Waschraumes einer sehr ausgiebigen Musterung. Anschließend übergab er sie einer Wärterin und beide wurden von einem Dienstwagen mit Chauffeur abgeholt. Nach kurzer Fahrt passierte der Wagen das Eingangstor der Munitionsfabrik `Tanne´ und stoppte an einer abseits gelegenen Baracke, einem langgestreckten Flachbau aus Beton.

Charlotte musste aussteigen und bevor der Wagen wieder verschwunden war, hatte eine Aufseherin dem Chauffeur noch über Charlotte Kopf hinweg zugerufen: „Ach nee, wat bringste mir´n da, ´ne Fremdvölkische? Die soll de Kerle beglücken?"

Die Aufseherin stand abwartend in der Tür, sie sah adrett aus im Uniform-Kostüm der weiblichen SS-Helferinnen: Hosenrock, Uniformjacke, weiße Bluse, mit dem Totenkopf besticktes Käppi und schwarz-rote Hakenkreuzbinde. Sie lachte spöttisch, als Charlotte hilflos vor ihr stand und schob sie durch die Tür in einen schmalen Flur, an der geöffneten Tür eine Wachstube vorbei.

Das aus mehreren Räumen bestehende Gebäude befand sich zwischen dem elektrisch geladenen Stacheldrahtzaun und einem lärmenden Heizwerk, es war von Gestrüpp so umwuchert, dass man es kaum bemerkte.

Die Wachstube war rund um die Uhr vom Personal einer Wach- und Schließgesellschaft aus Braunschweig besetzt, das hauptsächlich aus Frauen und kriegsversehrten Männern bestand. Alle Türen waren nummeriert und mit Gucklöchern versehen, deren Laschen man nur von außen auf und zuklappen konnte.

Charlotte wurde ein kleiner Raum mit einem vergitterten Fenster und tapezierten Wänden zugewiesen. Möbliert war er mit einem Stuhl, in dem ein Eimer hing, einem Tisch, einem weißen Metallbett, Kleiderhaken an den Wänden, einer Kommode und einem Waschgestell.

Immerhin gab es eine Dampfheizung, die sich geräuschvoll gluckernd mit heißem Wasser füllte, wenn sie nicht, wie sich bald herausstellte, fast immer abgedreht war.

Die SS-Helferin hatte sich breitbeinig vor ihr aufgebaut und ihr grinsend die neue Arbeit erläutert.

„Nu sieh mal zu, dat de Kerle schön uff dir rutschen, ´ne Bordellfrau biste jetzt, kapiert?" Charlotte hatte sie fassungslos angestarrt, unfähig zu begreifen. „Mädel, wat glotzte so blöd? Du sollst mit die Kerle im Bette liegen, dat se Pläsier haben, so, kiek mal!" Mit Finger und Hand hatte sie anzügliche Bewegungen gemacht, die Tür hinter sich zugeschlagen und von außen das Licht gelöscht.

Fred

Fred Tellmann zuckte zusammen und stieß einen unwilligen Brummton aus. Der zweiundsiebzigjährige Mann mit dem dichten, grauen Haar hatte gemütlich in seinem Bürostuhl gesessen und war unsanft durch das Läuten des Telefons aus seinen Träumen gerissen worden. Nicht wirklich aus seinen Träumen, sondern mehr aus einem bildreichen Tagtraum, einem Ausflug in die Vergangenheit. Warum ging Irma nicht ans Telefon, war sie nicht zuhause?

Als das Klingeln schließlich verstummte, atmete er erleichtert auf, glitt zurück in seine imaginäre Welt und überließ sich erneut den Erinnerungen an seine Jugend in Marseille, an den kurzen Kriegseinsatz unter der Hitler-Diktatur und an seine damalige Verlobte Charlotte.

Fred war einer dieser bemitleidenswerten Figuren gewesen, die aus Mangel an militärischem Nachwuchs nach einer kurzen Grundausbildung in der Kaserne von Septèmes-les-Vallons an die Front getrieben wurden. Doch im Gegensatz zu den anderen Jungs, die mit stolzgeschwellter Brust in den Krieg gezogen waren, empfand er die Einberufung 1944 als eine Katastrophe. Nach einer langen und beschwerlichen Reise hatte er die Heeresküstenbatterie Pointe du Hoc im Nordwesten Frankreichs erreicht, wo er als Kanonier die deutsche Wehrmacht gegen eine mögliche, aber eher unwahrscheinliche Invasion der alliierten Streitkräfte verteidigen sollte.

Ausgerechnet er, der Sohn einer französischen Mutter! Wenn Fred an die Bunkeranlagen dachte, die damals für unbestimmte Zeit sein Zuhause sein sollten, verspürte er wieder das Entsetzen, das ihn beim Anblick der abstoßenden Betonklötze auf den Kreidefelsen gepackt hatte.

Gleich am ersten Abend wurde Fred mit den unterirdischen Kasematten und Laufgräben des weitverzweigten Bunkersystems vertraut gemacht, das die Soldaten vor den Spähflugzeugen der feindlichen Alliierten verbarg.

„Präge dir ein, Kamerad, wo du dich in der Umgebung gefahrlos bewegen kannst, studiere sorgfältig die Karten, nur unter der Erde sind wir sicher, aber da draußen, da liegen unsere Minen, da fliegt man in die Luft, peng!"

Die Verteidigungsanlage diente gleichzeitig als Unterkunft und beim Betreten des stickigen, fensterlosen Schlafsaales, in dem Fred übernachten sollte, war ihm der Atem weggeblieben. Es roch nach Männerschweiß und Schimmel und seine leichte Neigung zur Klaustrophobie hatte sich augenblicklich bemerkbar gemacht.

Neun schmale Klappbetten, die nach dem Aufstehen hochkant an der Decke zu befestigen waren, ließen erahnen, dass ein ˋWiderstandsnestˊ der Wehrmacht zumindest den Soldaten der niedrigen Ränge nicht allzu viel Komfort bieten würde.

Dennoch verfügte das unterirdische Gangsystem durchaus über komfortable Einrichtungen, die Annehmlichkeiten boten. Eine Turnhalle, zwei intime Bars und mit Klavieren ausgestattete Offizierskasinos wurden allabendlich für Trinkgelage und Damenbesuche genutzt, um die zur Untätigkeit gezwungene Truppeneinheit bei Laune zu halten.

Als der Rundgang mit den militärisch-technischen Einweisungen beendet war, überkam Fred zum wiederholten Male der verzweifelte Wunsch, davonzulaufen.

Am anderen Morgen hatte man ihm die Bedienung der Fernrohre erklärt, die unheilvoll aus den Sehschlitzen der Beobachtungsbunker hervorstachen und bei gutem Wetter eine Sicht bis zur Halbinsel Cotentin ermöglichten. Der Offizier pries die Wehranlagen zu Füßen der dreißig Meter hohen Sandsteinklippen, sie trugen so harmlose Spitznamen wie spanische Reiter, belgische Tore, Nussknacker, Tschechen-Igel, Hitler-Zähne und Rommelspargel.

Viele der in den Boden gerammten Hindernisse waren nur bei Ebbe zu sehen, bei Flut verschwanden sie gänzlich unter der Wasseroberfläche, um sich tückisch in den Rumpf feindlicher Boote zu bohren, die am Strand anlegen wollten.

Dort hatte man auch Glasminen vergraben, die kaum Metall enthielten und daher von Minensuchgeräten nicht erfasst werden konnten. Und am inneren Uferrand lauerten mit Sprengstoff gefüllte Kugeln, die wie Bojen am Meeresboden angekettet waren.

Vor dem Krieg war er mehrmals mit seinen Eltern von Marseille aus bis hoch nach Calais gefahren, als die Côtes du Calvados noch eine malerische Ansammlung von Fischerdörfern, Stränden, Bauerngehöften, üppigen Viehweiden, Obstplantagen und riesigen Feldern gewesen war.

Jetzt, mehr als fünfzig Jahre später, wusste Fred sehr viel mehr über den Verlauf des Krieges. Durch Fernsehsendungen und Sachbücher hatte er erfahren, dass die Führer des tausendjährigen Reiches mit Frankreich langfristige Pläne verfolgt hatten, besonders mit der Atlantikküste. Sie war strategisch zu wichtig, um einfach nur besetzt zu werden und so beließ man es nicht dabei, sich in den Wohnhäusern, Hotels, Gastwirtschaften und Bauernhöfen einzuquartieren und die Vorräte an Calvados, Schinken, Käse und Obst zu verzehren, sondern beschlagnahmte die gesamte Küste und riegelte sie mit Stacheldraht ab.

Die bodenständige Bevölkerung der Normandie hatte sich nach der Besetzung durch die deutsche Wehrmacht zunächst abwartend verhalten, in Cafés und Kneipen wurde spekuliert, welche Ziele die neuen Machthaber wohl haben könnten und man glaubte, sie würden bald wieder verschwinden.

Das Gegenteil war der Fall. Die Fischerei wurde verboten, alte Villen wurden gesprengt und durch abschreckende Wehranlagen ersetzt.

Mit jeder neuen Anlage, die Generalfeldmarschall Erwin Rommel seit Ende des Jahres 1941 in den Ufersand rammen ließ, wuchs der Hass der Franzosen auf die verdammten boches, die deutschen Schweine. Rommel, der hundertprozentige Militarist, beugte sich den Befehlen Hitlers und trieb den Bau seines ehrgeizigen Projektes voran, das von der Hoch- und Tiefbau-Organisation Todt mit mehr als zweihunderttausend Kriegsgefangenen, Zwangsarbeitern und KZ-Häftlingen ausgerüstet worden war, die man zum Arbeitseinsatz gezwungen hatte.

Der Namensgeber und Leiter der Baufirma, Fritz Todt, hatte sich schon durch den Bau der Reichsautobahn beim Führer beliebt gemacht und sich geschickt weitere Großaufträge gesichert.

Nach und nach wurden die Hütten, Boote, Netze und Hummerreusen der Fischer beseitigt, stattdessen ragten Holz- und Eisen- und Betonkonstruktionen aus dem Sand. Die friedliche Küste der Normandie verwandelte sich in militärisches Sperrgebiet und sollte als Atlantikwall in die Geschichte eingehen.

„Und du warst dabei, du feige Ratte!" Fred klopfte mehrmals mit den Knöcheln gegen seine Stirn, es hörte sich beunruhigend hohl an. Dann schraubte er den kleinen, silbernen Flachmann auf, den Irma, seine Ehefrau, nicht sehen durfte, nahm einen kräftigen Schluck, leckte sich die Lippen und summte das Volkslied aus seiner Jugendzeit: „Wir sind durch Deutschland gefahren..." Was für kranke Idioten waren sie gewesen! Verächtlich schnaubend lehnte er sich zurück.

Charlotte

Der Mensch stumpft ab. Die schlimmsten Tätigkeiten werden zur Routine. Im Lagerbordell gab es noch andere Frauen, aber sie wurden voneinander getrennt gehalten. Es wurde streng auf Sauberkeit geachtet und Charlotte musste sich allabendlich im Waschraum Spülungen mit Lauge verpassen.

Ein Sanitäter, der wie ein Metzger mit Gummischürze und Gummihandschuhen bekleidet war und einen Mundschutz trug, inspizierte regelmäßig ihre Vagina, machte schmerzhafte Abstriche oder nahm Blut ab, um Geschlechtskrankheiten vorzubeugen.

Als sie einmal verzweifelt drohte, ihren Dienst zu verweigern, wurde sie mit einer Injektion ruhig gestellt. Weil Charlotte, seit sie den Wachmann angegriffen hatte, als gefährlich galt, hielt man diese Maßnahme des öfteren bei ihr für angebracht.

Die Erniedrigung hätte nicht schrecklicher sein können. Allabendlich für zwei Stunden den todgeweihten Häftlingen ausgesetzt zu sein, war grauenvoll, die Scham auf beiden Seiten unerträglich. Nur fünfzehn Minuten waren erlaubt, dann klingelte der Wecker und die Zeit war um. Oft saßen die Männer nur erschöpft am Bettrand oder weinten stumm vor Glück, die Nähe einer Frau zu spüren.

Nach spätestens fünfzehn Minuten klingelte ein Wecker, hielt man sich nicht an die vorgeschriebene Zeit oder die vorgeschriebene Missionarsstellung, wurden laute Befehle gebrüllt und die Sache war beendet. Miteinander sprechen war verboten, alles wurde von außen durch das Guckloch kontrolliert. Besonders widerlich war es, wenn ein Wachmann auf der anderen Seite der Tür anfing zu keuchen.

Von den seelischen und körperlichen Qualen ausgelöst, setzten bei Charlotte schwere Migräneanfälle ein und sie bettelte um Schmerzmittel, die sie auch meistens erhielt.

Im Oktober 1944 wurden Bomben über der Munitionsfabrik abgeworfen und zerstörten einen Teil der Produktionsanlagen und zwei Bereitschaftslager.

Als Charlotte erfuhr, dass weit über hundert Menschen dabei umgekommen waren, zumeist Russen, war sie froh, dass Nina wenigstens das erspart geblieben war.

Wegen der Bombardierungen konnte die Sprengstoffproduktion nur noch eingeschränkt fortgesetzt werden, was auf dem Höhepunkt des Krieges eine Katastrophe war.

Aufs Höchste alarmiert war Dietrich Klagges, Ministerpräsident des Freistaates Braunschweig und gleichzeitig Mitglied der Braunschweiger Rüstungsinspektion, sofort nach

Clausthal-Zellerfeld gereist. Er wollte nicht nur die Schäden an den Produktionsstätten inspizieren, sondern auch dem Lagerbordell einen Besuch abstatten und über dessen Fortführung beraten.

Ein Bordell war nutzlos, solange die Produktion beeinträchtigt war. Findig hatte ein SS-Kamerad daher vorgeschlagen, die Baracke, in dem nur noch das Franzosen-Mädchen wohnte, für hochdekorierte SS-Kriegsversehrte umzurüsten. Viele dieser tapferen Kämpfer litten an irgendeinem dummen Kriegstrauma und man konnte sie nicht an die Front zurückschicken.

Nach Rücksprache mit dem Reichssicherheitshauptamt wurde dem zugestimmt und die Baracke umgehend der neuen Nutzung zugeführt.

Die SS hatte seit 1942 auf Geheiß von Heinrich Himmler gezielt Ausschau nach Frauen gehalten, die für den „kriegswichtigen Einsatz" in Bordellen geeignet waren, Bordelle für Häftlinge in der Rüstungsindustrie. Mit der Aussicht auf einen Beischlaf als Belohnung sollten sie zu größtmöglichem Arbeitseinsatz angetrieben werden. Auch sollte die zunehmende Homosexualität eingedämmt und die hohe Ausfallquote durch Krankheiten gesenkt werden.

Anstatt den Männern besseres Essen zu geben, wurden sie mit dem Besuch bei einer Prostituierten, einer Gefangenen wie sie, noch tiefer gedemütigt. Französinnen wurden selten als Prostituierte rekrutiert, doch eine der Deutschen, die im `Puff´ arbeiten mussten, hatte sich die Pulsadern aufgeschnitten und es ließ sich kein passender Nachschub finden.

7

Fred

Fred verbrachte viele Stunden in Zügen oder auf rumpelnden Militär-LKWs, die die Frontsoldaten zu ihren Einsatzorten brachten. Die letzte Etappe war besonders schlimm gewesen. Er bekam ein Fahrrad und musste in der Wehrmachtsuniform an den französischen Kriegsflüchtlingen vorbei radeln, deren hasserfüllte Blicke schlimmer zu ertragen waren als die körperlichen Strapazen.

Fred hatte sich entsetzlich geschämt. Mit seinen französischen Freunden hatte er die Marseillaise gesungen und in der Schule hitzköpfig über den Dadaismus debattiert. Es hatte eine Weile gedauert, bis die Kinder aufgehört hatten, Fred, den Deutschen, zu hänseln und zu malträtieren, aber irgendwann hatte er dazugehört.

Und nun saß er in einer Bunkeranlage und bewachte die von Geschützstellungen deformierte Atlantikküste. Nur wenn die Dunkelheit die Wehranlagen gnädig verhüllte, konnte er den Anblick der weiß schäumenden Gischt und den Salzgeruch des Meeres ein wenig genießen.

Während die anderen Männer fröhlich zechten oder sich mit Französinnen amüsierten, übernahm Fred Nacht für Nacht freiwillig die Patrouillengänge, ganz allein mit einem der Wachhunde. Man ließ es geschehen, die Sorglosigkeit der Kommandeure war wirklich spektakulär.

Alfred Tellmann junior, genannt Fred, war in Frankreich geboren, aufgewachsen und zur Schule gegangen, er sprach viel besser französisch als deutsch und beherrschte sogar den vulgären Slang der Marseiller Hafenarbeiter.

Sein Vater, Alfred Tellmann senior, hatte 1925, nur sieben

Jahre nach dem 1. Weltkrieg, eine Französin geheiratet und beschlossen, mit ihr in Frankreich zu leben. Mit Geneviève an seiner Seite fühlte er sich stark genug, den Sprung in die Emigration zu wagen und eine fremde Sprache in einem Land zu lernen, das von Deutschland als feindliche Macht betrachtet wurde. In Marseille kaufte er einen alten Hafenspeicher und gründete die Tellmann Caoutchouc Compagnie, eine Firma, in der vulkanisierter Kautschuk für Fahrzeugteile und Flugzeugbereifung verarbeitet wurde.

Der Junior sollte eines Tages in die Fußstapfen des Vaters treten und die Firma übernehmen. Fred war damit sehr einverstanden, er gedachte, seine Jugendfreundin zu heiraten und gemeinsam mit ihr das weitere Leben zu verbringen. Charlotte, das auffallend hübsche, blonde Mädchen, sollte viele Kinder bekommen, das parkähnliche Anwesen der Tellmanns bot genug Platz für zwei Familien.

Alles änderte sich, nachdem die Nationalsozialisten Frankreich besetzt hatten.

Der Norden wurde von ihnen verwaltet, im Süden herrschte die korrumpierte Vichy-Regierung mit General Philippe Pétain, der mit den Nazis kollaborierte. Obwohl es 1940 in Frankreich eine Million Arbeitslose gab, durfte Tellmann nur deutsche Arbeiter einstellen und musste alle Franzosen entlassen. Der Betrieb war jetzt ein kriegswichtiger Zulieferer für die Waffenproduktion der Wehrmacht.

Entsetzt hatte Familie Tellmann im deutschen Radiosender den Nachrichten gelauscht, die sich Fred so tief eingeprägt hatten, dass er sie noch immer wie im Originalton hören konnte.

„Über die Maas, über Schelde und Rhein, marschieren wir siegreich nach Frankreich hinein! Die Maginot-Linie, der Stolz der Franzosen, an der sie jahrelang gebaut haben, die unüberwindlich sein sollte, auch sie konnte deutschen Soldaten und deutschen Waffen nicht widerstehen. Und der Franzose weicht, erst langsam, dann schneller und schneller. Und mit ihm flüchten die Greise, die Frauen und Kinder aus den

Städten und Dörfern. Man hatte ihnen erzählt, die deutschen Soldaten seien Mörder! Ist das ein Durcheinander auf den französischen Landstraßen! Flüchtende Soldaten, zertrümmerte Autos und Panzerwagen, stehengebliebene Geschütze, verblutende und schreiende Pferde, zersprengte Brücken. Darüber deutsche Bomber, dahinter deutsche Panzer und Infanterie, dazwischen das Heer der fliehenden Bevölkerung! Schon ist die Seine erreicht und überschritten. Die Flieger zerschlagen mit ihren Bomben die Häfen und Schiffe, die Flucht nach England ist abgeschnitten. Hunderttausende gehen in die deutsche Gefangenschaft."

Als es unter der Vichy-Regierung in Marseille zu Sabotageakten der französischen Widerstandsbewegung kam, wurde auch die Firma Tellmann zweimal zum Ziel von Brandstiftungen.

Alfred Tellmann senior wurde als reichsdeutscher Staatsangehöriger kurzzeitig interniert und beschloss nach seiner Freilassung, Frankreich zu verlassen und nach Deutschland zurückzukehren. Ihm widerstrebte es, vor Freunden und Geschäftspartnern Heil Hitler rufen und den Arm heben zu müssen. Er verabscheute seine Landsleute, die als selbsternannte Herrenmenschen in ihren hässlichen Uniformen immer zahlreicher auf den Straßen zu sehen waren.

Schweren Herzens verkaufte er das Unternehmen an einen Geschäftsmann, der mit der Politik der Vichy-Regierung einverstanden war.

Für Geneviève, die mit der Eheschließung die reichsdeutsche Staatsbürgerschaft hatte annehmen müssen, war der Umzug nach München gleichbedeutend mit dem Gang in ein verhasstes Exil. Aber ihr blieb keine Wahl.

In München begann eine noch schlimmere Zeit als in Marseille. Im Radio verkündete die Propagandaabteilung des gleichgeschalteten Rundfunksenders stoisch den baldigen, erfolgreichen Endsieg von Hitlers Triumphzug durch die

Welt. Schnarrende Stimmen behaupteten stolz, dass es der siegreichen Wehrmacht gelungen sei, bis an die Küste von Amerika vorzurücken und New York zu bombardieren.

Der amerikanische Kontinent galt als unbesiegbar, und nach Paris, dem Symbol westlicher Freiheit, streckte der Führer nun seine Klauen nach Nordamerika aus.

Freds Mutter hatte geweint und erschrocken ausgerufen, sie wolle sich lieber umbringen, als weiterhin in einer von Hitler regierten Welt zu leben.

Der alte Tellmann hatte schnell auf die Station des britischen Militärsenders umgeschaltet. Dort erfuhren sie, dass sich die deutsche Wehrmacht in Russland auf verlorenem Posten befand und von Stalins Armeen und dem eiskalten Winter zum Rückzug gedrängt wurde. Der Wahnsinnige war dabei, ganz Europa in ein riesiges Massengrab zu verwandeln.

1944 überschlugen sich die Ereignisse. Zuerst wurde ihnen in einem Brief von Charlottes Eltern mitgeteilt, dass ihre Tochter plötzlich verschwunden sei und man nichts über ihren Verbleib in Erfahrung bringen könne, dann erlitt der alte Tellmann einen Infarkt und starb wenige Tage später im Krankenhaus.

Nach der Beerdigung folgte gleich der nächste Schicksalsschlag, die Einberufung für Fred, der damals noch zur Schule ging. Er musste sich den `Ariernachweis´ beschaffen, was wegen seiner ursprünglich französischen Mutter anfangs Schwierigkeiten bereitet hatte, bis daraus ein Vorteil zu werden schien.

Man beschloss, den zweisprachig aufgewachsenen Jungen im Krieg gegen Frankreich als Dolmetscher einzusetzen.

Bei seinem Eintritt in die Wehrmacht musste Fred den sogenannten `Fahneneid´ leisten. „Ich schwöre bei Gott diesen heiligen Eid, dass ich dem Führer des Deutschen Reiches und Volkes, Adolf Hitler, dem Obersten Befehlshaber der Wehrmacht, unbedingten Gehorsam leisten und als tapferer Soldat bereit sein will, jederzeit für diesen Eid mein Leben einzusetzen." Nichts davon entsprach seiner Gesinnung. Nur aus Ungewissheit über Charlottes Schicksal und weil seine Mutter ihn brauchte, hatte er sich nichts angetan.

Beide Frauen symbolisierten für Fred das geliebte Mutterland, La France, das, solange er denken konnte, seine Heimat gewesen war. Und gegen dieses Land sollte er jetzt die Waffe richten.

Amanda

Ich weiß nicht genau, was es war, aber Marks Körper löste bei mir etwas aus, das ich als eine Art `erotischen Schock´ bezeichnen würde. Ich war so begierig darauf, ihn wiederzusehen, dass ich während des Tages an fast nichts anderes denken konnte als an unser nächstes Treffen.

Kaum hatten wir die Tür zu seiner Mansardenwohnung hinter uns geschlossen, fielen unsere Körper übereinander her wie hungrige Tiere. Das vollzog sich mit einer so besitzergreifenden Intensität, als hätte ich ein Aphrodisiakum eingenommen, wobei ich gar nicht weiß, wie das wäre, denn ich habe es nie ausprobiert. Seine Haut, sein muskulöser, durchtrainierter Körper, der männlich-herbe Geruch seiner Achselhöhlen und die Zielstrebigkeit, mit der er sich meines Körpers zu seiner eigenen Luststeigerung zu bedienen wusste, das alles war einfach perfekt.

Der Nachteil war, dass ich diesem Mann völlig ausgeliefert war.

Charlotte

Im November war die Baracke bis zur Höhe des Fensters eingeschneit. Der Wachdienst musste mehrmals täglich Schnee schaufeln, damit die Türen aufgingen. Charlotte war in eine größere Kammer umgezogen, die mit einer besseren Ausstattung versehen war. Sessel, Ehebett aus Eichenholz, Tisch, Stühle, Standgarderobe, Teppich, Schränke und sogar ein Klavier verbreiteten trügerische Gemütlichkeit.

Jetzt kamen deutsche Männer in der Uniform der SS, SA oder Waffen-SS zu ihr, bedienten sich der Alkoholvorräte im Nebenraum und blieben, solange sie wollten.

Gelegentlich stand ein Professor der Bergakademie oder ein Reichsbeamter in der Tür, einmal sogar ein Kirchenminister aus Hildesheim, ein hundertprozentiger Gefolgsmann Hitlers. Nach dem Akt salbaderte er etwas vom Gotteslicht über dem Führer, knöpfte sich die Hose zu und verabschiedete sich mit einem heiser gebellten: „Heil Hitler, kleine Franzosen-Mamsell!"

Wenn niemand kam, hockte sie in einer Ecke auf dem Bett und stopfte Berge von Männerstrümpfen. Oder sie beobachtete durch die Gitterstäbe das wenige, was man durch das winzige Fenster erkennen konnte: herabhängende Dornenranken, Wasserrohre und die blattlosen Zweige einer sich wiegenden, kleinen Birke auf dem Dach.

Inzwischen standen ihr ein Lippenstift, Schuhe mit hohen Absätzen, Unterwäsche, Strumpfhalter, Seidenstrümpfe, Büstenhalter und mehrere Kleider zur Verfügung, sie musste sie am Ende der Besuche allerdings sofort zurück in den Schrank hängen und ihren Kittel anziehen.

Die Heizung wurde dauernd auf und zugedreht, entweder war es unerträglich heiß und stickig oder eiskalt.

Ihr häufigster Gast war, jedenfalls bis Weihnachten, ein hochrangiger Staatsbeamter gewesen, ein Reichsminister aus Hannover. Soviel sie erfahren hatte, war ihm ein Suizidversuch missglückt und ihm war nahegelegt worden, sich schnellstens wieder zu fangen oder wegen seiner schweren Depressionen umgehend von seinen Ämtern zurückzutreten.

„Bonjour, Scharlotte!", pflegte er auszurufen, während er sich seines Mantels entledigte. Meistens war er angetrunken und seine erste Handlung war das Öffnen einer Flasche. Wenn sie am Tisch saßen und tranken, langweilte er sie mit belanglosen Phrasen und albernen Komplimenten.

„Mein liebes Kind, du gibst mir das Gefühl, wieder ein junger Mann zu sein. Mein junges Leben habe ich der Volksbildung geopfert, jetzt bin ich ein alter Jammerlappen." Ihr Unbehagen bemerkend, wechselte er schnell das Thema.

„Ach, weißt du eigentlich", fragte er zum wiederholten Mal, „dass ich neben Germanistik auch Musik studiert habe? Möchtest du etwas hören, ein schönes, deutsches Lied?" Und schon saß er am Klavier und sang ihr mit brüchiger Stimme Lieder vor, die sie weder kannte noch mochte oder er fühlte sich berufen, sie über die Rassenunterschiede zu belehren.

„Wir brauchen eine neue arische Rasse an den Universitäten! Die nationalsozialistischen Lehrkräfte sind aufgerufen, die Bildung für das Untermenschentum drastisch einzuschränken. Für das nichtdeutsche Kind darf es nur drei oder vier Klassen Volksschule geben, einfaches Rechnen bis höchstens fünfhundert, das Schreiben des eigenen Namens und die Lehre, dass es ein göttliches Gebot ist, dem Deutschen zu gehorchen. Lesen tut nicht Not. Den Judenkindern muss man den Besuch deutscher Schulen gänzlich verbieten."

Er ließ sich von ihr die Kopfhaut massieren, grunzte wohlig und bat Charlotte, die Gläser erneut zu füllen. Nach der zweiten oder dritten Flasche steuerte er aufs Bett zu, vollzog in wenigen Augenblicken den Beischlaf und war danach meistens sofort eingeschlafen.

Fred

Fred erwartete auf seiner Pritsche im Bunker liegend die Wachablösung und musste an ein Gespräch denken, dass er vor ein paar Tagen mit einem der Offiziere geführt hatte.

Der Mann, er musste so um die dreißig Jahre alt sein, hatte plötzlich in der Dämmerung neben ihm gestanden, sich eine Zigarette angezündet und sie hatten eine Weile schweigend an der Wand gelehnt und hinaus aufs Meer geblickt. Am Kragenspiegel des Mannes konnte er den Dienstgrad eines SS-Obersturmbannführers ablesen und ohne das Fred ihn dazu aufgefordert hatte, begann er in abgehackten Sätzen seinen Kriegseinsatz in Russland zu schildern. Dabei bezeichnete er sich selbst als stahlharten Frontkämpfer.

"Zweite SS-Panzer-Division „Das Reich" schwere Kämpfe bei Charkow im Winter, Russen-Dörfer dem Erdboden gleich gemacht, jüdischen Bolschewismus ausgerottet..."

Fred zwang sich, kommentarlos zuzuhören, er hatte große Angst, sich mit seiner Abneigung gegen Krieg und Führer zu verraten.

„Bin der letzte meiner Einheit hier auf dem Stützpunkt, die Kameraden sind in Richtung Ardennen weiter gezogen." Verächtlich klopfte sich der Mann gegen sein Bein. „Damit kannst du´s den Bolschewiken nicht zeigen, bin nur noch ein Krüppel!"

Fred war schon eher aufgefallen, dass der Mann oft gequält das Gesicht verzog, das Gehen schien ihm starke Schmerzen zu bereiten. Auch er war wenig an den nächtlichen Zusammenkünften der Mannschaftssoldaten interessiert und glaubte wohl, in Fred einen Bundesgenossen gefunden zu haben.

„Bin lieber allein, mit der Waffe im Arm!" Mit leiser Stimme schilderte er, dass er nach einer Not-Amputation an der Front die Waffen hatte strecken müssen. Im Sanatorium in Hohenlychen habe ihn der berühmte Dr. Gebhardt, ein ausgezeichneter Arzt und sehr enger Freund von Himmler, ein zweites Mal operieren müssen. Nach seiner Genesung sei er zwar seiner Division nach Frankreich gefolgt, aber er sei kein vollwertiger Soldat mehr.

Er schob sich näher an Fred heran und fragte: „Und du, Kamerad Tellmann, warum bist du nicht längst bei der Schutzstaffel? Aufstiegsmöglichkeiten sind sehr gut, könnte dir während des Dienstes hier einiges beibringen!"

Als Fred nichts erwiderte, hatte er ihm mit in die Ferne gerichtetem Blick eine Vision der nahen Zukunft erläutert, die bei Fred Abscheu und Ekel hervorrief.

„Mein Junge, wenn dieser Krieg gewonnen ist und wir die minderen Völker wie Abfall mit den Stiefeln zerquetscht haben, werden wir Hand in Hand über die Erde schreiten und den Platz einnehmen, der unserem Blute und unserer Rasse zukommt. Frankreich wird es nicht mehr geben, aber ein groß-germanisches Reich wird seine mütterlichen Arme über die arischen Völker der Welt ausbreiten." Fred konnte es kaum noch ertragen und stieß sich von der Wand ab und dem Mann wurde bewusst, dass seine Ausführungen nicht die gewünschte Reaktion erzeugt hatten. Mit einem knappen Gruß war er davon geeilt.

Einige Tage nach dem Gespräch hatte Fred seinen Wachdienst angetreten, es war die verhängnisvolle Nacht zum 06. Juni 1944.

Zwei Stockwerke unter der Erden merkte man nichts von dem Unwetter, das an der Küste tobte. Die See war aufgewühlt, schon in den vergangenen Nächten hatte es wie wild gestürmt und Fred war enttäuscht, bei einem solchen Wetter würde er den sonst sich glitzernd im Meer spiegelnden Vollmond nicht genießen können. Um ein Uhr stand er auf, zog sich an und verließ das schlecht gelüftete, unterirdische Mannschaftsquartier. Im Speiseraum wurde er schon von einem der jungen Kanoniere, dessen Wache beendet war, mit hochgerecktem Arm und: „Heil Hitler - Keine Vorkommnisse!" empfangen.

Fred salutierte zurück. Es war ihm gleichgültig, was die anderen von ihm dachten und es interessierte ihn auch nicht, was sie an den Abenden und Nächten in den Kellergewölben und Casinos trieben.

Die meisten Männer auf dem Artilleriestützpunkt schienen sich permanent in einem Rauschzustand zu befinden, etliche schluckten das vielgepriesene Aufputsch-Medikament Pervitin.

Auch Fred hatte man geraten, seine Wachsamkeit während der nächtlichen Patrouillengänge damit zu erhöhen. Er hatte schon von der unheilvollen Wirkung der Tabletten gehört, denn mit Pervitin verwandelten sich einfache Soldaten in regelrechte Kampfmaschinen. Sie kamen über mehrere Tage ohne Schlaf aus, verloren jede Angst vor dem Gegner, töteten routiniert und hemmungslos und zerstörten ohne Bedenken ganze Dörfer und Städte. Außerdem steigerte das Mittel die Potenz und ließ den Bedarf an Frauen auf dem Stützpunkt enorm ansteigen. Freds Sprachkenntnisse dienten dazu, die Frauen, die kein Wort deutsch sprachen, zu instruieren.

Obwohl der Artilleriestützpunkt im vergangenen Jahr von Patrouillenbooten beschossen und erst im April von feindlichen Jagdbombern angegriffen worden war, ging man recht sorglos mit der Tatsache um, sich mitten im Krieg zu befinden. Das Nachtleben spielte bei den Männern eine größere Rolle als die Wachsamkeit und es war daher nicht ungewöhnlich, wenn nur ein einziger Posten den gesamten Stützpunkt im Auge behielt.

Fred trank zum Frühstück einen Becher Malzkaffee und kaute auf einem Stück Weißbrot herum, dann schulterte er seine MP 40 und stieg die Treppen hinauf. Draußen heulte der Sturm, Nässe schlug ihm entgegen, dennoch sog er die nach Seetang riechende Meeresbrise gierig ein und genoss die Einsamkeit des frühen Morgens. Er stieß einen leisen Pfiff aus, das Zeichen, mit dem er den Schäferhund Hasso zu sich rief, das Tier würde während der Nacht an seiner Seite bleiben und mit ihm durch die Laufgräben patrouillieren. Wenn Fred sich unbeobachtet wusste, verließ er manchmal den Graben, setzte sich mit dem angeleinten Hund ins Dünengras und erfreute sich an dem wunderbaren Ausblick, den man von der Steilküste aus hatte.

In Marseille war er oft mit Charlotte bei Dunkelheit am Meer gewesen, sie hatten die Sternbilder studiert und dem Rauschen der Wellen gelauscht. Wenn er daran dachte, was der jungen Freundin alles zugestoßen sein könnte, überfiel ihn große Verzweiflung.

Das Wetter blieb unruhig und gerade wegen des wild tobenden Sturmes machte sich niemand Gedanken über einen möglichen Angriff.

Der Wind rüttelte an den Tarnnetzen, mit denen sechs bedrohlich aussehende 15,5-cm-Langrohrkanonen abgedeckt waren, die es in Wirklichkeit dort gar nicht gab. Riesige Attrappen, aus hölzernen Telegraphenmasten zusammengezimmert, sollten feindliche Beobachter glauben lassen, der Stützpunkt sei schwer bewaffnet. Die sechs echten Artilleriegeschütze standen gut versteckt ein paar Kilometer weit entfernt im Hinterland.

Fred kannte die Gründe für dieses Täuschungsmanöver, aber war es richtig, dass der Führungsstab der Wehrmacht diesen Küstenabschnitt derzeit für sicher genug hielt, um auf die echten Geschütze verzichten zu können? Ein möglicher Angriff wurde, wenn überhaupt, nur in der Nähe von Calais, an der schmalsten Stelle des Ärmelkanals, erwartet. Am Pointe du Hoc jedoch rechnete die Heeres-Küsten-Artillerie-Abteilung 1260 nicht mit Kampfhandlungen, man vergnügte sich bei Calvados und frischen Austern mit Französinnen.

8

Amanda

Ich träume so viel in letzter Zeit. Meret macht sich Sorgen um mich, weil ich so bleich aussehe. „Amanda, dieser Mark, der passt nicht zu dir! Du solltest weg von hier, wann bist du das letzte Mal verreist gewesen? Du wolltest doch Jeanne besuchen, wieso ist daraus nichts geworden?"

Wir überquerten gerade ein steiniges Stück des Wanderweges und man musste sehr darauf achten, wohin man trat, um nicht auszurutschen, der Boden war feucht und schlüpfrig. Gut, dass wir die Wanderstöcke hatten, mit ihnen fand man Halt, wenn der Fuß sein Ziel verfehlte.

„Weiß ich auch nicht, Meret, irgendwie haben wir es immer verschoben und dann war es kein Thema mehr. Ich glaube nicht, dass meine Tochter noch sehr an mir hängt. Sie ist zu hundert Prozent zur Französin geworden. Dabei hat sie doch einen amerikanischen Großvater."

„Den sie allerdings nicht kennt. Und nun setzt sie in der wunderschönen Normandie kleine Franzosen in die Welt, hoffentlich hält die Ehe, sonst dürfte es schwer sein, den Kleinen gemeinsam zu erziehen."

Der Gedanke an meinen weit entfernten Enkel und die nur nach einer langen Fahrt erreichbaren weißen Felsen der normannischen Küste machten mich schlagartig deprimiert.

„Sie hat es doch gut getroffen, so einen lieben Ehemann hätte sie hier im Harz bestimmt nicht gefunden. Wenn die Entfernung nur nicht so groß wäre, sie meldet sich immer seltener." „Ja, wieso lässt du sie auch einfach so ziehen, Amanda, du musst deiner Tochter zeigen, wie sehr sie dir fehlt und dass du dir wünschst, sie öfter zu sehen. Fahr hin!" „Meinst du?" Ich sah mir in Gedanken unsere Beziehung an. War ich für Johanna unentbehrlich?

„Nein, ich habe nicht den Eindruck, dass ich ihr fehle. Sie hat einen so umfangreichen Freundeskreis und ihre Schwiegereltern lieben sie heiß und innig und kommen regelmäßig zu Besuch, sie wohnen ja nur wenige Kilometer voneinander entfernt.

Außerdem treffen sie sich dauernd im Sommerhaus von Dominiques Eltern in Étretat, dahin haben sie mich zwar auch immer eingeladen, aber ach, es war ja so peinlich, als ich nur einmal dort war, dass ich nie wieder hingefahren bin."

„Peinlich? Davon hast du noch gar nichts erzählt, was soll denn da peinlich gewesen sein?"

Ich blieb stehen und holte tief Luft, bergauf gehen strengt an, noch dazu, wenn man dabei sprechen soll.

„Meret, wie weit ist es noch bis zum Gasthaus?" Die Aussicht auf eine Einkehr mit lukullischen Genüssen ließ wie immer große Vorfreude in mir aufkommen. „Nicht mehr weit, ungefähr zwanzig Minuten."

„Zwanzig Minuten steil bergauf?" Die Freude verflog. „Ich erzähl dir alles, aber erst, wenn wir oben sind, ja?"

Wir machten uns hintereinander auf den Weg zum Gipfel, der immer mehr von Nebelschwaden eingehüllt wurde. Die Tannen, die im Harz in Wahrheit Fichten sind, verschwanden im Dunst und ein feiner Nieselregen legte sich feucht auf Haare, Rucksack und Kleidung.

Charlotte

„Oh, du! Meine Göttin!", lallte der Reichsminister sturzbetrunken, während Charlotte auf seinem Schoß saß. Sie roch seinen säuerlichen Alkoholatem.

„Du hast mich wohl verhext, du französisches Weib! Warum, warum bin´ch so vernarrt in dich, dassich sterben muss, wennch dich nich haben kann?" Hingerissen verfolgte er, wie das Mädchen ein Bein von einem durchsichtigen Strumpf befreite. Er schlang die Arme um ihre Hüften und faltete die Hände über ihrem Bauch wie zum Gebet. Das Sprechen fiel ihm immer schwerer.

„Dassis dein höherer Daseinszweck, Scharlotte, dasses Weib, auch wennes nich reinrassig ist, hick, gibsich dem Manne hin."

Er schob sie von seinem Knie und stand mühsam auf, um seiner Rede die nötige Würde zu verleihen. Sobald er stand, gelang es ihm, seine Worte klarer zu formulieren, schließlich war er trotz seines unmäßigen Alkoholkonsums ein routinierter Redner.

„Ja, ich gebe zu, es ist nicht gerade tugendhaft für einen Mann meines Standes, mit einem Mädchen wie dir zu verkehren, aber der Reichsführer Himmler hat es selbst angeordnet." Er gab ihr einen Klaps auf den Po.

„Wir alle verfolgen doch ein großes Ziel: die Art zu stärken, das Blut reinzuhalten und neue Menschen für Großdeutschland heranzuzüchten!"

Die Kräfte verließen ihn wieder, er hangelte sich schwankend zum Klavier hinüber, zog den Hocker hervor und hielt sich unbeholfen mit den Fingern an den Tasten fest, um nicht wegzurollen. Dann sah er sie treuherzig an. „Du hast ausgezeichnetes, arisches Erbgut, Scharlotte, ich werde mich für dich einsetzen, meine Kleine, das verspreche ich dir!"

Im Morgengrauen klopfte es an die Tür und zwei Männer in Zivil traten wortlos ein. Sie verfrachteten den Minister in eine Limousine und schafften ihn zurück nach Hannover.

Fred

Fred hatte den ersten Wachgang beendet. Er kauerte sich unter ein Vordach im Graben, um dem Regen zu entgehen und zündete sich eine Zigarette an. Hasso hockte neben ihm, drückte den Kopf gegen sein Knie und wollte gestreichelt werden. Wie seine Mutter, liebte auch Fred Hunde über alles und litt mit den Wachhunden, die wohl nie mehr lebend nach Deutschland zurückkehren würden.

„Der Deutsche Schäferhund muss dem Herrenmenschen bei der Ausübung seiner Pflicht treu zur Seite stehen!", hatte Geneviève, seine Mutter, höhnisch einen Propagandafilm kommentiert und Fred hatte ihr ängstlich den Finger vor den Mund gehalten, um sie zum Schweigen zu bringen.

Ihre impulsive Art wäre ihr in München beinahe zum Verhängnis geworden, als zwei Beamte der Geheimen Staatspolizei an der Wohnungstür gegenüber geklingelt hatten, um den Pudel der zur Hälfte jüdischen Nachbarin zu konfiszieren. Wütend war Geneviève aus der Tür gestürmt und es war nur der Intervention seines Vaters zu verdanken, dass man sie nicht mitgenommen hatte.

Traurig erinnerte er sich an ihr Gesicht, an den kleinen, lustigen Faltenkranz um ihre Augen, der sich bildete, wenn sie ihn amüsiert und liebevoll zugleich angesehen hatte.

Seit Ausbruch des Krieges und besonders nach dem plötzlichen Tod des Vaters hatte er sie jedoch kaum mehr lachen sehen. Und als sie miterleben musste, dass ihr einziger Sohn gezwungen wurde, gegen ihr Heimatland in den Krieg zu ziehen, war etwas in ihr zerbrochen.

Kurz nach seiner Ankunft auf dem Stützpunkt hatte Fred die Nachricht erhalten, dass auch sie gestorben war, ganz sanft, ohne Vorwarnung, ohne Abschied.

Fred kraulte die Ohren des vor Wonne schnaufenden Hundes und schaute auf die Uhr, in zwei Stunden war es sieben, dann endete sein Dienst. Schon rötete die aufgehende Sonne den unteren Rand des von einer dicken Wolkenschicht bedeckten Himmels, unheilvoll verfärbte sich das Wasser blutrot. Fred kam viele Jahre später zu der Ansicht, dass diese Verfärbung eine Art Omen gewesen sein musste.

In der Nacht war ihm jedoch nichts aufgefallen, er hatte sich gereckt und mit einem Klopfen gegen den Oberschenkel den Hund gerufen. „Los, mein Guter, drehen wir die nächste Runde!" Wegen des schlechten Wetters war er jedoch froh, sich nicht für eine Doppelschicht gemeldet zu haben. Bei einem prüfenden Blick über den Grabenrand wurde Freds Käppi vom Sturm davon geweht und als er, um es zurückzuholen, den mit Wellblech verkleideten Rand hinaufgeklettert war, musste er sich sofort mit ganzer Kraft gegen die heulenden Böen stemmen, um nicht gefährlich nah an den Rand der Klippen geschleudert zu werden.

Gerade wollte er wieder in den Schutz der Anlage zurückspringen, da weckte ein seltsames Glitzern seine Aufmerksamkeit. Es wiederholte sich und war dann verschwunden. Nachdem seine Augen konzentriert die verwaschene Dämmerung des Meeres abgesucht hatten, glaubte er im Licht des heller werdenden Horizontes in östlicher Richtung Flecken zu erkennen, die in Bewegung waren. Er ermahnte den Hund, der leise winselte, still zu sein.

Amanda

Bald verschwand der Nebel und auch der Nieselregen hatte aufgehört, wir näherten uns dem Gipfel des Großen Knollen, einem erloschenen Vulkan inmitten eines historischen Bergbaugebietes. Die Wolken hingen jetzt wie eine weiße Wattedecke unter uns und es bot sich ein Anblick, wie man ihn sonst nur aus dem Fenster von Flugzeugen kennt. Inversionswetterlage nennt man das, ein Phänomen, das Wanderer auf dem Brocken seit Jahrhunderten in Ekstase versetzt, weil es unvergleichliche Bilder erzeugt.

Das Gasthaus, das bei Unwetter als Unterschlupf dienen sollte, war um einen steinernen Turm herum erbaut worden, nachdem der über hundert Jahre alte hölzerne Turm bei einem schweren Gewitter kläglich versagt hatte. Blitze hatten einige Wanderer getötet, andere schwer verletzt und daraufhin bekam der Berg den steinernen Turm, der noch heute existiert.

Wir hatten Glück, über uns strahlte der blaue Himmel. „Ach, ist das schön! Eine Sicht wie auf dem Brocken!" Meret balancierte die Biergläser zwischen den Tischen hindurch, die alle besetzt waren. Wir ließen uns auf einem Felsvorsprung nieder. „So, nun los, was war da so peinlich in Frankreich? Ach, und Prost!" Sie stieß mit ihrem Glas gegen meins und bald fühlte ich den Alkohol belebend durch meinen Körper strömen. „Na gut, Meret, also das war so..."

Ich schob mich dicht an sie heran und berichtete mit gedämpfter Stimme, was sich damals abgespielt hatte.

„Also, Henry, der Schwiegervater von Johanna, hatte sich buchstäblich abgerackert, um seinen Sommersitz an der Küste der Normandie zu einem luxuriösen Chalet auszubauen. Das Grundstück ist aber auch paradiesisch schön und keine zwei Minuten vom Strand entfernt, der allerdings aus winzigen Steinen und nicht aus feinem Sand besteht. Es ist von einer Hecke umzäunt und füllt die gesamte Breite eines kleinen Hügels aus. Ursprünglich gehörte es mal Henrys Onkel, einem Fischer und Schafzüchter, der sich damit begnügt hatte, eine kleine Hütte zu bewohnen. Die Hütte hatte Henry nach dem Tod des Onkels sofort abreißen lassen."

Ich nahm einen Zug aus meinem Bierglas und vergewisserte mich, dass am Tisch niemand außer Meret zuhörte.

„Na, gut, also weiter. Zu Lebzeiten des Onkels wurden Pflanzen, Tiere und Menschen mit dem Wasser aus einem Brunnen versorgt, aber Henry hat das Anwesen nach und nach mit modernen Anschlüssen versehen und dabei keine Kosten gescheut."

Im Hintergrund begann eine Wandergruppe laut zu singen und ich musste noch näher an Meret heranrücken, damit sie mein Flüstern verstehen konnte.

„Ich bin nur einmal dort gewesen. Es gibt im Souterrain einen großen Raum mit einer Bar, in dem man Filme zeigen, Karaoke-Shows oder Partys mit Tanz und Unterhaltung veranstalten kann. Im darüber liegenden Erdgeschoss befindet sich ein geräumiges Wohn-Esszimmer mit einem großen Kamin für gemütlich-romantische Abende, zwei Badezimmer und eine Küche. Im spitz zulaufenden Dachgeschoss sind zwei komfortable Gästezimmer entstanden. Henry hat ja nur das eine Kind, Dominique, also, den Ehemann meiner Tochter, darum hält er zwei Zimmer für ausreichend, um mit beiden Familien dort Zeit zu verbringen."

„Und was ist denn nun passiert, komm zum Punkt, Amanda!"„Nicht so ungeduldig, du musst doch erst einmal eine Vorstellung von der Umgebung haben. Ja, gut, ich bin damals mit dem Zug zu meiner Tochter gereist und wir sind dann von Paris aus gemeinsam im Auto nach Étretat weitergefahren. Dort wartete schon Henry auf uns, der uns herzlich und überschwänglich begrüßte und uns mitteilte, dass Marthe, seine liebe Ehegattin, sich entschuldigen ließe. Sie wolle nach einer Krampfader-OP lieber in der Nähe ihres Arztes bleiben. Henry wollte auch nur ein, zwei Tage bleiben und dann nach Paris zurückkehren.

Wir hatten eine sehr schöne Zeit, ich glaube, dass ich selten in Deutschland so unbeschwert war wie in diesen paar Tagen in Frankreich. Wir lachten viel, wanderten am Strand entlang und sammelten Steine und Muscheln ein, um sie am nächsten Tag wieder ins Meer zu werfen. Wir trugen René mit seinem glücklichen Kinderlachen abwechselnd auf dem Rücken und wetteiferten im Spaß darum, wem er wohl am ähnlichsten sah.

Henry blieb länger als geplant und einen Tag, bevor er wieder fahren musste, weil Marthe langsam ärgerlich wurde, fuhren Jeanne, Dominique und René gemeinsam nach Fécamp und Henry und ich blieben allein zurück.

Ich hatte angeboten, für alle am Abend eine typisch deutsche Mahlzeit zuzubereiten, darum hatte mich Dominique in seiner manchmal etwas übertriebenen, deutschfreundlichen Art und Weise gebeten.

Ich überwachte also einen großen Topf mit Unmengen von Pellkartoffeln, aus denen ich Kartoffelsalat machen wollte, dazu wollte ich gekochte Eier servieren. Plötzlich stand Henry hinter mir und ich hörte seinen Atem an meinem Ohr. `Amande´, stöhnte er, `du bist so eine schöne, junge Frau, warum hast du keinen Mann?" Er stand viel zu nah, er berührte mich schon mit seinem vorstehenden Bauch und seine Stimme klang heiser. Das war nicht der Henry, der er sein sollte, und das wusste er ganz genau. Warum gefährdete er die familiäre Harmonie mit einer völlig sinnlosen Attacke auf meine Sexualität?

`Henry, bitte, ich finde, du solltest das Thema jetzt besser fallen lassen!´

Aber es war schon zu spät. Er umfasste von hinten meine Schultern und drückte seinen Unterkörper gegen meinen Hintern und ignorierte meine Abwehr.

`Henry, was soll das? Du hast eine Frau und ich muss dir nicht erzählen, warum ich allein bin, es geht dich überhaupt nichts an!´

Ich stieß ihn weg und sein Gesicht nahm ganz plötzlich einen wütenden, beinahe hasserfüllten Ausdruck an.

`Du, du deutsche boche! Was bildest du dir ein, ist ein Franzose nicht gut genug für dich? Was haben deine Leute mit Frankreich gemacht, sie haben alles zerstört, la Normandie, mein Papa...´

Dann genügten seine Deutschkenntnisse nicht mehr und ein Schwall französischer, ich nehme an, Beleidigungen, brach aus ihm hervor, die dann versiegten und einer hilflosen Verlegenheit Platz machten. `Es tut mir leid, Amande, ich weiß nicht, was mit mir los war, ich dachte, so ein bisschen comme ci comme ca, das wäre auch für dich mal gut, weißt du, und mit Marthe, das ist so schwierig geworden.´

Ich konnte mir schon denken, was er damit meinte, vermutlich lief sexuell zwischen ihnen nicht mehr viel und bei Henry hatte sich einiges angestaut. Ich stand da mit dem großen Topf voller deutscher Kartoffeln und fühlte mich so elend wie selten zuvor und mir fiel nichts ein, was ich sagen könnte, um die bedrückende Stimmung von uns zu nehmen.

Er murmelte eine Entschuldigung und verließ den Raum. Glücklicherweise war es mein letzter Tag, vor den Kindern benahmen wir uns so normal wie möglich, am nächsten Morgen brachte mich meine Tochter zum Bahnhof und seitdem hatte ich Henry nicht mehr gesehen." Meret schwieg betroffen. „Hast du denn vorher nie bemerkt, dass Henry scharf auf dich war und nebenbei große Ressentiments gegenüber den Deutschen hatte? Habt ihr nie darüber gesprochen?"

„Nein, leider nicht, ich wusste das alles gar nicht so genau, erst nach diesem Vorfall habe ich angefangen, mich mit den Kriegs-Ereignissen und mit der Invasion am D-Day zu befassen. Ganz schrecklich viele Tote hat es gegeben, es war ein regelrechtes Gemetzel."

Meret fuhr sich mit den Fingern durch ihre langen dunklen Haare, zog sie mit einem Gummiband zusammen und steckte sie zu einem Dutt am Hinterkopf fest.

„Das ist aber nicht gerade günstig für eine deutsch-französische Ehe, alle Frauen, die ich kenne, die mit Franzosen verheiratet waren, haben sich irgendwann wieder getrennt."

Inzwischen saßen wir allein am Tisch und ich war unwillkürlich lauter geworden.

„Jeanne wird das nicht passieren, sie schafft das schon, sie verfügt über das nötige Maß an Diplomatie, femininer Eleganz und einer unendlichen Liebe zur französischen Kultur, die über das übliche Maß an frankophiler Gesinnung hinausgeht. Sie ist im Herzen als Französin zur Welt gekommen." Meret prustete los: „Amanda, ich wusste doch, dass du eine vom französischen Geheimdienst geklonte Tochter hast!"

„Ja, Meret, und das Geheimdienstexperiment ist noch nicht vorbei, aber diesmal wird es der KGB sein!" Wir lachten beide und ich brachte die leeren Biergläser zurück. Ich dachte an Mark und war froh, dass ich ihn am Abend endlich wiedersehen würde.

9

Charlotte

Der Reichsminister war seitdem nicht wiedergekommen und
die Wärterin wusste zu berichten, dass sich seine Erkrankung
verschlechtert habe. Missbilligend bemerkte sie:

„Die schwere Kopfverletzung, die ihr Franzosen dem tapferen Manne im Kriege zugefügt habt, die macht ihm jetzt so
schwer zu schaffen."

Irgendwann wurde Charlotte eine neue Aufseherin zugeteilt, eine dickliche, kleine Person mit aschblonden, kurz
geschnittenen Haaren und blassgrauen Augen im farblosen
Gesicht, Erna Magerkurt.

„Kannst Erna zu mir sagen", hatte sie Charlotte mit herab-
lassender Freundlichkeit angeboten und dann mit nervösem
Eifer am Körper der Gefangenen Maß genommen. Zwei Tage
später hängte sie ein teuer aussehendes, langes Abendkleid
über den Stuhl. Ihre Stimme triefte vor Neid.

„Da, mach dich hübsch, kriegst hohen Besuch!"

Fred

Näherten sich da etwa Schiffe? Fred lief zur Spitze der Be-
obachtungsplattform, um freie Sicht auf den westlichen
und östlichen Teil der Küste zu haben. Im Windschutz der
Bunkerwand legte er das Fernglas an und sah im Osten mehrere große, flache Boote, die entlang der Küste zu tuckern
schienen und Kurs auf ihren Stützpunkt nahmen.

Der Lärm der Motoren wurde vom Wüten des Sturmes
vollkommen verschluckt. In der schwindelerregenden Tiefe
von dreißig Metern schäumten die Wellen ans Ufer, zischend
umspülten sie Stacheldraht und Wehranlagen und im Wech-

sel der Gezeiten war schon der Übergang zur Flut zu erkennen. Der schmale Strand lag schon fast unter Wasser.

Fred richtete sein Fernglas nach Westen und was er sah, verschlug ihm den Atem. Unzählige Schiffe, so viele, dass er sie nicht zählen konnte, hunderte, tausende, bewegten sich schaukelnd und schlingernd am Horizont auf die Atlantikküste, auf ihren Stützpunkt, auf die Halbinsel Pointe du Hoc zu. War das der Angriff der Alliierten, den man zwar erwartete, aber nicht jetzt und nicht an dieser Stelle?

Sein erster Impuls war, den Kommandanten zu alarmieren. Aber dann? Der Magen schnürte sich ihm zusammen, als er an die Folgen dachte und plötzlich durchfuhr ihn schreckliche Angst.

Der Hund begann hinten im Laufgraben zu bellen.

„Still, Hasso!", befahl er leise, obwohl der pfeifende Wind das Geräusch seiner Stimme übertönte. Gebückt hastete er im Windschutz der Betonwand zum Graben, beruhigte das Tier, kehrte eilig zum Felsvorsprung zurück und nahm seinen Beobachtungsposten wieder ein. Er betrachtete die Schiffe und Boote im aufgepeitschten Meer, die sich im Brüllen des Windes geräuschlos näherten und fragte sich, ob eine so stürmische Nacht für einen Überraschungsangriff von Vorteil oder von Nachteil war.

Jedenfalls kam eine Armada von Kriegsschiffen drohend auf die Küste zu und das konnte nur eines bedeuten: entsetzliche Kämpfe und zahllose Tote!

Was immer Fred jetzt tat, er würde zwangsläufig zum Verräter werden, an den Deutschen oder an den Franzosen. Wie es in seiner Familie in ausweglosen Situation üblich gewesen war, sprach er schnell ein lautloses Gebet, danach wurde er ganz ruhig.

Wieder richtete er sein Fernglas nach Osten. Die Landungsboote waren schon so nah, dass er trotz der Dunkelheit behelmte Soldaten erkennen konnte, die anscheinend darauf warteten, möglichst ungesehen an Land zu kommen. Doch wie wollten die das schaffen?

Der Strand war voller Minen und bot den Angreifern nicht die kleinste Deckung, wenn die Soldaten mit Maschinengewehren von oben auf sie schießen würden. Sie wären tot, bevor nur ein einziger die Klippen erreicht hatte. Und wie wollten sie die dreißig Meter hohen Felswänden überwinden?

Amanda

Meret sah mich mitfühlend an. „Du meine Güte, das war aber wirklich eine peinliche Situation mit Henry. Und ihr habt nie darüber gesprochen?"

„Nein, ich nehme an, er hat den Vorfall einfach verdrängt, vielleicht war das sogar der Grund, warum er das Grundstück den Kindern überschrieben hat."

Sie hängte sich ihren Rucksack über die Schultern und ergriff die Stöcke. „Also, wenn mir das passiert wäre, ich hätte es meiner Tochter aber erzählt!" „Ja, du, aber Viola ist nicht Johanna. Du weißt doch, wie schwer sie sich tut, wenn es um ihre französische Familie geht."

„Hier geht es doch nicht nur um einen Familienkonflikt, Amanda, hier spielen der erste und der zweite Weltkrieg eine Rolle, diese Themen muss man sensibel, aber auch ganz offen angehen."

„Ach ja, das musst du gerade sagen, du sprichst doch nie mit deinen Eltern darüber, was in eurer Familie los war, weder im ersten Weltkrieg noch in der Nazizeit, du weißt nicht einmal, auf welcher Seite deine Großeltern in der NS-Zeit gestanden haben." Sie blieb verärgert stehen, sie mochte es nicht, wenn ich ihre Familie kritisierte.

Meret war ein Mädchen, das Zeit ihres Lebens sicher und geborgen im Kielwasser des Bildungsbürgertums geschwommen war. Sie war zwar stets gewillt, die Schwächeren zu unterstützen und wollte jeden Konflikt der Welt in seiner politischen Tragweite begreifen, aber wenn es um die Aufarbeitung ihrer eigenen Vergangenheit ging, dann war sie seltsam taub und blind.

Ihr strenger, preußischer Großvater, hatte stets die Weichen gestellt. Der Familienbesitz, eine Domäne in Northeim, war bis heute mit Ölgemälden von Friedrich dem Großen, Otto von Bismarck und der Preußischen Kaiserfamilie ausgestattet. Er ließ als Familienoberhaupt die Geschichte umschreiben und blutige Kriegsschauplätze zu Orten von heldenhaften Großtaten verklären. Erfolgreich stemmte er sich der Wahrheit entgegen, indem er den Familienmitgliedern verbot, politische Themen zu debattieren, Verstöße dagegen wurden sanktioniert.

Merets Mutter wohnte noch immer mit dem fast hundertjährigen Vater zusammen auf dessen Gut und ich war nach einem Besuch fest entschlossen gewesen, sie nie wieder dorthin zu begleiten. Ein so muffiges, verquastes Haus konnte man kein zweites Mal betreten.

War das der Grund, warum sie so gern mit mir stritt? Weil ihr die Streitkultur als Jugendliche verwehrt geblieben war, weil sie nie aufmüpfig sein durfte?

Meret revanchierte sich mit einem Seitenhieb.

„Sag mal, Amanda, dein Galan erzählt dir wohl gar nichts mehr, halten ihn die wilden Nächte mit dir vom Ermitteln ab?"

Ihr Spott traf mich sehr. „Du weißt doch, dass er nicht über seine Arbeit sprechen darf, mit mir schon gar nicht, ich habe dafür Verständnis. Und außerdem interessiert es mich gar nicht sonderlich, wenn es was Neues gibt, wird es schon in der Zeitung stehen."

Sie betrachtete mich nachdenklich. „Na, du siehst jedenfalls alles andere als glücklich aus, ich mach mir Sorgen um dich. Ich weiß, du bist verliebt, es sei dir gegönnt, aber was ist das überhaupt für einer, dieser Mark? Du hast ihn mir noch nicht mal vorgestellt, warum nicht? Ohne ihn gesehen zu haben, kann ich nicht verstehen, was er dir bedeutet."

Wie sollte ich der Freundin mein Dilemma begreiflich machen? Wir waren immer so stolz auf unsere kritische Haltung Männern gegenüber, wir ließen uns nichts gefallen, setzten

unsere Forderungen durch, lachten über weibchenhaft auf-
gemotzte Frauen und wenn Männer hinter uns her pfiffen,
als wären wir kleine Hunde, was leider immer noch geschah,
dann drehten wir uns um und zeigten den Stinkefinger. Und
nun war ich zu einem dressierten Hündchen mutiert, dass
sich mit einem Schnipsen des Fingers vom Herrchen rufen
ließ. Nein, das würde Meret nicht verstehen.

Charlotte

Als Charlotte beinahe so weit war, ihrem Leben mit einer
Schnur, einem Stuhl und einem Wandhaken ein Ende zu machen, da war Gero gekommen. Und hatte gegen ihren Willen
das erstarrte Gerüst aus Hass, Ekel und Abscheu zum Ein-
sturz gebracht, wenigstens für kurze Zeit.

Später konnte Charlotte sich das nur so erklären: sie war
ausgehungert, am Verdursten, voller Sehnsucht nach Liebe
und Zärtlichkeit. Denn sie war jung, ein Mädchen, dass eigentlich verliebt und glücklich sein und Kinder haben sollte. Und sie wusste nicht, ob ihr das noch jemals widerfahren
würde.

Als er eintrat und sie anlächelte, musste sie das Lächeln
unwillkürlich erwidern. In einer Hand hielt er einen großen
Koffer, mit der anderen ergriff er mit einer galanten Geste
ihre Hand und streifte sie mit seinem Mund. Dann begann er
pfeifend den Tisch zu decken.

Zuerst zog er ein sauberes Tischtuch hervor, dann kamen
Gläser, Besteck, Teller und immer mehr köstliche Dinge, die
sie jahrelang entbehrt hatte, zum Vorschein. In fließendem
Französisch begann er eine Unterhaltung und informierte sie
über den Stand der Dinge. So erfuhr sie, dass Paris und der
Norden Frankreichs von den Deutschen besetzt waren. Und
was war mit Marseille? Ja, Marseille sei natürlich auch unter
der Kontrolle des Führers. Mehr wollte er nicht preisgeben,
ungehalten bat er sie, vom Bett aufzustehen, rückte den Stuhl
für sie zurecht und nahm erst Platz, nachdem sie sich gesetzt
hatte.

Hans Gero von Barsewitz-Blücher war ein schöner Mann, ein kultivierter Mann, ein charaktervoller, nicht mehr ganz junger Mann mit dunkelblonden Haaren, grünen Augen und feingliedrigen Händen, die sowohl Klavier spielen als auch Befehle unterzeichnen konnten, deren Inhalt dazu ermächtigte, Kriegsgefangene zu liquidieren und Dörfer abzubrennen.

Charlotte begegnete dem Feingeist, dem Hamburger Kunstkenner und Musikliebhaber, der sogar ein Grammophon in die Baracke verfrachten ließ, mit Dankbarkeit und echter Zuneigung. In das Grau ihres Lebens mischte sich etwas Farbe und zum ersten Mal seit ihrer Gefangennahme hatte Charlotte wieder gelacht.

Gero kam regelmäßig in den Abendstunden und blieb über Nacht, seine Uniform zog er nach dem Eintreten sofort aus und legte sie über den Stuhl in der Wachstube, die nicht mehr besetzt war.

Er zog ein weißes Hemd und ein dunkelblaues Jackett an, band sich ein gepunktetes Seidentuch um den Hals und es war Charlotte, als würde sie mit einem Ehemann, der abends zu seiner Frau heimkehrte, ein ganz normales Leben führen.

In Wahrheit führten alle ihre Besucher ein Doppelleben. Sie waren ausnahmslos Vertraute des Reichsführers SS und genossen in vollen Zügen das privilegierte Leben der höheren Gesellschaftsschichten. Sie waren mit braven Töchtern aus besten Kreisen verheiratet und wachten darüber, dass der untadelige Ruf ihrer Familien nicht beschädigt wurde. Ohne Skrupel bedienten sich nebenbei all der Güter, die ihnen bei ihren Raubzügen in die Hände gefallen waren.

Fred

Der Sturm riss noch immer an den Tarnnetzen über den Kanonenattrappen, mit denen der Stützpunkt gar nicht verteidigt werden konnte. Zitternd und regennass kehrte Fred in den Graben zurück. Hasso blickte ihn mit fragenden Augen an, die Ohren gespitzt. Ein letztes Mal kraulte er dem Hund das Fell und überlegte fieberhaft. Wenn er nicht bald Alarm schlug, würde man ihn als Verräter erschießen, doch wenn er die deutsche Mannschaft weckte, würde er die angreifenden Soldaten töten müssen, denen er doch eigentlich am liebsten beistehen würde. Und wenn es den alliierten Streitkräften gelang, um die es sich ja wohl handeln musste, den Stützpunkt einzunehmen, würden die ihn erschießen. Falls er das Gemetzel überlebte, würden sie ihn gefangen nehmen und mit anderen deutschen Kriegsgefangenen durch Frankreich treiben.

Bevor er einen Entschluss fassen konnte, stieß der Hund ein gequältes Heulen aus und das Jaulen des gepeinigten Tieres wurde für ihn zum Fanal der Schlacht.

Plötzlich stießen Jagdgeschwader herab und griffen an, Bomben detonierten und gruben tiefe Krater in den Sand. Eine gewaltige Explosion riss Fred in die Höhe und schleuderte ihn durch die Luft, etwas traf ihn am Kopf, es wurde dunkel und als er wieder sehen konnte, lag neben ihm ein zerborstenes Betonstück.

Teile des Bunkers waren eingestürzt, Eisendrähte ragten aus der Wand, ein Schmerzensschrei drang aus den Trümmern, verstummte und hinterließ inmitten eines ohrenbetäubenden Lärms eine seltsame Stille, die sofort von neuen Explosionen zerrissen wurde.

Fred schien unverletzt zu sein, nur der Kopf tat weh. Er zog sich hoch, stemmte sich gegen den Wind und versuchte etwas zu erkennen, doch es gab nur eine rußgeschwärzte Staubwolke über herumliegendem Geröll und aufgetürmten Trümmern.

Unter einem Betonpfeiler lag der zerschmetterte Hund. Ungeachtet der Gefahr verließ Fred den Beobachtungsbunker und rannte zu einem der Schützengräben außerhalb der Anlage.

Inzwischen war auf dem Stützpunkt hektische Betriebsamkeit ausgebrochen, Soldaten und Offiziere rannten planlos durcheinander, hielten Waffen in den Händen und versuchten sich zu orientieren.

Sie fragten sich bestimmt, warum der Wachposten sie nicht gewarnt hatte. Fred verbarg sich weiterhin, sollten sie doch glauben, er sei bei den Angriffen umgekommen. Sein Fernglas war noch intakt und er versuchte, im schwachen Licht des Morgengrauens die westlichen Strandabschnitte zu überblicken.

Die ganze Küste war voller Rauchschwaden, alle Geschützstellungen der Wehrmacht wurden von den Kriegsschiffen mit schwerer Artillerie unter Beschuss genommen und vom Festland aus wurde das Feuer erwidert. Rote und weiße Blitze zuckten, Schiffsrümpfe explodierten, meterhohe Wassersäulen stiegen auf, Flugzeuge mit einem Schweif aus Feuer und Rauch torkelten und krachten ins Meer.

Die Flut war fortgeschritten und an manchen Stellen reichte das Wasser schon bis an die Felsen heran, die von den wütenden Wellen attackiert wurden.

Trotz der ungünstigen Wetterlage sah Fred, wie sich die die Rampen der Landungsboote öffneten und Gruppen von schwer bepackten Soldaten unbeholfen ins Meer rutschten. Sofort sogen sich die Uniformen voll Wasser und zogen die Männer mitsamt ihren Waffen in die Tiefe, viele ertranken, bevor sie nur einen einzigen Schuss abgeben konnten. Wer es dennoch schaffte, durch die aufgewühlte See an Land zu schwimmen, für den begann ein verzweifelter Kampf um Leben und Tod.

Einige Landungsboote trafen auf Minen und wurden zerfetzt, sodass überall Tote und Verwundete im Wasser trieben und die leblosen Körper wie Puppen auf den Wellen schaukelten oder in den eisigen Fluten versanken. All das spielte sich in wenigen Minuten ab, doch Fred schienen Stunden und Tage zu vergehen.

Er lag noch immer am Klippenrand, nass und frierend, da hallten plötzlich laut gerufene Befehle durch die Dämmerung. Kommandorufe, die auch ihm zu gelten schienen. Angst schnürte ihm den Atem ab, eine innere Stimme mahnte zum Aufbruch, doch er konnte sich nicht lösen.

Amanda

Obwohl ich diese lange Wanderung zum Großen Knollen hinter mir hatte, war ich nachts hellwach und zählte erfolglos Schäfchen.

Plötzlich, so gegen vier Uhr morgens, stand die Frau wieder unten am Fenster, das heißt, ich spürte es nur, ich wusste es nicht, aber als ich zum Fenster ging, stand sie wirklich in der Dunkelheit und sah zu mir hinauf. Ich zog mich an und ging nach draußen. Sie lächelte erfreut, ihr Gesicht war nicht bedeckt, sie trug ein langes, dunkles Kleid und bedeutete mir wieder, ohne zu sprechen, dass ich ihr folgen solle.

Das ganze Szenario spielte sich nicht wirklich draußen bei mir vor dem Haus ab, sondern fand in einer Zwischenwelt aus Realität und Traum statt, wie es mir im Club der Himmelsleute vorhergesagt worden war.

Wir standen nämlich schon nach wenigen Metern vor einem in Felsen gehauenen Eingang, den es bei mir in der Umgebung so gar nicht gibt. Hinter einer alten, verrosteten, reichlich mit Graffiti besprühten Eisentür war eine hochmoderne Glastür angebracht, die sich von selbst öffnete, bevor die Frau etwas berührt hatte.

Ich blickte in einen kleinen, fensterlosen Raum. Wieder sah ich eine Frau mit ziemlich dunkler Haut, mandelförmigen Augen, dunklen Haaren, hohen Wangenknochen. Sie war an Handgelenken und Fußknöcheln ans Bett fixiert, ihr ungewöhnlich dick gewölbter Bauch war mit einem weißen Laken bedeckt.

Erst dachte ich, sie sei tot, aber ihr Brustkorb hob und senkte sich. Auch jetzt schien es sich um eine schwangere Frau zu handeln, die wie eine Gefangene gehalten wurde.

Ich drehte mich zu der Frau im dunklen Gewand um, sie war weg. Ich geriet in Panik und rannte bis zu der Stelle, wo der Gang sich teilte, doch aus welcher Richtung wir auch immer gekommen waren, ich wusste es nicht mehr. Wo war der Fahrstuhl? Ich blieb kurzatmig stehen, mir wurde schwindelig und als ich wieder zu mir kam, lag ich zuhause in meinem

Bett und musste an das Gespräch im Club der Himmelsleute denken. War es diese Frau, die aus irgendeiner Not errettet werden sollte?

Ich konnte von mir aus nicht mit den `Himmelsleuten´ in Kontakt treten, musste also geduldig abwarten, was weiter geschah. Ich stand auf und trank ein Glas Orangensaft, manchmal hilft das bei Einschlafproblemen.

10

Charlotte

Wenn Charlotte heute, sechzig Jahre später, die Augen schloss, sah sie noch immer Geros lächelndes Gesicht vor sich, genau wie damals, als sie ihm gegenübersaß. Der Tisch war reich gedeckt mit Süßigkeiten, Delikatessen aus geöffneten Dosen, Brot und einer Flasche Château Mouton-Rothschild, Geros Lieblingswein.

Mehrere tausend Flaschen dieser Sorte hatte die Wehrmacht auf Befehl von Reichsmarschall Göring konfisziert und als besonderes Geschenk von Himmler bekam auch der Graf etliche Flaschen überreicht, mit den besten Genesungswünschen.

Charlotte hatte ihn stets zuerst mit Fragen bestürmt, während das Grammophon etwas Klassisches spielte, ein Wiegenlied von Schubert oder eine Mazurka von Chopin. Gero unterhielt sich gern auf Französisch mit ihr, er modulierte die Worte beinahe so gut wie Fred, der ja eigentlich ein Franzose war.

„Was ist mit Frankreich? Was tust du hier, warum musst du nicht an die Front?", fragte Charlotte und Gero schwieg.

Sein Gesichtsausdruck verdüsterte sich. Das Mädchen war ja noch fast ein Kind, wenngleich sie schon den Körper einer reifen Frau besaß. Sie sollte besser nicht erfahren, dass für ihn nur dieser Körper von Interesse war, aber vermutlich wusste sie das bereits.

Sollte er ihr von der großen Schwermut erzählen, die ihn nach dem Tod seiner beiden Söhne niedergestreckt hatte? Wie nach einer Schussverletzung war er unfähig gewesen, sich zu erheben, zu schwach, um aufzustehen. Depression,

Schwermut! Ganz unmöglich für einen deutschen Mann!

Von seinem engen Vertrauten und Freund Heini Himmler war die Empfehlung gekommen, Graf von Barsewitz-Blücher solle sich doch für eine Weile in einem feinen Hotel im schönen Harz einmieten. Da gäbe es einen absolut diskreten Ort, einen geheimen Ort, der nur den besten Männern des SS-Ordens zur Verfügung stand.

Gero war dem Rat gefolgt und bekam in Altenau eine Hotelsuite zur Verfügung gestellt.

Aber er durfte mit der Kleinen nicht zu vertraulich werden, das wäre ein fataler Fehler. Er hob die Brauen und sah Charlotte streng an wie ein Kind, mit dem man sich ja doch vergeblich abmühte.

„Meine Kleine, ich bin hier, weil ich von meinem Kameraden, dem Reichsführer SS, einen Fronturlaub im schönen Harze geschenkt bekam, für meine großen Verdienste an der Ostfront. Und ich habe meine Söhne verloren, beide gaben ihr Leben für das Vaterland." Der Stolz in seiner von Trauer geschwängerten Stimme war nicht zu überhören.

Er stand auf, um die Flasche zu entkorken, schenkte sich das Glas randvoll, leerte es in einem Zug und schenkte sich nach.

Dann resümierte er versonnen: „Und es steht nicht gut um uns in diesem Kriege, ich fürchte, wir könnten ihn bald verloren haben. Du könntest eines Tages ein gutes Wort für mich einlegen, mein Kind, was meinst du?" Charlotte schwieg. „Schau, liebes Kind, ich gehe bald zurück an die Front. Und was wird dann aus dir? Weißt du, dass ich Himmler vorgeschlagen habe, dich zu arisieren? Denke daran, eines Tages, vergiss nicht, was ich für dich getan habe!"

Das Grammophon stand schon lange still. Von draußen war das ferne Rattern des Güterzuges zu hören, der bei Dunkelheit den Nachschub an Schwefelsäure über die Gleise der Munitionsfabrik transportierte. Die zahlreichen Säurebehälter mussten regelmäßig aufgefüllt werden.

Charlotte fing an zu weinen. „Wird man mich töten, damit

ich nichts verraten kann?" Ihr blasses Gesicht sah mit geröteten Augen sehr unschön aus und Gero versuchte, sich nicht anmerken zu lassen, wie sehr ihn ihr schwächliches Gejammer abstieß.

Er drehte sich weg, gut, dass heute ihr letzter Abend war. Der Feind rückte näher, niemand wusste, zu was das Mädel eines Tages nützlich sein konnte.

„Charlotte, ich werde mich persönlich dafür einsetzen, dass dir kein Leid geschieht, vielleicht, ja, vielleicht werde ich sogar einen Fotografen zu dir schicken, damit Himmler mit eigenen Augen sehen kann, wie arisch du aussiehst. Der Reichsführer steht auf dem Standpunkt, dass jetzt, wo so viele Männer im Kriege bleiben, alle erbgesunden Frau rassisch reinen Nachwuchs zu gebären haben, damit die Kämpfer für zukünftige Kriege heranwachsen."

Nachdenklich ging er zu dem Weidenkorb, der neben dem kleinen Kohleofen stand, öffnete die Ofentür und warf ein paar Holzscheite hinein. Nur wenn Gero da war, wurde der romantisierende Holzofen angezündet, sonst genügte die Warmwasserheizung.

Er klatschte in die Hände und legte eine neue Grammophonplatte auf, das Lied `La Paloma´ gesungen von Hans Albers, erklang. Erfreut spürte er eine erneute Erektion, die zweite an diesem Abend. Ja, seine Genesung schritt bestens voran, in wenigen Tagen ging es zurück an die Front.

„Jetzt lass uns von etwas anderem reden, wir wollen uns nicht mehr mit diesen traurigen Dingen befassen!"

Mit beiden Händen zog er Charlotte vom Sofa, presste sie an sich und sagte in schärferem Ton als beabsichtigt: „Und jetzt wird getanzt!" Ein Generalleutnant der Waffen-SS duldete keinen Widerspruch.

Fred

Fred kroch ein Stück weiter nach rechts, um den östlichen Strandabschnitt sehen zu können. Er sah, dass die Jungs aus seinem Stützpunkt, mit Stahlhelmen auf den Köpfen, ununterbrochen Granaten auf den Strand hinabschleuderten. Aus sämtlichen Maschinengewehren feuerten sie Salven auf die Marinesoldaten ab, die aus dreißig Metern Höhe klein und zerbrechlich aussahen.

Fred hörte Schreie des Entsetzens, als die Besatzung eines ganzen Bootes von oben herab abgeschlachtet wurde. Er geriet in Panik, einem Impuls folgend, wollte er den Männern in den Booten helfen und suchte sein Gewehr, es war verschwunden.

Er robbte aus dem Graben heraus, wurde von einer Detonationswelle herumgewirbelt, klatschte auf den Bauch, hielt sich die Ohren zu und brüllte vor Schmerz und Verzweiflung.

Die Luft stank nach Schwefel und versengtem Fleisch, er fühlte warme Nässe zwischen seinen Beinen und wusste nicht, ob es Blut oder Urin war. Ruß brannte in seinen Augen, er wollte sich vor den dröhnenden Flugzeugen in Sicherheit bringen, doch es gab keine Sicherheit mehr und der entsetzliche Lärm kam auch gar nicht aus der Luft, sondern vom Mündungsfeuer der großen Schiffe, die inzwischen aus der Entfernung den Stützpunkt angriffen.

Immer mehr bewaffnete Soldaten verteidigten den östlichen Klippenrand. Sie trugen langstielige Handgranaten wie Garbenbündel im Arm, wagten sich gebückt bis an den Rand der Felsen und schleuderten sie auf die Männer am Strand.

Im Schnellkurs der Hitlerjugend, den auch Fred hatte absolvieren müssen, wurden die Granaten lachend als „Kartoffelstampfer" bezeichnet. Jetzt gab es nichts mehr zu lachen, die mit TNT gefüllten Nahkampfwaffen töteten alles im Umkreis von dreizehn Metern. Fred war entsetzt über seine Unfähigkeit, in das Geschehen einzugreifen.

Das Zifferblatt seiner Uhr stand auf der Sieben und genau in diesem Moment verstummte das Lärmen der Jagdgeschwader und Fred erwachte aus seiner Lethargie.

Amanda

Am nächsten Abend hatte ich wieder bei Mark übernachtet, wir lagen in seinem Zimmer auf der Matratze und sahen uns einen Film an, `Himmel über der Wüste´. Ich hatte, weil er es so wollte, für die nächsten zwei Wochen keine Termine gemacht, es war herrlich, ohne Zeitdruck neben ihm zu liegen.

„Du hast doch Blutgruppe A?", fragte er plötzlich.

„Warum willst du das denn wissen, möchtest du mich zum Blutspenden mitnehmen?" Ich kicherte über meinen albernen Witz. Er sah mich ernst an und spielte mit meinen Haaren.

„Du bist hellblond, du hast blaue Augen, du hast eine sehr gesunde Haut und einen gesunden, ebenmäßigen Körper, also, du bist zu hundert Prozent von rein germanischer Abstammung. Und Blutgruppe A ist die beste Blutgruppe."

Ich runzelte die Stirn. „Was ist daran so besonders?"

Er setzte sich auf und verdeckte mit seinem Oberkörper das Fernsehbild, hob den linken Arm und deutete auf eine Stelle unterhalb seiner Achselhöhle.

„Da, schau, was siehst du?" Ich musste mich vorbeugen, um etwas erkennen zu können.

„Ich weiß nicht, hast du dir da einen kleinen Buchstaben tätowieren lassen?"

„Ja, meine Blutgruppe, das Blut ist der Träger der Eigenschaften eines Menschen und mit dem Blut vererben sich die Eigenschaften von den Vorfahren auf die Nachkommen. Edles Blut muss erhalten bleiben! Du solltest ein Kind von mir haben!"

Jetzt lachte ich laut über seinen Witz. „He, ich hab` schon eine erwachsene Tochter und einen Enkel, ich bin zu alt für weitere Kinder."

Er stützte sich mit den Händen ab, sodass sein Gesicht ganz dicht an meinem war und ich nichts mehr sehen konnte außer ihm.

„Du musst das Kind nicht selber austragen."

Ich sah etwas Unheimliches in seinen Augen und versuchte, mich unter ihm wegzuziehen, doch er drückte meinen

Körper mit seinem Gewicht so fest nach unten, dass ich bewegungslos war. Ich wollte protestieren, doch als er begann, mich an Hals und Schultern zu streicheln und zu küssen, schaltete die Erregung alles andere ab. Mein Verlangen war wie ein dunkler Sog, wie eine Urgewalt, die mich zu verschlingen drohte.

Charlotte

Charlotte hatte nicht geglaubt, dass Gero wirklich einen Fotografen schicken würde, doch eines Morgens stand ein kleiner, dickbäuchiger Mann mit Stirnglatze in ihrer Kammer. Sie erinnerte sich so genau an sein Aussehen, weil sie nie mit Zivilisten in Berührung kam.

Er trug einen Hut, eine braune Trachtenjacke mit Hirschhornknöpfen, braune Kordhosen und Schnürstiefel. Sein feistes Gesicht und die dunkelblonden Haare glänzten fettig, als er den Tirolerhut abnahm, blieben sie an der Hutkrempe kleben und fielen wie Nudeln über seine Stirn.

Am Hals baumelte ein riesiger Fotoapparat und aus einem Lederkoffer holte er später eine Filmkamera hervor, die man auf ein Stativ schrauben konnte.

Zuerst machte er Nahaufnahmen nur von ihrem Gesicht, dann musste sie sich einen Badeanzug überstreifen und posieren wie eine übermütige Badenixe, so drückte er sich aus. Während er fotografierte, schwafelte er redselig vor sich hin.

„Na, Mädel, stell dir vor du turnst! Heb die Arme in die Höhe, jetzt zur Seite, jetzt über dem Kopf zusammen, jetzt Kniebeugen, jetzt machst du ein Wiegemesser. Weißt nicht, was ein Wiegemesser ist? Los, leg dich auf den Bauch, streck die Arme nach vorn, die Beine nach hinten und jetzt wiegen, hoch, runter, hoch runter, ja, so, gut! Lächeln, du machst ja ein Gesicht! Du musst aussehen wie ein fröhliches, deutsches Mädel!"

Man erkannte an seinem geröteten Gesicht, dass er es genoss, ihren Körper durch die Linse beobachten zu können, es würde wohl noch Stunden dauern, bis er fertig war.

Solche Fotografien würden sie für alle Zeiten kompromittieren, ihre Landsleute mussten sie für eine Kollaborateurin halten, die freiwillig vor der Kamera posiert hatte.

„Na los, noch einmal den Arm ganz durchstrecken, und jetzt den Kopf himmelwärts, Richtung Decke, Mensch, Scharlotte, diese Bilder von dir, die gehen zum Reichsführer SS.

Für den Himmler zählt nicht nur die Abstammung, sondern auch das Aussehen, im schönen Körper ein schöner Geist, stimmt doch, und das Erbgut der arischen Frau, das geht auch auf ihre arischen Kinder über. Zieh nicht so einen Flunsch, du musst lachen, sonst kommst du hier nicht lebend raus, Mädel!"

Ärgerlich holte er eine Flasche hervor und drückte sie ihr in die Hand. „Los, trink, das macht dich locker, in zwei Stunden müssen wir fertig sein."

Zum Schluss spannte er für Farbfilmaufnahmen noch ein großes, blaues Laken vor die Wand und sie musste im Badeanzug einen Ball werfen, als sei sie am Strand. Dann packte er seine Ausrüstung zusammen und verließ die Kammer, ohne sich zu verabschieden.

Sie blieb allein, eingesperrt mit dem üblichen Stapel von stinkenden, zerschlissenen Socken und ein paar zerlesenen Büchern in deutscher Sprache, die sie alle schon kannte.

Einen Tag später war Gero ein letztes Mal zurückgekehrt und hatte ihr das französische Buch ´Les Trois Mousquetaires´ von Alexandre Dumas in die Hand gedrückt. In dem Buch lagen drei Abzüge der Fotografien von Charlotte. Sie verbarg sie in einem Schlitz in ihrer Matratze, das Buch las sie an einem Tag durch.

Ihr Geist war ausgehungert nach französischsprachiger Literatur, eigentlich nach allem, was nicht deutsch war.

Danach ließ man sie wieder eine Weile in Ruhe, bis der Sanitäter mit der Gummischürze gegen Abend erschienen war und sie noch gründlicher als sonst untersucht hatte.

Bevor er ging, gab er ihr eine Injektion, von der sie sich seltsam abgehoben fühlte. Sie musste kichern, als Erna Magerkurt mit frischer Unterwäsche, neuen Seidenstrümpfen und einem Parfümflakon vor ihr stand. Wortlos stellte sie mehrere Flaschen Champagner und Gebäck auf den Tisch. Bevor sie die Tür hinter sich absperrte, sagte sie in scharfem Ton:

„Wehe, du sagst ein falsches Wort! Du hast es gut hier, vergiss das nicht, deinesgleichen gehört von Rechts wegen ausgemerzt und du musst damit rechnen, dass das jederzeit noch kommen kann, wenn du einen Fehler machst!"

Nachdem sie gegangen war, erlosch das Licht an der Dekke. Einige Minuten später wurde die Tür wieder aufgeschlossen und ein Besucher betrat das Zimmer. Im Licht der Laterne, die draußen an der Betonwand hing, konnte Charlotte nur seine Umrisse erkennen.

Er war von eher schmächtiger Gestalt, in Uniform und Stiefeln, stellte sich neben ihr Bett und blickte abschätzend auf sie herab, kehrte zur Tür zurück und verklebte das Guckloch mit einem Stück Heftpflaster. Er holte aus der schwarzen Aktentasche, die er mitgebracht hatte, eine dicke, weiße Wachskerze hervor und zündete sie an.

Charlotte kannte den Mann aus deutschen Propagandafilmen, die sie in Frankreich im Kino gesehen hatte.

Sie atmete flach, die Angst kehrte zurück und schnürte ihr den Brustkorb ein. Wie ein lauerndes Reptil verharrte er reglos am Bettrand, in seinen Brillengläsern spiegelte sich das Licht der Kerze, auf dem spärlichen Oberlippenbart schimmerte Feuchtigkeit.

Die Stimme, gleichgültig, weit weg von allem menschlichen Empfinden, sagte: „Zieh dein Kleid aus, die Unterwäsche auch." Sein anschließendes, leises Wispern konnte sie nicht verstehen.

Er nahm die Kerze und stellte sie so, dass ihr Schein auf ihren Körper fiel und ihre vom Mangel an Sonnenlicht ganz fahle Haut einen unnatürlichen Glanz bekam. Er trat einen

Schritt zurück und taxierte sie neugierig von oben bis unten, fuhr mit den Fingerspitzen über ihre weißblonden Augenbrauen und löste das zu Zöpfen geflochtene, hellblonde Haar.

„Wie kann denn eine minderwertige Französin eine so edle, arische Erbmasse besitzen? Muss wohl die Linie von Karl dem Großen sein, setzt sich immer wieder durch, das arische Erbe, trotz der französischen Dekadenz."

Mit beinahe widerwilliger Bewunderung deutete er auf ihre Schamhaare. „Und da unten, da bist du auch hellblond, na, das wollte ich doch mal sehen, wo die Weiber sich heutzutage die Haare färben."

Ungeduldig wedelte er mit der Hand.

„Na, nun mach, das du hier herüberkommst, Mädel, stell dich da an die Wand."

Er umrundete Charlotte, als wohne er der Zuchtschau auf einem Viehmarkt bei, schnalzte anerkennend mit der Zunge und sagte: „Ich habe die Fotografien von dir gesehen, hat der Graf mir zukommen lassen, die sind jetzt übrigens in einem schönen Fotobuch abgebildet, und ich habe daraufhin entschieden, dass du weiterleben darfst. Die arische Rasse soll nicht aussterben, wir brauchen mehr denn je blauäugige Söhne und zukünftige Krieger. So, jetzt muss ich dich vermessen, bei jeder guten Zucht muss die Selektion erfolgen und dokumentiert werden."

Der Mann holte ein Gerät aus der Aktentasche und schraubte es am Kopf über ihren Ohren fest. Das kalte Metall schnitt in Charlottes Haut, sie konnte nur stoßweise atmen.

Er maß den Augenabstand, das Verhältnis zu Ohren, Mund, Nase und Kinn, drückte ihre Kiefer auseinander, klopfte mit einem Stift gegen ihre Zähne und lachte befriedigt auf.

„Gute Zähne, trotz Ausländerfraß aus der Abfallküche, alle Achtung!" Er zog ihre Augenlider auseinander, begutachtete ihre Brust, Zehen, Finger, Nase, Ohren, drehte ihren Kopf hin und her und trug alle Daten in ein Notizbuch ein.

„Erbkrankheiten in der Familie, Wahnsinn, Schwachsinn, Spaltungsirresein, Wassersucht, Idiotie, Missbildungen?"

Charlotte schüttelte nur stumm den Kopf. Er erfragte ihr stundengenaues Geburtsdatum und schrieb die Zahlen auf.

„Ich werde später ein Horoskop erstellen lassen, aber ich weiß auch jetzt schon, dass die Sterne für unseren Zweck ausgezeichnet stehen. Heute ist Frühlings-Tag-und-Nacht-Gleiche mit Vollmond, also die rechte Zeit, um einen Germanenführer zu zeugen."

Seine Augen funkelten hinter den Brillengläsern, er leckte sich mehrmals die Lippen, Speichel hatte sich in den Mundwinkeln gesammelt.

Ohne Charlotte aus den Augen zu lassen, verstaute er das Messgerät ordentlich in der Aktentasche und begann, sich zu entkleiden. Ein fauliger Geruch nach säuerlichem Schweiß verbreitete sich, als er seine Kleidungsstücke ablegte. Bevor er die Unterhose auszog, schlüpfte er schnell wieder in die SS-Uniformjacke und setzte die dazugehörige Mütze auf.

Der Kragenspiegel seiner Uniform war mit den höchsten Rangabzeichen verziert: drei Eichenblätter in einem Halbkranz aus Eichenlaub.

11

Fred

Fred kletterte über den sandigen Felsvorsprung, suchte Schutz in einem der Laufgräben am westlichen Außenrand des Stützpunktes, wich Stacheldraht, qualmenden Bombenkratern und Minenfeldern aus und robbte auf dem Boden vorwärts, bis er ein schützendes Gebüsch erreicht hatte.

Er blickte zurück. Der Himmel war bewölkt, die Sicht war schlecht, es regnete noch immer in Strömen und niemand schenkte dem Fliehenden in der grauen Tarnkleidung der Soldaten die geringste Aufmerksamkeit.

Fred stolperte über Kalksteingeröll, musste immer neue Vertiefungen umrunden und hetzte gebückt über freies Gelände. Mit einem Hechtsprung brachte er sich vor der Gewehrsalve eines Kameraden in Sicherheit, der ihn bemerkt haben musste und für einen Feind hielt.

Er rannte weiter, bis er die schützenden Hecken der Feldmark erreicht hatte und das hochgewachsene Korn ihm Sichtschutz gewährte. Wie durch ein Wunder war es ihm gelungen, die beinahe kahle Fläche außerhalb des Stützpunktes zu durchqueren, ohne von einer Kugel getroffen oder von einer Mine zerfetzt zu werden.

Während er sich immer mehr vom Stützpunkt entfernte, verblasste das unheimliche Wetterleuchten der Marinegeschütze und der schrille Lärm der Mündungsfeuer wurde schwächer.

Vom Dunst der Frühnebel eingehüllt, bewegte er sich in südöstliche Richtung. Das Ausmaß der Zerstörung im Umland war grauenvoll, die Luftgeschwader hatten auch hier Bomben abgeworfen und da, wo er Kuhweiden vermutet hatte, erwarteten ihn tiefe Krater und aufgerissenes Erdreich. Die fruchtbare Ebene hatte sich in eine Mondlandschaft verwandelt. Es stank nach verbranntem Fleisch, abgerissene Körperteile und Eingeweide der schwarzweiß gescheckten Kühe lagen überall verstreut, vermischt mit ausgerissenem Gras und aufgewühltem Erdreich. Fred musste sich mehrmals übergeben.

In einer der Obstplantagen mit tief hängenden Zweigen, die schon geblüht hatten und kleine Früchte trugen, war er schluchzend und erschöpft zusammengebrochen und hatte sich der blutverschmierten, zerrissenen Uniform entledigt und sie unter eine dicke Baumwurzel gestopft. Dort versenkte er auch die Erkennungsmarke.

Im Schutz der Bäume blieb er in Unterhose und Hemd sitzen, um nachzudenken. Er wollte versuchen, das ungefähr drei Kilometer entfernte Örtchen Cricqueville-en-Bessin zu erreichen und wenn man ihn kontrollierte, würde er sich als Franzose ausgeben, als Landarbeiter auf der Flucht.

Fred konnte die Namen der französischen Dörfer und Städte korrekt aussprechen und sich fließend mit Einheimischen unterhalten, aber anstatt als Übersetzer zu fungieren, hatte er bisher nur den Französinnen die Abläufe des abendlichen Amüsements erklären müssen.

Als das Zischen der Jagdgeschwader wieder einsetzte, verkroch er sich unter einem Baum und es dauerte lange, bis er es wagte, weiterzugehen. Die Gegend wirkte verlassen, außer ein paar umherirrenden Kühen sah er keine Lebewesen.

Immer auf der Hut vor Soldaten der Wehrmacht, kletterte er einen mit Gebüsch bewachsenen Abhang hinunter, verfehlte einen Felsvorsprung, verlor den Halt, rutschte in die Tiefe und landete mit einem Aufschlag auf weicher, matschiger Erde. Nur wenige Meter entfernt war zwischen den Feldern ein Gebäude zu sehen, das sich klein und schutzlos gegen den grauen Himmel abzeichnete. Ein Gehöft. Wenn da nur keine Hunde waren!

Das Geräusch eines Tieffliegers trieb ihn zurück ins Gebüsch und das war sein Glück. In einiger Entfernung tauchte zwischen den Hecken eine Gruppe Soldaten auf und schob sich vorsichtig spähend näher heran. Fred erkannte ein halbes Dutzend Männer in den Uniformen der Waffen-SS und sein Herz raste vor Angst, so ein Trupp konnte nichts Gutes bedeuten.

SS-Soldaten, die vorübergehend im Stützpunkt Pointe du Hoc stationiert gewesen waren, hatten im Casino damit geprahlt, wie sie es den Franzosen gezeigt hatten, dabei waren sie weder vor grausamen Vergeltungsschlägen an der Zivilbevölkerung noch vor Massenhinrichtungen oder standrechtlichen Erschießungen zurückgeschreckt. Das war ein weiterer Grund für Fred gewesen, sich so oft wie möglich zum nächtlichen Wachdienst zu melden.

War das Gehöft noch bewohnt? Sollte er die Bewohner warnen? Doch er war unbewaffnet und allein, wenn man ihn entdeckte, würde er sich selbst in Lebensgefahr bringen, er war jetzt ein Deserteur.

Noch bevor die schwarz Uniformierten das Haus erreicht hatten, kam eine alte Frau aus einem Holzschuppen heraus gehumpelt. Sie trug ein weißes Kopftuch und einen weiten, dunklen Rock mit blauer Schürze, die Tracht der normannischen Bäuerinnen. Eilig verschwand sie in der mit Schnitzereien verzierten Tür des Fachwerkhauses und nur wenig später waren die Männer angekommen und umstellten routiniert das Gebäude.

Mit ihren Sturmgewehren zertrümmerten sie die Fensterscheiben rechts und links vom Eingang, nach einem laut gebrüllten Kommandoruf begannen sie zu schießen. Die Gewehrsalven vermischten sich mit lauten Schreien und als keine Schreie mehr erklangen, trat ein Offizier vor und befahl seinen Männern mit einer Kopfbewegung, das Haus zu betreten.

Mit vorgehaltenen Waffen stiegen sie über die Schwelle und es blieb einige Minuten still.

Dann erklang Gebrüll und die kleine Bäuerin wurde nach draußen gestoßen. Blutüberströmt stolperte sie über die Türschwelle und wäre beinahe gefallen, da rammte ihr der Offizier den Gewehrkolben vor die Brust und drückte sie mit dem Rücken gegen die Hauswand.

Er sagte etwas Unverständliches, die Frau ließ die Arme sinken und schwieg. Erneut brüllte er sie an, sie neigte leicht den Kopf zur Seite und spuckte auf die Erde. Daraufhin richteten sich alle Gewehrläufe in wortloser Übereinstimmung auf ihren Körper und im Mündungsfeuer sackte sie zuckend zu Boden.

Fred wandte sich ab.

Als er wieder hinsehen konnte, schleuderte jemand einen Gegenstand ins Innere des Hauses und es gab einen Knall, Feuer zuckte aus dem Ried gedeckten Dach, Flammen züngelten und leckten an den Holzbalken, zogen sich wieder zurück, fanden in dem schon halb verzehrten Strohdach neue Nahrung und das glühende Rot des lichterloh brennenden Dachstuhls loderte vor einem noch dunstigen, aber schon aufgeklarten Himmel auf.

Amanda

Merkwürdig, dass ich die Begegnung mit Professor Laubner völlig vergessen hatte. Der Mann war mir über den Weg gelaufen, als ich in der Universitätsbibliothek einige Bücher über die Sozialgeschichte des Harzes ausgeliehen hatte, um einen Aufsatz zu schreiben. Manchmal packt mich der Eifer und ich verfasse kleine sozialwissenschaftliche Beiträge, die dann auch meistens in einer psychologischen oder soziologischen Fachzeitschrift veröffentlicht werden.

Also, es muss so Anfang Mai gewesen sein, in Clausthal. Ich war unten im Eingangsbereich der Bibliothek damit beschäftigt, die Bücher zu verstauen, da, wo die Toiletten, die Schränke und die Garderobe sind, da bemerkte ich, dass mich jemand beobachtete. Ein älterer Mann mit weißem, zu einem Pferdeschwanz gebundenem Haar und weißem Bart.

Am Ausgang verstellte er mir den Weg und lud mich ein, mit ihm gegenüber in der Mensa Kaffee zu trinken.

Er sprach mit einem starken Wiener Akzent und für den habe ich eine Schwäche.

„Gnädige Frau, ich habe zufällig gesehen, dass Sie das Buch `Urkultur des Harzes´ ausgeliehen haben, schauen Sie, das ist von mir verfasst worden, darf ich mich vorstellen: Professor Dr. Walter Laubner."

Ich war erstaunt und erfreut und willigte ein. Gemeinsam gingen wir zur Mensa hinüber.

Charlotte

Den vertraulichen Gesprächen des Wachpersonals konnte man entnehmen, dass der Krieg so gut wie vorbei war, der Führer sich aber noch immer der wahnwitzigen Hoffnung hingab, die Übermacht der Alliierten mit einer Wunderwaffe besiegen zu können.

Die Magerkurt hatte genauestens darüber gewacht, dass der Besuch des Mannes in die fruchtbarsten Tage von Charlottes Menstruationszyklus fiel. Ihre Blutung war ausgeblieben und als die Aufseherin das zweimal hintereinander registriert hatte, wurde Charlotte in einer schwarzen Limousine mit verdunkelten Scheiben nach Braunschweig gefahren.

Charlotte saß während der Fahrt mit Erna Magerkurt im Fond des Wagens. Vor einem großen Gebäude, an dessen Eingang unzählige traurig aussehende Menschen in einer langen Reihe standen und warteten, hielten sie an und Charlotte wurde von der Wärterin und dem Chauffeur in die Mitte genommen und fest eingehakt.

Das Treppenhaus roch nach Angstschweiß und Bohnerwachs, es ging durch lange, kahle Flure, bis sie schließlich in einer Amtsstube angelangten, wo man sie offenbar schon erwartete.

Sie musste sich setzen und mehrere Dokumente mit einem Namen unterzeichnen, den sie nicht kannte und den man ihr in Druckschrift aufgeschrieben hatte. Sie begriff erst allmählich, dass sie gerade mithilfe von gefälschten Ahnennachweisen eingedeutscht wurde. Als sie das Gebäude wieder verließen, war sie zu der Reichsdeutschen Charlotte Kuentz aus Colmar im Elsass geworden. Mit dieser Identität konnte bei Bedarf ihr französischer Akzent erklärt werden.

Damit war der skurrile Prozess noch nicht beendet.

Zu dritt kehrten sie zurück in den Harz, dessen Straßen sich in unübersichtlichen Kurven auf und ab wanden. Charlotte musste sich mehrfach übergeben, nachdem der Chauffeur verärgert angehalten hatte.

Endlich schienen sie am Ziel zu sein, sie fuhren unter einem wehenden Banner hindurch, das über einem Ortseingangsschild hing und stolz verkündete: `Hahnenklee - Kurort für Mutter und Kind´.

Der Wagen hielt auf einer Anhöhe vor einem großen, mehrstöckigen Gebäude, das sich Hotel `Der Waldgarten´ nannte. Bevor Charlotte dort erneut in eine Amtsstube gebracht wurde, hatte man die Ankömmlinge zur Besichtigung durchs Haus geführt.

Das ehemalige Hotel war zu einer Entbindungsstation geworden, es roch nach saurer Milch und vollen Windeln. In der ersten Etage befand sich ein großer Saal, vollgestopft mit eng beieinander stehenden Gitterbettchen, in denen sich schreiende Säuglinge hin und her wanden oder resigniert verstummt, beinahe wie leblos, nur noch die Augen bewegten.

Charlotte fühlte sich wie eine Marionette, die von fremden Händen gelenkt wird, sie hätte am liebsten auch laut geschrien.

Nach der Hausbesichtigung brachte man das schwangere Franzosenmädchen in einem Warteraum unter, dort wurde sie von einer weiß gekleideten Schwester beaufsichtigt. Die erklärte ihr gelangweilt die Geschichte des Hauses, das inzwischen kein Hotel mehr sei, sondern von der Organisation Lebensborn als Säuglingsheim für den arischen Nachwuchs genutzt werde.

Die Frau mit dem weißen Häubchen auf dem streng zu einem Knoten frisierten Haar hatte Charlotte plump vertraulich zugeflüstert: „Hör zu, Kleines, den Lebensborn, den hat der Reichsführer gegründet, hier kommen nur rassereine Kinder von arischen Müttern zur Welt. Und die Väter, die sind alle von der SS. Und deiner, was ist der, Sturmbannführer, Rottenführer?“

Sie hatte die Arme vor dem üppigen Busen verschränkt und ließ den Blick wohlgefällig über Charlottes Körper gleiten. „Na, der wird schon was darstellen, sonst hätten die dich wohl nicht mit Chauffeur hierher gebracht.“

Umständlich begann sie, mit der Schürze ihre Brille zu putzen. „Oh ja, unser Hahnenklee, das ist ganz was Besonderes, der Führer hat uns zum Kurort für Mutter und Kind erhoben und du wirst nicht glauben, wie viele arische Kinder hier schon zur Welt gekommen sind: genau dreitausendsechshundert Stück!“

Charlotte hatte es unzählige Male gehört: die Reinheit der deutschen Rasse, das Erbgut, das Blut, Phrasen, die den Kern des Nationalsozialismus ausmachten. Die gesamte Ideologie der NSDAP beruhte auf der Idee der Züchtung von Menschenrassen.

Wie ein Bauer seine Schweinezucht betrieb, so wurden im Deutschen Reich die Arier gezüchtet, die sich auf der gesamten Erde ausbreiten sollten. Charlotte presste die Hände gegen die Ohren, um das Geplapper der Schwester und das Geschrei der Kinder aus dem großen Saal nicht hören zu müssen.

Inzwischen war die Magerkurt zurückgekommen, hatte sie fest untergehakt und in eine weitere Amtsstube geführt, in der sie von einem Beamten in SS-Uniform erwartet wurden. Die Stube, so stellte sich heraus, war das hauseigene Standesamt der Organisation *Lebensborn*.

Ohne Umschweife und Erklärungen wurde Charlotte in einer kurzen Prozedur mit einem Mann getraut, der ihr ebenso fremd war wie ihr neuer Name. Der Mann hieß Horst Wegener, war groß und hager und trug die Uniform der Waffen SS. Er hielt mit verkniffenem Gesicht den Blick zu Boden gerichtet und murmelte eine undeutliche Antwort, als er nach seiner Zustimmung zur Eheschließung gefragt wurde. Charlotte wurde gar nicht gefragt. Zwei Messingringe wurden ihnen auf die Finger gesteckt und als die Zeremonie beendet war, verließen die Magerkurt und der Chauffeur, die als Trauzeugen gedient hatten, hastig den Raum.

Auch Horst Wegener ging, ohne sich umzublicken, Charlotte bemerkte, dass er das rechte Bein nachzog. Ihr Ehemann, so erfuhr sie später, war ein Professor der Clausthaler Bergakademie, den man wegen einer Kriegsverletzung vom Frontdienst freigestellt hatte.

Fred

Nach dem Massaker in dem Bauernhaus waren die Soldaten eilig zu den Nebengebäuden gelaufen, hatten Stall und Scheune durchsucht und waren dann in dem kleinen Holzschuppen verschwunden, aus dem die Bäuerin gekommen war. Sie schmissen brauchbares Zeug nach draußen, stopften ein paar Flaschen in ihre Ranzen und entfernten sich nach einem Befehl des Offiziers eilig im Laufschritt, wahrscheinlich in Richtung eines Fahrzeuges.

Fred wollte gerade sein Versteck verlassen, um nach der Bäuerin zu sehen, da ließ ihn das Geräusch einer fernen Detonation herumfahren und er wartete noch eine Weile, bevor er sich aus dem Sichtschutz des Gebüsches wagte.

Als er sich der zusammengesunken daliegenden Bäuerin näherte, krachte ein Balken auf sie nieder und begrub sie unter einem Funkenregen.

Inzwischen war der Himmel aufgeklart, Regenschauer und Sturm hatten nachgelassen und Fred beschloss, den von der Kohorte ausgeplünderten Schuppen zu untersuchen. Das brennende Haus stand inmitten eines mit groben Steinen gepflasterten Hofes, die Flammen würden also nicht auf Nebengebäude oder den Schuppen übergehen.

Da sah er das Kind. Ein kleiner Junge trat zögernd aus dem Holzschuppen hervor und blieb mit weit aufgerissenen Augen vor dem brennenden Haus stehen. Nie würde Fred den Anblick des kindlichen Entsetzens vergessen.

Als er sich ihm näherte, sprang der Junge davon. Fred überlegte den Bruchteil einer Sekunde, ob er ihn gehen lassen sollte, dann lief er hinterher und hatte ihn schnell eingeholt.

Er hielt ihn fest und sprach beruhigend in Französisch auf ihn ein. „Pssst... pas peur... je suis un ami!" Der Kleine wollte sich losreißen, doch Fred umklammerte den zitternden Körper des etwa fünfjährigen Kindes, als könne er mit ihm die ganze Welt vor dem Zugriff des Bösen bewahren. Schließlich ging das erbitterte Strampeln in ein verzweifeltes Schluchzen über.

Sie blieben an einen Baum gelehnt sitzen. Fred hatte überlegt, ob im Haus noch jemand oder etwas zu retten sei, doch nach einiger Zeit waren von dem hölzernen Gebäude nur noch qualmende Reste und die Grundmauern zu sehen. Die getötete Bäuerin war von den Flammen verzehrt worden.

Der Junge hatte immer wieder mit den Augen die Umgebung abgesucht und abwechselnd nach Vater, Mutter und Großmutter gefragt.

Wie sollte er begreifen, dass alle tot waren?

Fred nahm ihn an der Hand und führte ihn zu dem kleinen Holzschuppen. Durch die Wandbretter fallendes Sonnenlicht erzeugte im Inneren eine Atmosphäre trügerischer Sicherheit, doch die SS-Männer hatten zerfetzte Säcke, umgekippte Kisten und Glasscherben hinterlassen. Sensen, Dreschflegel, Schaufeln, Harken, Körbe, gebündelte Binsen, eine Holzpresse, Leitern, Werkzeuge, gespaltenes Feuerholz, leere Fässer, Zinkeimer und lose Strohballen verbreiteten ein heilloses Durcheinander.

Das Versteck des Kindes hatten die SS-Männer offensichtlich übersehen und auch Fred fand nichts, was darauf hinwies, wo der Junge sich hätte verkriechen können, obwohl er Boden, Holzwände und Decke mehrmals sorgfältig abgesucht hatte. Ratlos blickte er den Jungen an, formte mit den Händen eine Geste der Hilflosigkeit und fragte nach seinem Versteck. Der Kleine schloss einen Moment die Augen und deutete dann mit dem Finger in eine dunkle Ecke, in der Holzkästen mit leeren, verstaubten Glasflaschen unterschiedlicher Größe aufgestapelt waren.

Das Kind bemerkte die anhaltende Ratlosigkeit des fremden Mannes, zögerlich ging er zu den Flaschenkisten, sah sich unsicher ein paar Mal um und schob eine der Kisten ein wenig zur Seite.

Da sah Fred die Öffnung, die Unterseite der Kiste war gleichzeitig eine geheime Tür und als er sie öffnete, wehte ihm kühle Luft entgegen.

Gebückt stieg er eine enge Steintreppe hinab, sie führte in einen ausgemauerten Raum, der ungefähr vier mal vier Meter groß und knapp zwei Meter hoch war und dessen schwere Decke von Stützbalken getragen wurde. Ein langer, schmaler Luftschacht schien nach draußen zu führen, er leitete ein wenig Licht und vor allem Sauerstoff in die Kammer und diente vermutlich gleichzeitig als Fluchtweg, aber damit wollte Fred sich erst später befassen.

Die Bewohner des Bauernhofes hatten in dem Versteck große Mengen von Nahrungsvorräten angelegt. Eingewecktes Gemüse, getrocknete Tomaten, Räucherfisch und Fleisch, Butter, Äpfel, mehrere große Käse, Brote und an der Decke hingen Sträuße von verschiedenen, duftenden Kräutern.

In Wandregalen lagerten Flaschen und Fässer, die mit Calvados, Cidre oder Wein gefüllt waren.

Fred hatte schon gehört, dass die Versorgungslage der Einheimischen in der Normandie katastrophal war, weil Wehrmacht und SS-Verbände ihre gesamten Lebensmittelerträge konfisziert hatten. Vermutlich hatte die SS-Kohorte nach dem begehrten Calvados gesucht.

Fred stieg wieder hinauf und blickte sich erneut im Schuppen um. An Wandhaken hing eine Sammlung von Arbeitskitteln, zerbeulten Hosen, Filzjacken, Schürzen, Mützen, Strohhüten und am Boden lagen Holzpantinen und Stiefel in verschiedenen Größen unordentlich nebeneinander. Man konnte sich vorstellen, dass der Hof zur Erntezeit voller Hilfskräfte war, die mit Arbeitskleidung und Nahrung versorgt werden mussten. Er streifte die verdreckten, durchnässten, langen Unterhosen ab und probierte verschiedene Kleidungsstücke und Schnürschuhe an, bis er das Passende gefunden hatte.

Irgendwo hatte Fred einen Brunnen gesehen. Dort holte er Wasser, wusch sich und stufte die Möglichkeit, das Grauen des Krieges zu überleben, als etwas hoffnungsvoller ein.

„Comment tu t´appel?" Fred tippte mit einem Finger gegen die Brust des Jungen. Der antwortete nicht, also deutete Fred mit dem Finger auf sich.

„Je m´appel Fred."

Ein trauriges Lächeln huschte über die Züge des Kindes und er murmelte: „Guillaume."

„Tu as faim?" Das Kind schüttelte den Kopf und auch Freds Magen fühlte sich an, als sei ihm für immer der Appetit vergangen. Mutlosigkeit überfiel ihn erneut. Er hockte sich auf einem Schemel und überlegte, wie es weitergehen sollte.

Die gesamte Küstenregion schien zum Schauplatz eines blutigen Gemetzels geworden zu sein, das am Dienstag, dem 6. Juni 1944 an den Stränden entfesselt worden war. In der Normandie war es bis dahin weitgehend friedlich zugegangen, jetzt wütete an der Atlantikküste eine Schlacht mit ungewissem Ausgang. Mündungsfeuer und Explosionen waren noch immer aus der Ferne zu hören. Die Kämpfe würden sich in alle Richtungen ausweiten, es war nirgends mehr sicher.

Fred hoffte aus tiefstem Herzen, dass die Alliierten ganz schnell über die Deutschen Wehrmacht siegen würden. Nur dann hätte er eine Chance. Er beschloss, so lange in dem Schuppenversteck zu verharren, bis die Lage besser einzuschätzen war.

Im Laufe der Zeit verlor Fred im Halbdunkel des unterirdischen Raumes jegliches Zeitgefühl und er wusste nicht mehr, ob sie Tage oder sogar Wochen unter der Erde verbracht hatten. Anfangs hatte er große Mühe, den kleinen Guillaume zu beruhigen, weinend fragte er immer wieder nach Mutter und Vater, von denen Fred annahm, dass sie im Haus erschossen und verbrannt worden waren.

Nach einer Weile hörte das Weinen auf, Fred hatte behauptet, die Eltern und die Oma wären zu Besuch bei Verwandten und würden bald zurückkommen, um ihr Kind abzuholen.

Nun müsse er schön still und brav sein und abwarten, bis alle bösen Soldaten abgezogen waren. Dann erst würden die Eltern wiederkommen. Von da an verhielt sich der Kleine mucksmäuschenstill.

Die gemauerte Kammer bot alles, was man zum Überleben benötigte. Es gab vier Feldbetten, Decken, Kissen, zwei Holztische, mehrere Stühle, Hocker und Blecheimer für die Notdurft, sogar an Bücher hatten die Leute gedacht, darunter drei Bilderbücher für ein Kind.

Fred verwendete die Öllampe nur sparsam. Sie befanden sich die meiste Zeit in einem leicht benebelten Dämmerzustand, tauschten sich flüsternd aus und Fred erzählte dem Jungen selbsterdachte Geschichten.

Nachts schlich er vorsichtig nach draußen, um die Eimer zu leeren und aus dem Brunnen frisches Wasser zu holen.

Abwechselnd hörten sie unter der Erde das dumpfe Rattern von Wagenrädern und Panzern und die Explosionen von Bomben, Granaten, Maschinengewehren oder anderen Waffen.

Ab und zu kamen Soldaten zu der Brandruine und erkundeten den Schuppen, dann hörten sie über ihren Köpfen das Poltern von Stiefeltritten. Fred war jedes Mal erstaunt, das seine Gebete erhört und der Schuppen und die Nebengebäude nicht angezündet wurden.

Der Luftschacht, durch den man im Notfall nach draußen gelangen konnte, mündete in eine vergitterte Öffnung, die sich inmitten eines schwer zugänglichen, dichten Heckengestrüpps befand und von außen unsichtbar war. Von diesen undurchdringlichen, uralten Hecken gab es in der Normandie sehr viele, wahrscheinlich waren sie schon vor Jahrhunderten als natürliche Grenzzäune angepflanzt worden. Inzwischen waren sie so hoch, dass man sich nur mit einer Machete einen Weg durch das Dornengestrüpp schlagen konnte. Nur wenn der Schuppen in Brand geriet, würden sie den Luftschacht als Fluchtweg benutzen. Glücklicherweise blieben sie davon verschont.

Amanda

Professor Laubner und ich hatten vor der Mensa ein Plätzchen an einem der Bistrotische gefunden. Inmitten von Stimmengewirr und Autolärm ließ Laubner sich gespreizt über sein gewaltiges Faktenwissen zu den Ursprüngen der Harzer Bewohnerschaft aus.

Er hätte vom Alter her mein Vater sein können, verfügte aber über einen gewissen jungenhaften Charme, dem ich mich schlecht entziehen konnte. Mir fiel auf, dass einige Studenten uns merkwürdige Blicke zuwarfen, ihn belächelten und abfällige Kommentare austauschten.

Den Professor schien das nicht zu stören, ohne Punkt und Komma redete er auf mich ein und geriet in immer größere Verzückung, bis ich ihm ziemlich schroff ins Wort fiel.

„Das kann ja alles sein, aber mich interessiert ganz allgemein die Harzer Bevölkerung, ob die nun arisch war oder nicht, ist mir völlig egal."

„Aber, aber, gnädiges Fräulein, die Arier sind doch unser Ursprung, auch der Ihre, schauen Sie doch nur auf ihr schönes, blondes Haar und die blauen Augen!"

Schwärmerisch hatte er mein Aussehen gelobt und ernst hinzugefügt: „Die arische Art zu leben, ihr Wissen, mit dem sie die höchste Stufe des Daseins erklommen haben, das muss doch Ihr Interesse wecken!"

Ich schüttelte verneinend den Kopf und stand auf, ich wollte nicht mit einem Mann reden, der es gewagt hatte, mich mit Fräulein anzureden! Er hatte mir noch einen Flyer in die Hand gedrückt und wir hatten uns verabschiedet.

Als ich Meret von der Begegnung mit Professor Laubner erzählte, hatte sie zu meinem großen Erstaunen ausgerufen:

„Was, du hast den Laubner getroffen? Den kanntest du nicht? Der hat doch vor ein paar Jahren dauernd in der Zeitung gestanden, der hat sogar einen Verein gegründet, wie nannten die sich? Brüder Germanias oder so?"

„In der Broschüre ist die Rede von einer Gruppe namens *Germanen-Orden*. Und es wird eindringlich vor möglichen Gefahren gewarnt, die von Asylbewerbern ausgehen können, schlechte Schwingungen oder spirituelle Dunkelwellen nennen sie das, ich erinnere mich noch gut an die abstruse Wortwahl." Meret wollte den Flyer gern sehen, aber ich hatte ihn schon weggeworfen.

12

Charlotte

Charlotte war nicht in die Baracke der Rüstungsfabrik zurückgekehrt, sie wurde in Hahnenklee von einer älteren Frau mit kurz geschnittenen, seitlich schnurgerade gescheitelten, grauen Haaren in Empfang genommen.

Die Leiterin des Lebensborn-Entbindungsheims ließ sich trotz ihres dominanten, einschüchternden Wesens und der strengen Gesichtszüge gern Tante Leni nennen. Sie behandelte Charlotte mit unechter, aufgesetzter Herzlichkeit, als habe man sie zu diesem Verhalten angewiesen.

Auch der Arzt, ein freundlich aussehender, junger Mann im weißen Kittel, bat ungewohnt höflich um Erlaubnis, die für eine Schwangerschaft nötigen Untersuchungen bei Frau Kuentz durchführen zu dürfen.

Anschließend geleitete man sie zu einem kleinen Zimmer unter dem Dach und schloss sie ein. Das Fenster war zwar vergittert, aber freundlich möbliert, außerdem lagen zerlesene Zeitschriften auf einem Tisch, es gab eine Steh- und eine Nachttischlampe, eine Kommode, ein Bett und eine alte Couch.

Der Aufenthalt dort dauerte nur wenige Tage, dann wurde Charlotte wieder in dem dunklen Auto abgeholt und in das Wohnhaus des Mannes in Clausthal-Zellerfeld gebracht, mit dem man sie verehelicht hatte. Auch dort wurde sie eingeschlossen, aber ihre seelische und körperliche Verfassung war so schlecht, dass sie auch bei geöffneten Türen nicht in der Lage gewesen wäre, zu fliehen.

Einige Tage später, Charlotte erinnerte sich nur undeutlich an die erste Zeit ihres Aufenthaltes in dem neuen `Zuhause´, hatte Horst Wegener an die Tür ihres Zimmer geklopft.

„Bist du endlich fertig, Scharlotte?" Er sprach das im Französischen lautlose E am Ende ihres Namens aus. Er öffnete die Tür und sah sie im Nachthemd auf dem Bett sitzen.

„Was soll das?", fragte er zornig. Mit zaghafter Stimme sagte sie: „Ich kann nicht. Gehen Sie alleine."

„Das geht nicht, daran musst du dich gewöhnen, man will auch dich sehen, verdammt! Ganz Clausthal ist auf den Besuch von zwei Ministern vorbereitet. Also, zwinge mich nicht, dir Befehle erteilen zu müssen!"

Müde hob sie den Kopf und sah zu ihm auf. Die Ringe unter ihren Augen hatten beinahe dieselbe Farbe wie die dunkelblaue Iris.

„Ich kann sie nicht vertragen."

„Ertragen heißt das, ertragen, und ein deutsches Mädel kann einiges ertragen! Los, du ziehst dich jetzt an, sofort, ich will nicht der Einzige sein, der unter diesem unseligen Arrangement zu leiden hat! Hopp, hopp, los, aufstehen!"

Unsanft griff er nach ihrem Arm und riss sie hoch, seine Finger hinterließen gerötete Abdrücke auf ihrer bleichen Haut. Resigniert schleppte sie sich zum Schrank und begann sich anzukleiden.

Horst Wegener waren alle Frauen außer seiner Mutter unangenehm, nur in der Gesellschaft von Männern fühlte er sich wohl. Und ausgerechnet ihm hatte man die schwere Bürde einer Heirat auferlegt. Der ehrgeizige Absolvent einer SS-Reichsführerschule hätte wahrlich Besseres verdient! Die Schule sollte ihm die militärischen Aufstiegsmöglichkeiten eines SS-Offiziers ermöglichen, damit er Seite an Seite mit den Kameraden kämpfen und in gebotener Treue zum Führer siegen konnte, ganz ohne die irritierende Nähe von Frauen.

Nur die Mutter war er bereit, zu erdulden, ganz im Hintergrund, als dienstbare Magd, als eine gute, deutsche Mutter eben. Wenn man ihm wenigstens eine Reinrassige gegeben hätte, doch ihn mit einer Franzosen-Hure zu verheiraten, das stellte die allergrößte Schmach dar, die man sich nur denken konnte, denn Wegener hasste Franzosen. Die verfluchten `Franzmänner´ hatten das deutsche Volk in der Schlacht bei Verdun gedemütigt und in dieser alles entscheidenden Schlacht hatte auch sein Vater Hans Wegener gegen die Truppen des französischen Generals Pétain gekämpft und alles verloren.

Der Lump Pétain hatte 1916 die Ehre der Deutschen geschändet! Und demselben General Philippe Pétain hatten die Führer des Reiches gestattet, das französische Territorium zu regieren!

Noch mehr als Franzosen und Frauen verabscheute Wegener jedoch Bolschewiken und Juden. Das verband ihn mit den Kameraden der Schutzstaffel, mit ihren Hasstiraden feuerten sie sich gegenseitig an und gestärkt wurde ihr Glaube an die große Mission, die Eliminierung des jüdischen Feindes, durch den Reichsführer-SS.

Einmal war er Heinrich Himmler sogar persönlich begegnet, doch das lag inzwischen viele Jahre zurück. Versonnen lächelnd dachte er an jenen unvergesslichen Tag im Juni des Jahres 1933. Der Reichsführer-SS und der Reichsbauernführer Walter von Darré waren zu einer Dienstreise in den Harz aufgebrochen, um bedeutende Stätten des deutschen Ahnenerbes zu besuchen.

Zu dieser Zeit hatte Oberst Wiligut als Berater in esoterischen Dingen noch hoch in Himmlers Gunst gestanden und sollte die Bedeutung der jeweiligen Orte erläutern. Dem damals zwanzigjährigen Horst Wegener war die Ehre zuteil geworden, als ortskundiger Fahrer zu dienen.

„Meine Herren!", hatte Himmler forsch ausgerufen, „SS-Untersturmführer Wegener kennt den Harz wie seine Westentasche, ich übergebe ihm die Wagenschlüssel!"

Voller Stolz hatte Wegener den Mercedes angelassen und bei bestem Wetter waren sie zu viert mit aufgeklapptem Verdeck losgefahren. Ziel der Reise war Goslar, dort wollte Himmler dem Reichsbauernführer den Plan schmackhaft machen, die Reichsbauerntage in den Harz zu verlegen.

Obwohl weder in Goslar noch in Weimar, dem bisherigen Austragungsort, Landwirtschaft oder Viehzucht betrieben wurde, schien ihm nur der Harz die passende altgermanische Kulisse zu bieten, schließlich befand sich das Gebirge mitten im Kernland des deutschen Bauerntums.

Der Fahrtwind verhinderte eine Verständigung von hinten nach vorn. Himmler und Darré, die nebeneinander auf der Rückbank saßen, schenkten dem betagten Oberst Wiligut auf dem Beifahrersitz nicht die geringste Aufmerksamkeit, worüber der Oberst sehr verärgert war und während der Fahrt verbissen schwieg.

Wegener hörte Himmler sagen, dass er den Namen Heinrich nicht zufällig erhalten habe, vielmehr betrachte er sich als Reinkarnation des deutschblütigen Königs Heinrich am Vogelherd.

Während der Fahrt hatte Wegener nur noch Satzfetzen aufgeschnappt.

„...Schweinezucht, seltene Exemplare, ausgestorbene Rasse... den Ur, den Auerochsen, wieder ansiedeln... Körper des niedersächsischen Bauern stärkste Rassemerkmale... Geflügel mit besonders viel Fleisch züchten... prächtige Hühner... unsere blonden Söhne und Töchter... blutrünstige Zuchthunde... wie der Wolf... hungern lassen und dann zubeißen... Polen besiedeln... Untermenschentum ausmerzen... Vergasung... Versuche praktisch durchführbar..."

Im Rückspiegel hatte Wegener gesehen, wie Himmler einen silbernen Flachmann an Darré weiterreichte, dann hatten sie den Klusfelsen erreicht.

Die jüngeren Männer waren gut gelaunt und flink die in Sandstein gehauene, schmale Treppe zur Kapelle des Klusfelsens aufgestiegen, der betagte Wiligut musste öfter verschnaufen. Dabei hatte er Wegener, der aus Höflichkeit hinter ihm gegangen war, mit seinen wässrigen Augen böse angefunkelt und ihn nicht an sich vorbei vorbeigelassen. Wiligut versuchte mit allen Mitteln, die Aufmerksamkeit von Himmler und Darré auf sich zu lenken, was ihm auch gelang.

Er schlug mit dem Spazierstock gegen einen Felsvorsprung und verkündete mit himmelwärts gerichteten Augen:

„Vor Urzeiten ist Atlantis untergegangen und das Neue Jerusalem ist hier in Goslar aus den Fluten emporgestiegen, Jerusalem ist in Wahrheit Jörvalla und Jörvalla ist Goslar!" Auf dem Petersberg rannte Wiligut mit wehendem Haar aufgeregt zwischen den Mauerresten der mittelalterlichen Stiftskirche umher und stieß kleine Freudenschreie aus.

An einer halb abgebrochenen Säule der einstigen Basilika verharrte er abrupt und lehnte sich theatralisch dagegen. Mit seiner halblangen Tunika, Knickerbocker-Hosen, weißen Strickstrümpfen und geflochtenen Ledersandalen bot er ein imposantes Bild. Pathetisch begann er zu deklamieren.

„Hier auf dem Petersberge, dem germanischen Golgatha, hat einstmals die Ur-Kreuzigung des Ur-Gottes stattgefunden. Nein, das war nicht der verweichlichte Jude Jesum, nein, es war ein tapferer Germanenkrieger namens Baldur-Kristos und der wurde hier gekreuzigt!"

Er wies mit dem Arm nach unten.

„Da, im Keller des Klusfelsens, ist sein leeres Grab. Für Baldur-Kristos hat der deutsche Kaiser Heinrich an diesem Orte ein Kloster erbauen lassen."

Unvermittelt war ein starker Wind aufgekommen und hatte in den Baumwipfeln klagende Geräusche erzeugt, das machte sich Wiligut zunutze. Mit den Hände an den Schläfen stieß er wie ein Medium abgehackt die Worte hervor.

„Baldur-Kristos - der Weltenlenker - hat sich mit Hilfe von Runen in der neunten Nacht aus dem Grabe befreit - musste fliehen - von Goslar zur Insel Rügen und in die Wüste Gobi - irminische Meisterschule - Neues Reich - neue Ära - Tibet."

Dann schwieg er und ließ sich entkräftet auf einem Mauervorsprung nieder. Himmler hatte das Geheimwissen des Alten fasziniert und er hatte wie gebannt gelauscht. Auch Darré schien von den Ausführungen sichtlich beeindruckt, rauchend saßen sie nebeneinander auf den Ruinenresten der Stiftskirche und besprachen leise zukünftige Strategien der Ahnenforschung.

Im Gegensatz zu Reichsbauernführer und Reichsführer SS war der nüchterne Chemiestudent Wegener von den melodramatisch vorgebrachten Schilderungen der Ur-Kreuzigung regelrecht abgestoßen. Er ließ es sich nicht anmerken, aber gekreuzigte Helden waren ganz und gar nicht nach seinem Geschmack. Wegener wollte für Führer und Volk martialische Kämpfe ausfechten und körperschwaches Gesindel vom Erdboden tilgen. Er hoffte auf einen siegreichen Feldzug im Namen des Deutschen Reiches.

Wiligut hatte sich inzwischen erholt, er reckte die Arme gen Himmel und rief: „Die Verdunkelung begann mit der Vermischung der Rassen und nach dem Plane des Weltengeistes wird sich bald ein neues Geschlecht erheben und das jüdisch-christliche Ungeziefer, Demokraten, Bolschewiken, Geistesschwache und Freimaurer vertilgen. Erst wenn unser Volkskörper gänzlich bereinigt ist, wird die Verdunkelung zu Licht."

Gegen Abend, Darré war schon abgereist, hatte der Reichsführer-SS dem jungen Wegener kurz vor der Weiterreise nach Berlin seinen Dank ausgesprochen. Mit den Worten: *„Blut und Ehre - Gehorsam bis in den Tod!"* wurde ihm ein kostbarer SS-Ehrendolch in die Hand gedrückt.

Dabei hatte der Reichsführer SS ihn so seltsam durchdringend angesehen und Wegener kam der Verdacht, dass er über die Umstände, unter denen Wegeners Mutter gestorben war, durchaus Bescheid wusste. Der Blick war aber nicht abfällig gewesen, eher verschwörerisch, hatte Wegener damals gedeutet.

Der Blick jedoch, den ihm Wiligut auf dem Beifahrersitz zugeworfen hatte, war eindeutig missbilligend und neidvoll gewesen. Die honorige Geste Himmlers hatte dem Alten überhaupt nicht gefallen.

Fred

Irgendwann war jedweder Lärm verstummt und Fred wagte im Dunkeln vorsichtig einen Erkundungsgang. Er spürte, dass sich etwas verändert hatte.

Unterhalb eines Hügels sah er Soldaten um ein Lagerfeuer sitzen und hörte sie englisch sprechen. Da konnte er nicht anders, er machte sich mit einem Zuruf bemerkbar und kam mit erhobenen Händen auf die Männer zu, die sofort ihre Gewehre auf ihn richteten. Widerstandslos und erleichtert ließ er sich festnehmen. Man überprüfte seine Arme nach einer SS-Tätowierung und Fred begann damit, seine Rolle als Franzose zu spielen, nach einer kurzen Befragung zeigte er ihnen das Versteck.

Er erfuhr, dass man die Wehrmacht aus einigen Gebieten um den Küstenstreifen unter schweren Verlusten vertrieben hatte. Also beschloss Fred, sich mit dem Jungen auf den Weg zu dessen Verwandten in einem nahe gelegenen Dorf zu machen. Zum Abschied hatte er die Soldaten mit echter Freude und tiefer Dankbarkeit umarmt, es waren Kanadier gewesen, von denen einige französisch sprachen.

In der Bauernfamilie von Guillaume konnte Fred seine Rolle als Franzose aus Marseille auf der Flucht weiterhin üben. Als er behauptete, an Sabotageakten gegen die Deutschen beteiligt gewesen zu sein und weil er die Vorfälle im Hafenviertel von Marseille so lebendig schildern konnte, wurde er mit offenen Armen aufgenommen.

Als ein großer Teil der Bevölkerung in den Küstenregionen erneut von den Kampfhandlungen aus Dörfern und Städten vertrieben wurden, wollte auch Fred nicht länger bleiben. Er hatte den Jungen bei seiner Familie zurückgelassen und sich unter die Flüchtlingsströme gemischt.

Bayeux und Caen waren besonders schlimm betroffen, die zerbombten Städte lagen in Trümmern und die Zivilbevölkerung beklagte zehntausende von Opfern. Ströme von Flüchtenden bewegten sich in Richtung Paris, alte Leute, Kinder, Frauen, Tiere, verstörte Menschen mit Handwagen und Gepäckbündeln auf Pferdewagen, begleitet von dahin trottenden Kühen. Die zahllosen Schubkarren, auf denen Kranke transportiert werden mussten, veranschaulichten das große Elend, dem die französische Zivilbevölkerung ausgesetzt waren.

Im September kam Fred sehr erschöpft in Paris an, in der Hauptstadt herrschte Aufbruchstimmung. Die Lebensfreude der Pariser kehrte zurück, inmitten von Bombenschutt und Ruinen und inmitten von all den Toten. Er entschloss sich, vorerst in Frankreich zu bleiben und dazu brauchte er Geld. Unterwegs hatte er gearbeitet, um etwas zu Essen zu kriegen, jetzt ließ er sich vom kanadischen Militär als bezahlter Straßenarbeiter anwerben. Er war froh, wieder auf der richtigen Seite zu stehen.

Nur wenn die deutschen Kriegsgefangenen in Kolonnen durch die Stadt getrieben wurden, drehte er sich schnell weg, er hatte Angst, einer von ihnen könnte ihn erkennen.

Als die begeisterte Menschenmenge Géneral De Gaulle zujubelte, der sich als Held der Résistance feiern ließ und stolz die Rue de Rivoli entlang marschierte, winkte und schrie auch Fred enthusiastisch mit, blieb aber im Hintergrund, wenn er Reporter mit Kameras erblickte.

Immer wieder hatte er versucht, telefonischen Kontakt mit Charlottes Familie in Marseille aufzunehmen, schließlich war es es ihm gelungen, ihre Mutter zu sprechen und sie erzählte ihm weinend, dass es von der Tochter noch immer kein Lebenszeichen gäbe. Wie sich inzwischen herausgestellt hatte, war sie mit anderen Frauen zum Arbeitsdienst nach Deutschland gebracht worden und galt seitdem als vermisst, verschollen, vermutlich war sie tot.

Fred war nach dem Telefongespräch ziellos durch die Straßen gelaufen, wütend, voller Hass auf seine Landsleute.

An die folgenden Monate hatte er nur nebelhafte Erinnerungen, er hatte sich dauernd betrunken, um die Zeit der Trauer zu überleben und nach dem offiziellen Kriegsende war er dann doch wieder nach München zurückgekehrt, zu den

Gräbern seiner Eltern. Er beendete Schule und Ausbildung und baute sich als Ingenieur eine eigene Firma auf.

Jahrelang hatte er bei verschiedenen Organisationen immer wieder nach Charlottes Verbleib geforscht, aber es fand sich von ihr keine Spur.

13

Amanda

Einmal im Monat ging ich zusammen mit Meret zu den Treffen unserer Flüchtlingsinitiative, die in den Räumen einer Kirchengemeinde stattfanden. Ich hätte diesmal gern eine Ausrede gebraucht und abgesagt, nur widerwillig saß ich dabei, hörte zu und dachte an Mark.

Wir besprachen die Organisation eines interkulturellen Festes und suchten nach Lösungen für Fälle, die besonders prekär waren. Es gab immer wieder Probleme mit der Unterbringung, die zu Feindseligkeiten zwischen verfeindeten Ethnien führte.

1998 waren viele Flüchtlinge nach Deutschland gekommen, um Asyl zu beantragen, überall schienen Bürgerkriege zu wüten. Sie kamen aus dem ehemaligen Jugoslawien, Ruanda, Irak, Afghanistan, Angola, Somalia, Sri Lanka, Sierra Leone, Gambia, Togo und Zaire. Unser Verein hatte eine Rufbereitschaft eingerichtet, um bei Übergriffen sofort einzuschreiten, denn die Ausländerbehörden verfolgten einen harten Kurs und wir mussten sogar gelegentlich rechtswidrige Abschiebungen verhindern.

Das Engagement der Bevölkerung und der zuständigen Behörden ließ zu wünschen übrig, es fehlte den Leuten einfach an Empathie und gutem Willen.

Zum Schluss der Versammlung, es war schon spät, regelten wir die Organisation des Gutschein-Umtausches. Um den Asylbewerbern zu helfen, wechselten wir ihre Wertgutscheine in Bargeld um, denn mit Gutscheinen konnten sie den Rechtsanwalt nicht bezahlen, den sie brauchten, um gegen ungerechte Ausreiseaufforderungen vorzugehen. Außerdem war es schwierig, an der Kasse mit Gutscheinen zu bezahlen, für die man kein Wechselgeld zurück bekam, wenn der volle Betrag nicht ausgeschöpft wurde.

Meine Gedanken wanderten immer wieder zu Mark, ich hatte ihm nichts von meinen Aktivitäten im Verein erzählt, denn Mark mochte keine Ausländer.

Ich war nervös, hampelte auf meinem Stuhl herum, wollte weg, fieberte dem nächsten Wiedersehen entgegen. Ich schrak auf, als Meret mich anstupste.

„He, Amanda, kannst du nächsten Donnerstag aushelfen, von 15 bis 18 Uhr?" Ich hatte mir gerade vorgestellt, wie Mark oben in Clausthal mit einer anderen Frau im Bett lag, während ich hier unten in Goslar feststeckte.

„Was? Ja, natürlich, ja, ich kann am Donnerstag."

„Gut, dann hätten wir das geklärt, die ganze Woche ist durchorganisiert."

Alle sammelten ihre Unterlagen ein, jeder wollte schnell nachhause, die Treffen der ehrenamtlichen Flüchtlingshelfer waren anstrengend. Auch ich wollte so schnell wie möglich ans nächste Telefon und Mark anrufen, um festzustellen, ob er allein zuhause war.

Schon halb draußen, fing ich die Worte `Werk Tanne´ auf und kehrte schleunigst um, ich wollte wissen, worum es ging, allerdings nur, weil es mit Mark und dem Mordfall zu tun haben könnte.

Friedhart, ein Geologe, der in Clausthal studiert und ein Buch über diese Munitionsfabrik geschrieben hatte, war offensichtlich sehr aufgebracht. „Leute, es gibt noch ein anderes Problem, passt nicht ganz hierher, ist aber wichtig und ich möchte euch bitten, mir kurz zuzuhören, es geht um die Sprengstofffabrik oben in Clausthal."

Alle merkten neugierig auf, der Mord hatte der Nazifabrik ziemlich viel Berühmtheit verschafft.

„Da oben verrottet seit dem Krieg das Gift auf dem Gelände, das TNT, also das Trinitrotoluol geht immer neue chemische Verbindungen im Boden ein, es versickert nach nirgendwo, wird durch den Regen weggeschwemmt und, jetzt kommt´s: man hat es schon in den Flüssen nachgewiesen und trotzdem ist fast nichts passiert, obwohl wir es im Rat mehrfach angemahnt haben. Das kann so nicht weitergehen, die Altlasten müssen entsorgt werden. Stellt euch vor, es gibt nicht mal ein Badeverbot für die Pfaueteiche direkt neben dem verseuchten Gelände und wer von uns hat nicht im Pfauenteich gebadet? Teiche, Gewässer, alles ist belastet und der Bevölkerung wird das einfach verschwiegen! Also, lasst uns was tun!"

Er bekam sofort Unterstützung von Stefan, einem Geologen, der auch an der Uni in Clausthal studiert hatte.

"Bin dabei! Schlag was vor, uns passt immer der Mittwoch am besten." Erika, seine Frau, fügte hinzu: „Wenn ihr einverstanden seid, ruf ich jemanden von der Zeitung an, solche Sachen gehören an die Öffentlichkeit. Alles dreht sich nur noch um den Mord, keiner spricht von dem ganzen Gift da oben!"

Ich hielt mich zurück, die Bodenbelastung in Clausthal interessierte mich gerade nicht sonderlich. Mich beunruhigte Marks Bemerkung vom gestrigen Abend. Was hatte er damit gemeint, als er sagte, er wolle ein Kind von mir, aber ich bräuchte es nicht selbst auszutragen?

Charlotte

Charlotte trat fertig angekleidet aus dem Zimmer. „Hast du deine Medikamente genommen?" Als sie nickte, half ihr Horst Wegener in den Mantel, ging zur Garage und tätschelte liebevoll den Kotflügel seines Kraft-durch-Freude-Autos. Er ließ den Motor an und Charlotte stieg vor der Haustür ein. Vorsichtig lenkte er den Wagen die steile, mit Asche bestreute Straße zum Oberbergamt hinauf und hoffte, nicht wegzurutschen.

An den Straßenrändern türmten sich hohe Schneewälle. Charlotte sah beklommen aus dem Fenster, die aneinandergedrängten Holzhäuser mit schneebedeckten Dächern waren festlich mit Fichtenzweigen und Hakenkreuzfahnen geschmückt und auf dem Platz vor der Kirche wartete trotz der eisigen Temperaturen schon eine Menschenmenge. Laute Marschmusik dröhnte aus Lautsprechern, überall brannten Holzfeuer in eisernen Feuerschalen und Fackeln steckten in Halterungen an den Hauswänden.

Horst Wegener hätte den hohen Besuch von zwei Ministern gern ohne die Französin im Schlepptau genossen. Sowohl der Kultusminister aus Hannover als auch der Innenminister des Freistaates Braunschweig wurden erwartet und für letzteren empfand Wegener große Dankbarkeit. Dietrich Klagges war ihm nämlich behilflich gewesen, sich trotz seiner nur mäßigen Qualifikation gegen sämtliche Mitbewerber um die Professur in Clausthal durchzusetzen.

Nicht nur Wegener, sondern der gesamte Harz hatte dem Minister viel zu verdanken. Dietrich Klagges, der seine Karriere als kleiner Dorfschullehrer in Benneckenstein im Harz begonnen hatte, begriff schnell, dass der Harzer Bergbau für die Herstellung von Kriegswaffen unentbehrlich war.

Nicht nur als Braunschweiger Rüstungsinspektor, sondern auch als Aufsichtsratsmitglied der Reichswerke für Erzbergbau und Eisenhütten »Hermann Göring« setzte er sich für die einheimische Montanindustrie ein. Dabei spielten die Rüstungsbetriebe, von denen es im Harz mehrere gab, eine Schlüsselrolle. Um den reibungslosen Ablauf der militärischen Sprengstoffproduktion im Clausthaler Werk zu unterstützen, hatte Klagges die Bergakademie zum kriegswichtigen Rüstungsbetrieb erklärt.

Mit diesem Schachzug konnten die versierten Lehrkräfte für Chemie, Verfahrenstechnik und Ingenieurswesen in die Produktionsabläufe der Fabrik eingebunden und ganz nebenbei vom Kriegsdienst freigestellt werden.

Horst Wegener hatte sich bereitwillig an dem Abkommen beteiligt, als er 1944 aus Frankreich zurückgekehrt war. Bei einem Inspektionsgang über das Gelände des Werkes `Tanne´ sah er sich mit dem Leid der russischen und polnischen Kriegsgefangenen an den giftigen Füllstellen konfrontiert und empfand so etwas wie Genugtuung.

Er musste sich eingestehen, dass es ihm sogar eine große Befriedigung verschafft hatte, die verängstigten Frauen und Mädchen dabei zu beobachten, wie sie das hochgiftige TNT mit bloßen Händen zu verfüllen hatten und zu wissen, dass sie recht bald einen qualvollen Tod sterben würden. Das schien eine durchaus passende Revanche dafür zu sein, dass ihre Landsleute ihm den Fuß weggesprengt hatten!

Mit der blonden Ehefrau am Arm bahnte sich Wegener einen Weg bis zur Rednertribüne. Die Versammlung war sehr übersichtlich, denn Männer im kriegstauglichen Alter gab es nur wenige.

Die NSDAP-Gauleitung hatte trotz der Kälte eine weihevolle Ansprache im Freien geplant, später sollte es dann mit ausgewählten Gästen in der Aula Academica weitergehen.

Charlotte fror entsetzlich. Dicht aneinander gedrängt, festlich gekleidet und frierend warteten alle auf den ersten Redebeitrag. Parteimitglieder in Paradeuniformen, ein Trupp SS-Männer, Professoren im schwarzen Talar, Studenten einer gleichgeschalteten Burschenschaft und einige Greise in den schwarzen Traditionsanzügen der Bergleute.

Heftiger Wind riss an dem mit Fichtenzweigen geschmückten Holzpodest, das von wehenden Hakenkreuzstandarten gerahmt und von Scheinwerfern angestrahlt wurde. Obersturmbannführer Stecher ergriff zur Begrüßung das Wort. In jeder Pause wurde „Sieg Heil, Heil Hitler!" gebrüllt und erst als Horst Wegener sie schmerzhaft in die Seite knuffte, nahm Charlotte wahr, dass alle außer ihr die Arme hoben.

Nachdem die Ansprache beendet war, fuhren sie mit dem Wagen zur Aula Academica, in der es angenehm warm war. Der Raum, der sich über drei Etagen in Spitzbögen in die Höhe wölbte, erinnerte an eine Kirche und Charlotte fühlte sich winzig klein und erdrückt. Ohne die angstlösende Wirkung der Tabletten, an deren tägliche Einnahme sie inzwischen gewöhnt war, hätte sie dem Drang nicht widerstehen können, aus dem Saal zu flüchten. Nach einiger Zeit hatten alle geräuschvoll Platz genommen und es trat Stille ein.

Am Rednerpult wurde Dietrich Klagges von der Menge mit frenetischem Beifall begrüßt. Im Hintergrund entdeckte Charlotte die eingefallene Gestalt des Reichsministers. Sein Gesicht war bläulich verfärbt, der seit Jahrzehnten bestehende Missbrauch von Alkohol, mit dem er sich über Depressionen und eine schmerzhafte Trigeminusneuralgie hinweghalf, hatten ihn gezeichnet.

Sie erschrak, als sie den Fotografen bemerkte, es war derselbe Mann, der sie im Badeanzug fotografiert hatte. Er durchquerte selbstbewusst mit seiner Ausrüstung im Am den Saal und zwinkerte ihr zu, bevor er näher kam und von ihr und Horst Wegener ein Foto machte. Dann befasste er sich mit den Schnitzereien der hohen Stuhllehnen hinter dem Rednerpult, die an das Chorgestühl gotischer Kirchen erinnerten.

Charlotte verspürte wieder die Übelkeit, die sie inzwischen jeden Morgen überkam. Das enge Kleid drückte am Bauch, Wegener hatte sie gezwungen, sich in ein Dirndl mit Schürze zu zwängen und das zu Zöpfen geflochtene Blondhaar aufzustecken. Sie hätte gern weiter hinten gesessen, ohne diese Blicke, die sich in ihren Nacken zu bohren schienen. Überdeutlich hörte sie jedes noch so leise Rascheln, Räuspern, Hüsteln, roch den fauligen Atem eines Sitznachbarn und war erleichtert, als der Minister endlich zum Ende seiner Ansprache gekommen war. Klagges stieg befriedigt vom Pult, nachdem der Saal mehrmals Heil Hitler geschrien hatte.

Nun sollte der Redebeitrag des Reichsministers aus Hannover folgen, dessen unsicherer Gang nicht zu übersehen war. Es gelang ihm nur mit Hilfe eines Uniformierten, das Rednerpult zu besteigen, doch als er oben stand, fand er mühelos in seine Rolle zurück. Mit schwerer Zunge käute er die abgedroschenen Phrasen der NSDAP wieder.

„Der Nationalsozialismus hinkt nicht hinter der Wissenschaft und ihren Leistungen hinterher, sondern er schafft den schon vorhandenen Ansätzen der organischen Wissenschaft Raum zur Entfaltung und holt den wahren Sinn aus ihr heraus. Man kann wohl sagen, dass der Rassegedanke zu einem Stachel der Wissenschaft geworden ist, das Leben in seiner Ganzheit und Wirklichkeit zu begreifen. Weil wir den alten..."

Charlotte gab es auf, dem Inhalt seiner Worte folgen zu wollen. Aus der Ferne betrachtete sie sein Gesicht mit dem schlohweißen Oberlippenbart, der langen Nase, den abstehenden Ohren, sah das schüttere Haar, den sich öffnenden und schließenden Mund und hörte seine Stimme blechern aus dem Lautsprecher dröhnen. Erneut überkam sie eine Welle von Übelkeit. Wieder und wieder brach die Menge in hysterischen Jubel aus.

Als nächster Redner wurde ein dünner Greis mit langem, schlohweißem Bart und großer, gebogener Nase von einem SS-Mann in schwarzer Uniform zum Rednerpult geführt. Er klopfte leicht gegen das Mikrophon und verkündete:

„Als besonderen Ehrengast dürfen wir heute den hochgeschätzten Kameraden und germanischen Kämpfer Oberst Karl Maria Wiligut begrüßen, der gerade im schönen Goslar weilt. Oberst Wiligut spricht zu uns von der Zukunft des deutschen Volkes, die aufs engste mit Goslar verbunden ist."

Die zwei Uniformierten traten zurück und überließen das Pult dem Alten.

In Charlotte krampfte sich alles zusammen. Sie hatte das Gefühl, gleich zu zerplatzen, sie konnte einfach nicht mehr still sitzen und sprang auf. Ihr Stuhl knarzte, der Greis verstummte und starrte auf die Frau, die es wagte, seine Rede zu stören. Horst drückte sie in den Sitz zurück, er suchte hektisch in den Taschen seines Anzugs und zog schließlich aus der Jackentasche ein Pillendöschen hervor, er schob ihr eine Tablette zwischen die Lippen, die sie gehorsam zerkaute.

Nach ein paar Minuten saß sie wieder apathisch da, den Kopf fast bis auf die Knie gesenkt.

Wie aus weiter Ferne vernahm sie die hohle Stimme des Greises. „...der Gottheit Krodo wurden in grauer Vorzeit auch in Goslar Altäre geweiht, man huldigte ihm am Klusfelsen. Krodo zeigt sich häufig mit einem Fisch unter den Füßen, sollte damit der Sieg über das Christentum zum Ausdruck gezeigt werden? Ja, Kameraden, auch die Edda berichtet von Krodo, dem vergessenen Gotte der Deutschen..."

In Charlottes Kopf erklang ein Dröhnen wie von einem Flugzeugmotor, sie presste die Hände gegen die Ohren, aber das half nicht, es dröhnte weiter.

„Und auch die Ur-Kreuzigung ist im mystischen Goslar zu verorten, die Hochzucht des arischen Gott-Menschentums wurde dank unseres Führers vom Traume zur Wirklichkeit..."

Charlottes Oberkörper kippte zur Seite weg und Horst Wegener geriet in Panik. Glücklicherweise schienen auch dem betagten Redner die Kräfte auszugehen, er hatte sich verschluckt, fing an zu husten und seine Stimme war kaum noch zu verstehen, er entschuldigte sich unter dauerndem Räuspern und musste den Vortrag beenden und der SS-Mann geleitete ihn zu seinem Platz zurück.

Nach einem kurzen Schlusswort von Obersturmbannführer Stecher, dass nochmals fünfzehn Minuten dauerte, wurden die Feierlichkeiten endlich mit dem melancholischen Steigerlied `Glück auf, Glück auf´ abgeschlossen.

14

Fred

„Alfred, ich habe dich schon dreimal gerufen!!!" Irmas ver-
ärgerte Stimme zerbrach die Plastizität seiner Erinnerungen
und erklärte die kostbare Zeit, die er in seinem Refugium
verbringen durfte, als beendet.

Niemand außer Irma nannte ihn Alfred, wohl wissend, dass
er den Namen überhaupt nicht mochte.

Fred brauchte eine Weile, bis er in die Gegenwart zurückge-
funden hatte. Es musste am Alter liegen, die Geschehnisse
längst vergangener Tage wirkten manchmal so real, dass er
sich kaum aus ihrer Dramaturgie lösen konnte, wenn sie aus
dem Nebel auftauchten, Gestalt annahmen und ihn in eine
andere Welt hinüberzogen. Irma ärgerte es, wenn Fred die
Zeit in seinem Arbeitszimmer verbrachte, also verriegelte er
das Türschloss und stieg die Treppe hinab.

Sie saßen sich an dem wie immer für zwei Personen viel
zu reichlich gedeckten Esstisch gegenüber. Man sah Fred
sein Alter nicht an, sein Gesicht wirkte jungenhaft und sein
Körper war schlank und sehnig geblieben, während Irmas
zwanzig Jahre jüngerer Bauch in mehreren Wölbungen über
den Bund ihres Rockes schwappte.

„Entschuldige, Irma, was wolltest du?"

„Ich wollte gar nichts, ich habe dich nur daran erinnert,
dass wir in den Baumarkt müssen. Ich brauche unbedingt
neue Pflanzen für das vordere Beet, der Garten verwildert
schon richtig, seit du dich nicht mehr darum kümmerst!"

Mit grämlich verzogenem Gesicht schaute sie ihn an.

„Du kümmerst dich um gar nichts, wenn man es dir nicht
ausdrücklich sagt!" Es folgten vorwurfsvolle Beschreibun-

gen seiner angeblichen Gleichgültigkeit ihr gegenüber, dem Haus, dem Garten, dem Bekanntenkreis, der Tochter. Ihre Vorwürfe bewirkten, dass er sich schon wieder nach Rückzug sehnte.

„Was du bloß da oben machst, in dieser Gruft!?" Sie schüttelte sich, um ihren Widerwillen zu demonstrieren. Es gelang ihr schon lange nicht mehr, ihn zu provozieren, aber sie versuchte es trotzdem, indem sie immer gröbere Kraftworte benutzte.

Im Juni 1974 war er der attraktiven Sekretärin Irma ins Netz gegangen, die gerade konzentriert nach einem Nest gesucht hatte, in das sie ihre befruchteten Eier legen konnte.

Wahrscheinlich war ihre Wahl nur deshalb auf ihn gefallen, weil er vermögend und erheblich älter war als sie. Ein Mann von Anfang fünfzig musste ihr damals reichlich alt vorgekommen sein, alt genug, um zu hoffen, sein gereiftes Verantwortungsbewusstsein möge ihr lebenslange, finanzielle Sicherheiten garantieren und sein Sexualtrieb möge sich nach der Zeugung des einen, den gesellschaftlichen Status einer Frau aufwertenden, Kindes alsbald verflüchtigen, denn Irma mochte keinen Sex.

Über Freds Sexualtrieb hatte sie sich getäuscht, aber was seine unerschütterliche Treue zu eingegangenen Bindungen und seine Finanzlage betraf, waren ihre Eier ins richtige Gelege geplumpst. Fred würde sich niemals aus seiner ehelichen oder väterlichen Verantwortung davonstehlen und an Geld hatte es ihm auch nie gemangelt.

Müde zupfte er die Serviette aus dem Hemdkragen.

„Ich habe zu tun, fahr bitte allein, ich finde nicht, dass du mich brauchst, um Stauden in einen Einkaufswagen zu laden."

Empörung machte ihre Stimme schrill. „Siehst du, schon wieder! Du lässt mich im Stich, damit du dich in deine erbärmliche, kleine Kammer verpissen kannst, du Arsch! Warum hab` ich dich bloß geheiratet, ich hätte jeden kriegen können, jeden! Und was mache ich, ich lasse mir von dem allerlangweiligsten Sitzpisser ein Kind machen!"

Wenn Irma betrunken war und sie keine unliebsamen Zeugen in der Nähe wusste, gebrauchte sie die primitivsten Schimpfwörter, die ihr gerade einfielen und verdrehte Tatsachen zu himmelschreienden Lügen. Dabei nutzte sie schamlos aus, dass der wohlerzogene Fred nicht imstande war, mit derselben Waffengattung zu parieren. Sie genoss es, ihn im Treibnetz seiner Anständigkeit zappeln zu sehen.

Schwankend erhob sie sich, stemmte die Arme auf die Tischplatte und schrie: „Ich weiß nicht, wie lange ich das noch aushalten soll, dein Egoismus kotzt mich an!" Dabei verteilten sich die wütend ausgespuckten Krümel ihres Frühstücksbrötchens auf seinem Pullover und ihren nach Bourbon riechenden Atem hätte man entzünden können.

Nur der Rückzug in sein Arbeitszimmer konnte ihn noch vor weiteren Dolchstößen retten, denn die einzige Leidenschaft, die Irma noch kannte, waren ihre wilden, orgiastischen Wutausbrüche, wenn sie angetrunken oder schon betrunken war.

Hätte sie im Bett nur halb so viel Leidenschaft gezeigt wie bei ihrer Streitlust, wäre ihre Beziehung vielleicht mit weniger unterdrückter Wut ausgekommen. Sehr viel früher, als sie noch ein gemeinsames Schlafzimmer hatten und dort Dinge taten, die so wenig an Sex erinnerten wie Malzkaffee an Kaffeebohnen, da war sie ihm wie eine verfolgte Häsin in den Händen des Jägers vorgekommen. Angespannt und steif hing sie in seinen Armen, darauf bedacht, den unumgänglichen Geschlechtsakt so schnell wie möglich hinter sich zu bringen.

Fred legte die inzwischen sorgsam gefaltete Serviette neben den Teller und stand auf. Während er die Treppe hinaufging, schleuderte sie ihm weitere Beschimpfungen und ein Brötchen hinterher. Ungerührt setzte er seinen Weg fort und dachte, dass es wohl nichts Abstoßenderes gäbe als ein altes Ehepaar, das sich erbitterte Kämpfe im heimischen Umfeld lieferte und dennoch eine Trennung nicht einmal in Erwägung zu ziehen wagte.

„Mach doch was du willst, du hirnverbrannter Idiot, dann fahre ich eben allein!" Die Haustür fiel mit lautem Knall ins Schloss und Fred atmete auf, obwohl er ein schlechtes Gewissen hatte, Irma sturzbetrunken Auto fahren zu lassen. Egal, sollte sie doch!

Amanda

Meret und ich waren nach dem Treffen noch ein Stück zusammen die Breite Straße hinauf gegangen, sie hatte ihr Auto am Dohmplatz geparkt.

„Komm, lass uns was trinken, Amanda, ich sehe doch, dass dich etwas bedrückt, erzähl mir, was los ist." Ehe ich mir eine Ausrede einfallen lassen konnte, hatte sie mich durch die Tür einer Pizzeria gezogen und zwei Pizzen bestellt, sie wusste, dass ich immer dieselbe Sorte aß, Pizza mit Spinat. Meret konnte sehr hartnäckig sein, ich aber auch, und ich wollte keinesfalls mit ihr über mein Verhältnis zu Mark sprechen, sie würde es doch nicht verstehen. Also musste ich sie von diesem Thema abbringen und da fiel mir die geheimnisumwitterte Klinik ein, die sich für ein Ablenkungsmanöver zu eignen schien.

„Das hast du gut beobachtet, Meret, mir geht's zurzeit nicht so gut, ich hab` Angst, aber ich weiß nicht genau wovor, es hat irgendwie mit dieser Klinik zu tun, du weißt schon, die Klinik am Waldrand von Clausthal, irgendwas stimmt da nicht, ich habe so ein ungutes Gefühl, frag mich nicht, woher ich das weiß, ich weiß es ja auch gar nicht, ich ahne es nur."

Sie starrte mich an.

„Die Klinik? Hast du das von deinem Kommissar? Hat er dir was erzählt und du darfst nicht darüber reden? Hängt es mit den Mordermittlungen zusammen?"

Ich konnte nicht mit ihr über meine Visionen sprechen, ich

wollte sie einfach nur loswerden, also nickte ich vielsagend.

„Aber da muss doch sofort eingegriffen werden oder ist das schon geschehen? Na los, Amanda, nun red schon, erst machst du rätselhafte Andeutungen und dann krieg ich kein Wort aus dir raus, das ist unfair!" Da hatte sie recht, aber mir war schleierhaft, was ich ihr noch erzählen sollte. Ich schwenkte das Weinglas hin und her, sodass sich das kleine Teelicht auf unserem Tisch geheimnisvoll darin spiegelte. Ich betrachtete die rote Flüssigkeit und überlegte, was ich jetzt sagen könnte.

„Ich kann dir nur das sagen, was ich selber weiß und das ist weniger als nichts. Ja, es könnten in der Klinik eine oder mehrere Frauen aus einem anderen Land oder einem anderen Kontinent eingesperrt sein, also ausländische Frauen, möglich ist auch, dass es deutsche Frauen sind, die nur ausländisch aussehen und ob sie gefangen gehalten werden, weiß ich auch nicht so genau, vielleicht gibt es sie auch gar nicht, also, ja, nein, der Verdacht beruht ja nur auf Vermutungen..."
Ich hätte mir auf die Zunge beißen können. Was für einen Quatsch gab ich da von mir? Meret fand das wohl auch, sie schaute aus dem Fenster und rührte in ihrem Cappuccino, Autos fuhren auf dem Parkplatz an oder parkten ein, am Nebentisch diskutierten drei Frauen über die Affäre des amerikanischen Präsidenten mit seiner Praktikanten Monica Lewinsky, die Espressomaschine dröhnte laut und ich gab inmitten dieses gewaltigen Ansturms von Alltagsgeschehen skurrile Visionen zum Besten.

„Du spinnst, Amanda, das sind bloß irrwitzige Behauptungen! Und überhaupt, warum hast du das nicht vorhin den Leuten vom Asylverein erzählt? Das wären doch die richtigen Ansprechpartner gewesen!" Sie sah mir fest in die Augen, ich senkte den Blick und versuchte, zurückzurudern.

„Meret, du wolltest es unbedingt wissen, aber lass die Finger davon, sonst gefährdest du noch die ganze Ermittlungsarbeit. Bitte, können wir jetzt von was anderem reden, ich kann nicht essen, wenn ich mich bedrängt fühle!"

Verstimmt drehte sie sich weg und in frostigem Schweigen verspeisten wir den Rest unserer Pizza, wir verabschiedeten uns, ohne einen Termin für die nächste Wanderung ausgemacht zu haben. Mir war das vorerst egal, ich eilte nachhause und griff sofort zum Telefon und wählte die Nummer von Mark. Niemand nahm ab, der AB sprang an. „Hier ist der Anschluss von weißer Adler Neunzehn-Neunzehn, hinterlasst eure Nachricht auf Band." Nach der Ansage erklang die Melodie von „Kameraden". Ich kannte das Lied nur deshalb ziemlich gut, weil ich es so oft bei Mark gehört hatte, er spielte immer dieselben Kassetten mit Liedern, die mir überhaupt nicht gefielen, von denen er aber die meisten Texte mitsingen konnte.

Ich hinterließ mit zaghafter Stimme eine Nachricht auf dem Anrufbeantworter und bat um Rückruf. Bei den nächsten neun oder zehn weiteren, vergeblichen Versuchen, ihn zu erreichen, presste ich nur noch verzweifelt den Hörer ans Ohr und kämpfte gegen den übermächtigen Wunsch an, nach Clausthal-Zellerfeld zu fahren, um zu kontrollieren, ob er zuhause war.

Warum ging er nicht ans Telefon, obwohl er doch hörte, dass ich ihn dringend erreichen musste? Ich fühlte mich unattraktiv und hässlich, es war absolut verständlich, dass ein so begehrenswerter Mann wie Mark mich auf Armeslänge von sich weghalten musste. Wäre ich nur zu ihm gefahren, anstatt mich um die Anliegen der Flüchtlinge zu kümmern!

Charlotte

Inzwischen wusste es jeder: der Krieg war verloren, Deutschland lag am Boden, neue Siegermächte sorgten für neues Recht und Hitler, der Führer des angeblich tausendjährigen Reiches, das gerade mal zwölf geschafft hatte - und die auch nur mit Angst und Schrecken - war tot.

Als die Komplizen seiner gigantischen Mordmaschinerie erkannten, dass die glorifizierte Ära der Schlechtigkeit und die Zeit des ungehemmten Mordens vorbei war, begannen

Führer und Volk damit, sich reinzuwaschen. Belastendes Material wurde vernichtet, alte Verbindungen durchtrennt und geleugnet. Hitlertreue, fanatische Volksgenossen, die dem Führer und seinen Polit-Verbrechern zugejubelt hatten, verwandelten sich urplötzlich in vollkommen ahnungslose Mitläufer oder sogar in angebliche Juden-Retter, die im Untergrund gewirkt und von den Machenschaften des NSDAP-Staates nichts geahnt hatten.

Die Strategie der Ehrenrettung lautete: einzig und allein Adolf Hitler ist für alles verantwortlich zu machen.

Auch Horst Wegener verbrannte in seinem Haus am Waldrand von Clausthal-Zellerfeld sukzessive alle Unterlagen, die seine aktive Mittäterschaft an den Verbrechen des Dritten Reiches beweisen konnten.

Er stopfte alles in große Holzkisten, die Charlotte heimlich durchsuchte, wenn er das Haus verlassen hatte, um seiner Arbeit an der Bergakademie nachzugehen. Sie sortierte aus, was ihr bedeutsam vorkam und stieß dabei immer wieder auf Material, das mit ihr zu tun hatte.

Da war zum Beispiel dieser Bildband aufgetaucht, der den Titel `Deutsche Recken´ trug. Die Hochglanzfotografien waren von einer weiblichen Fotografin gemacht worden und zeigten ausnahmslos gut gebaute Männer, zumeist Sportler, in einer Pose der Stärke. Im hinteren Teil des Buches gab es einige Abbildungen des Braunschweiger Fotografen und auf Seite dreiundsechzig war Charlotte zu sehen, im Badeanzug, blond, blass, blauäugig, vor blauem Hintergrund, in unterschiedlichen Haltungen, immer gequält lachend.

Sie fragte sich, ob das Buch bis nach Frankreich gelangt sein könnte.

Resigniert hatte sie mit einer Flasche Likör auf dem Boden gesessen und hätte am liebsten sich und das ganze Haus verbrannt. Doch sie hatte weiter gesucht, sie konnte nicht aufhören, die Unterlagen ihres Mannes zu durchstöbern, weil sie erst durch diese Unterlagen begriff, welches Grauens die

Deutschen angerichtet hatten. Sie betrachtete die Kriegsbilder, die Wegener und seine Kameraden als schmucke, junge Offiziere der Schutz-Staffel in Russland und Frankreich zeigten und las fassungslos die verrohten, schwülstig-sadistischen Schilderungen seiner Feldzüge. Mit Stolz zählte er die Erschießungen, Folterungen und anderen Quälereien auf, die seine `Blutige Brigade´ wehrlosen Männern, Frauen und Kindern zugefügt hatte. Täglich hielt er in seinem Fronttagebuch fest, was sich ereignet hatte.

Eine besonders grausame Passage beschrieb die Funktion der Schäferhunde in einem russischen Gefangenenlager. Man ließ die Tiere hungern, damit sie noch aggressiver auf Häftlinge losgingen, sie waren abgerichtet worden, sich in deren Genitalien zu verbeißen. Dazu hatte Horst vermerkt, das sei für die Hunde keine gute Dressur, immerhin könnten sie bei der Beißattacke mit einer übertragbaren Krankheit des `Untermenschen´ infiziert werden.

Ganz zuletzt, als beinahe alles verbrannt war, entdeckte sie ein verschlossenes, braunes Kuvert mit dem Dienststempel `Geheim´. Es enthielt zwei Dokumente, in dem einen wurde sie, Charlotte Renée Nivet aus Marseille, für tot erklärt, angeblich beim Bombenangriff auf das Munitionswerk `Tanne´ im Herbst 1944 verstorben, während des Küchendienstes. Das andere Dokument war so schlimm, dass sie es schnell in ihr Versteck brachte. Horst bemerkte davon nichts.

Amerikanische, britische und sowjetische Truppen rückten unaufhaltsam näher an den Harz heran und Wegener geriet mehr und mehr in Panik, wahllos stopfte er alles in den Ofen, was ihn als treuen Anhänger und Mittäter des Führers kennzeichnen könnte.

Verräterische Kleidungsstücke, Uniformen, Orden, Fotografien, Zeitungen, Parteibücher, namentlich unterzeichnete Amtsschreiben, Gerichtsurteile, handgeschriebene Briefe mit Diffamierungen, antisemitische Hetzschriften, Erlasse, Ariernachweise, Ehrenurkunden, Auszeichnungen der SS, Berichte über den Einsatz von Gefangenen in geheimen Rüstungsbetrieben, Telegramme, Rundschreiben, alles wurde verbrannt. Dabei trank er maßlos viel Alkohol, rauchte und magerte ab, er sorgte sich vor allem um seine Professur an der Bergakademie. Sogar seinen Totenkopfring hatte er schweren Herzens im Garten vergraben, der Ring war zu gefährlich, ein vernichtender Beweis für die heilige Verlobung, ja, man könnte sagen, für die Eheschließung, die er als SS-Offizier mit der Reichsführung vollzogen hatte.

Wegener verzerrte den Mund zu einem schiefen Lächeln, ein schöner Gedanke, er, die Braut, behielt den Ring auf ewig, nur nach dem Tod des Geliebten kehrte er zum Reichsführer-SS zurück.

Einen Ring konnte man verbergen, aber die Blutgruppen-Tätowierung der SS wurde man nicht los. Wenn britische, amerikanische oder russische Offiziere seinen Arm zu sehen verlangten, war er geliefert.

Sollte er sich das eintätowierte A noch schnell im Clausthaler Lazarett wegmachen lassen, so wie es einige Kameraden getan hatten? Damit würde er jedoch den Treueeid brechen, den er den Führern des Reiches auf ewig gelobt hatte, symbolisiert durch das Bluts-Zeichen auf der Innenseite des linken Oberarms, an der Stelle, die dem Herzen am nächsten lag.

Nein, Horst Wegener war kein Feigling, er würde nicht vor dem heranrückenden, feindlichen Abschaum einknicken, er nicht.

Sollte es gar keinen anderen Ausweg geben, müsste er die Kapsel mit Zyankali zerbeißen. Er besaß zwei Stück, eine für sich, eine für Charlotte.

Fred

Versonnen lächelnd betrachtete Fred eine Farbaufnahme von Charlotte am Strand. Mit zerzaustem Blondhaar, übermütig lachend, versuchte sie zu verhindern, dass der Wind ihr Kleid in die Höhe riss und sah dabei fast so aus wie Marylin Monroe in dem Film `Das verflixte 7. Jahr´ von Sam Shaw.

Fred hatte den Film mehrmals gesehen, eigentlich war

Charlotte in seiner Fantasie zu einer ebenso betörenden Blondine geworden wie Marilyn in dem Film. Und eigentlich hatte er Irma genauso oft in Gedanken mit Charlotte betrogen, wie der Hauptdarsteller in dem Film seine brave Ehefrau.

Verrückt! Sein Gesicht entspannte sich, er fühlte sich verjüngt, leicht, unbeschwert. Wie glücklich Charlotte und er hätten sein können, wenn der Krieg ihnen das Glück nicht geraubt hätte! Oder hätte er sie heiraten und mitnehmen sollen, nach München? Aber noch eine Französin in der Familie, das wäre für alle recht schwierig geworden.

Die Zweifel an seiner damaligen Entscheidung bedrückten ihn bis heute.

Das erneute, melodische Läuten des Telefons ließ ihn zusammenschrecken. Wer sollte ihn schon anrufen? Bestimmt war es für Irma, aber die war unterwegs.

Kaum hatte er den Hörer abgenommen, da erklang ein Schwall französischer Worte, so schnell gesprochen, dass Fred Mühe hatte, etwas zu verstehen, sein französisch war mit den Jahren eingerostet. Ein schmerzhafter Stich durchfuhr sein Herz, als er die Stimme von Charlottes Bruder Armand erkannte. Er rief aus Marseille an und teilte ihm aufgeregt mit, dass es Neuigkeiten über Charlottes Verbleib gäbe.

Soweit Fred sich erinnern konnte, hatten sie nach dem Krieg regelmäßig miteinander telefoniert und Fred war auch einige Male in Marseille gewesen. Nachdem sich herausgestellt hatte, dass die Suche nach Charlotte trotz aller Bemühungen von deutschen und französischen Stellen ergebnislos geblieben war, hatten sie den Kontakt ruhen lassen. Die Wunden waren groß, der Schmerz saß tief. Fred gehörte zu Deutschland und Deutschland blieb bis zur späteren Aussöhnung der beiden Völker das Land der Feinde.

Armand berichtete, in einem Archiv in einer deutschen Stadt seien Unterlagen entdeckt worden, Hinweise zu Charlottes Verbleib, doch er sprach so schnell, dass Fred nur die Hälfte verstand.

„Lentement, lentement, queste-ce que tu as dit?"

144

Armand bemühte sich, langsamer zu reden. „Die Suchdienste haben routinemäßig alle Fakten in ihre Computersysteme eingegeben und dabei ist eine Übereinstimmung herausgekommen. Charlotte wurde 1944 in einem Lager im Norden Deutschlands registriert, als Arbeiterin in einer Munitionsfabrik.“

Armand konnte nicht weitersprechen.

„Sie ist dort gestorben, Fred, sie ist tot!“

Er schluchzte auf und auch Fred versagte die Stimme. Es blieb eine Weile still.

„Sie haben gesagt, ich könne die archivierten Unterlagen einsehen, aber...“ Er weinte wieder.

„Aber es gibt kein Grab, verstehst du, es gibt kein Grab, meine tote Schwester ist ohne ein Grab geblieben!“

Fred schluckte. „Willst du, dass ich dorthin fahre, um mehr zu erfahren? Oder willst du das lieber selber tun, Armand?“

„Fred, ich bin krank, die Lunge, ich kann nicht mehr reisen, Giselle, meine Frau, spricht kein Wort deutsch und die Eltern sind tot. Was soll ich machen? Ich dachte an dich, für dich ist es leichter.“ Seine Stimme brach, er kämpfte mit den Tränen. „Alors, Fred, mon ami, wirst du das tun, wirst du meine Schwester von da wegholen, damit sie ihren Frieden hier bei uns finden kann? Wird man überhaupt noch etwas von ihr finden, je ne sais pas...“

Sein kurzes Schweigen ließ Fred wenig Raum zum Nachdenken.

„Mais oui, Armand, sag mir, wo das ist und schick mir ein paar Papiere, damit ich die nötigen Vollmachten habe, du weißt schon.“ Er stammelte einen Abschiedsgruß und legte schnell den Hörer auf. Danach war er so aufgeregt, dass er nichts mehr mit dem Tag anzufangen wusste.

Der Name der Stadt, die Armand genannt hatte, war Clausthal-Zellerfeld im Harz gewesen, ungefähr 600 km von München entfernt. Nachdem er eine Weile gegrübelt hatte, fiel ihm ein Kommilitone aus Österreich ein, der nach dem Studium von München nach Clausthal-Zellerfeld gezogen war, weil er an der technischen Hochschule dort einen Lehrauftrag angenommen hatte. Welch ein Zufall! Wie hieß er noch, Walter, Werner? Wie lange war das her? Dreißig, vierzig Jahre? Gab es ihn überhaupt noch, war der ehemalige Student inzwischen ins Heimatland, nach Wien, zurückgekehrt?

Fred bemühte die Telefonauskunft und erfuhr, dass ein Dr. Walter Laubner im Hirschlerweg 39 in Clausthal-Zellerfeld wohnte. Er notierte sich alles und packte sein Adressbuch und einige Unterlagen aus der Zeit in Marseille in seine Aktentasche. Trotz oder gerade wegen des Schocks, den die Nachricht von Charlottes Tod bei ihm ausgelöst hatte, war er froh, etwas tun zu können.

Er summte ein Lied vor sich hin, es war dummerweise wieder die Melodie von ´Wir sind durch Deutschland gefahren´. Er zwang sich, die Marseillaise zu singen und sofort durchströmte ihn frische Kraft, eine Welle von euphorisierendem Tatendrang hob ihn empor und vertrieb das über Jahre empfundene Gefühl der eigenen Nutzlosigkeit. Ja, er würde sofort losfahren!

Fred eilte ins Schlafzimmer und warf wahllos einige Sachen in die Reisetasche. Oh, das Handy, das könnte sich unterwegs als nützlich erweisen, natürlich war es nicht geladen. Hektisch durchwühlte er auf der Suche nach dem Ladegerät alle Schubladen, kehrte ins Wohnzimmer zurück, bemühte nochmals die Telefonauskunft mit dem Festnetztelefon und ließ sich anschließend vom Tourismusbüro in Clausthal-Zellerfeld ein paar Hoteladressen geben, die er der Reihe nach anrief und die alle ausgebucht waren, weil gerade irgendeine größere Feierlichkeit stattfand. Schließlich geriet er an ein Hotel im benachbarten Goslar und gab eine Reservierung durch.

Kopflos rannte er hinauf in sein Arbeitszimmer, um eine Fotografie von Charlotte einzustecken und überlegte, ob er Irma auf ihrem Mobiltelefon anrufen und über seine Pläne unterrichten sollte. Sie war von ihrer Baumarkt-Tour noch nicht zurück. Nein, er würde nicht warten, sondern ihr ein paar erklärende Zeilen schreiben, das musste genügen.

Er fuhr sich mit der Hand über die schweißnasse Stirn und wischte sie am Hosenbein ab. Er hatte in letzter Zeit öfter Schweißausbrüche und manchmal zitterten seine Hände. Das alles spielte jetzt keine Rolle, er wollte nur dafür sorgen, dass Charlotte ein ordentliches Grab bekam. Oder wäre es besser, wenn ihre sterblichen Reste nach Frankreich zurückkehren würden? Gab es überhaupt noch sterbliche Reste? Was genau hatte Armand gesagt?

In der Garage überlegte er noch einmal, ob er an alles gedacht hatte, öffnete das Tor, startete den Mercedes und fuhr los. Ein herrliches Gefühl der Freiheit weitete seine Brust, er begann zu pfeifen, schaltete das Radio ein, drückte eine Kassette in den Recorder und der Song `Hinter den Kulissen von Paris´ von Mireille Mathieu erklang. Gut gelaunt wippte er mit dem Oberkörper zum Takt der Melodie hin und her.

Amanda

Marks Drängen, alle Termine abzusagen, hatte mir vor Augen geführt, wie wenig Lust ich überhaupt noch hatte, mich mit anderen Menschen zu treffen. Selbst die regelmäßigen Verabredungen mit Mutter hätte ich kaum vermisst, wenn sie nicht verreist gewesen wäre.

Als wir uns das letzte Mal verabredet hatten, kannte ich Mark noch nicht. Wir waren in eine Pizzeria in Goslar gegangen und sie hatte trotz der bevorstehenden Fahrt zu ihrer Cousine in Dresden, auf die sie sich sehr freute, leicht bedrückt gewirkt. Ich nahm an, dass es wegen ihrer Hüftbeschwerden sei, die irgendwann eine Operation erforderlich machen würden.

„Soll ich dich morgen zum Zug bringen, Mama?"

„Nein, nein, brauchst du nicht, ich wohne doch um die Ecke, ich gehe zu Fuß, mein Gepäck beschränkt sich auf eine leichte Reisetasche. Aber weißt du, Amanda, ich hab` gar keine Lust zu fahren, ich würde viel lieber hier bleiben und mich mit diesem netten Münchner treffen!" „Was, welcher nette Münchner, du hast ihn noch gar nicht erwähnt!?"

Eigentlich wollte ich gerade von den neuesten Entwicklungen in Frankreich und von Johannas Ferienhaus in Étretat berichten, doch nun war ich erstaunt und neugierig.

„Ach, meine Kleine, es ist ja auch gerade erst passiert, ich dachte, ich hätte endlich mal wieder Glück gehabt!" Sie verzog den Mund und stieß einen tragischen Seufzer aus.

„Mama, was ist denn los, nun erzähl schon, wieso meinst du nur immer, du hättest kein Glück?" „Habe ich auch nicht, jedenfalls nicht mit Männern! Da begegnet mir ein so netter Mann aus München, im Goslarer Rathaus und wir verstehen uns auf Anhieb so gut und ich habe natürlich gleich gehofft, dass sich da was entwickelt, aber husch, ist er wieder weg. Er wollte irgendwas beglaubigen lassen und ich hab` ihm den Weg durch die Ämter gezeigt und aus Dankbarkeit hat er mich zum Essen eingeladen, ins La Traviata, wir haben Wein getrunken und über Gott und die Welt geredet."

„Na, das klingt doch großartig, wo ist das Problem?"

Wieder seufzte sie gramvoll und ich drückte mitfühlend ihren Arm.

„Amanda, du glaubst es nicht, alles hätte gepasst, obwohl er eigentlich nicht der Typ Mann ist, zu dem ich passen würde, er war mir etwas zu alt, ungefähr Anfang siebzig, naja, eigentlich das passende Alter, aber du weißt ja, ich habe eine Schwäche für jüngere Männer." Sie kicherte verschämt. „Aber der, der sah irgendwie hmmm… interessant aus und ich dachte, das ist bestimmt ein Künstler, naja, wir kamen also ins Gespräch und hab` ich das schon erwähnt? Er sprach bestes bayerisch!"

Sie verdrehte übertrieben die Augen.

„Er sagte, er sei gerade erst angekommen und zum ersten Mal im Harz und er fände, dass es eine ausgesprochen reizvolle Gegend sei. Ich wollte natürlich wissen, was ihn vom Alpenrand ins nördlichste Mittelgebirge geführt hatte und da ist er ganz ernst geworden und ach, er hat übrigens sehr schöne Hände, kräftig und zugleich sensitiv. Ja, also, er hat gesagt, der Anlass seiner Reise sei eher traurig, er habe erfahren, dass eine liebe Freundin wohl tot sei, und er wolle sich um die Formalitäten kümmern. Deshalb musste er auch ins Goslarer Rathaus."

„Oh, wie traurig, und dann?" „Tja, leider, leider hat er sich nicht mehr gemeldet, obwohl wir vorhatten, zusammen durch den Harz zu fahren, vor allem durch den östlichen Teil mit Wernigerode und Quedlinburg. Er hatte sich meine Telefonnummer aufgeschrieben, aber er hat nicht angerufen." Das ließ sich doch ändern. „Kannst du dich nicht bei ihm melden?" „Leider hab` ich seine Telefonnummer nicht. Bestimmt ist er längst wieder nach München gefahren."

Mit gesenktem Kopf faltete sie ihre Serviette zu einem kleinen Papierboot. Sie tat mir leid, seit meinem amerikanischen Vater war es ihr nicht mehr gelungen, eine dauerhafte Bindung einzugehen. Eine kurze Ehe, die zustande gekommen war, endete mit dem Tod des Angetrauten, er verstarb an den Folgen eines plötzlichen Arterienrisses.

Um sie aufzuheitern, berichtete ich ausführlich von Johannas neuem Feriendomizil und schlug vor, dass wir dort eines Tages alle gemeinsam ein paar Wochen verbringen sollten. Mutter strahlte vor Freude und auch mir hatte die Vorstellung gefallen, mit ihr, Johanna, Dominique und René, dem süßen Enkel, an der Küste der Normandie zu sein. Zum Abschied hatten wir uns umarmt mit dem Vorsatz, uns so oft wie möglich anzurufen.

15

Charlotte

Der junge Horst Wegener hatte von Anfang an allergrößte Empathie für den feurigen Redner Adolf Hitler empfunden und versäumte keine Kundgebung der neuen Partei in seiner Nähe. Die schmuck gekleideten NSDAP-Mitglieder gefielen nicht nur ihm, im gesamten Harz sah man immer mehr junge und alte Männer in braunen Hemden mit Parteiabzeichen herumlaufen und nach der Ernennung Hitlers zum Reichskanzler trat auch Horst gegen den Willen der Mutter in die Nationalsozialistische Deutsche Arbeiterpartei ein.

Seitdem hatte er keinen Schulungskurs versäumt, der von der NSDAP angeboten wurde.

Beinahe jedoch wäre seine Parteikarriere gekippt. Horst Wegener träumte schon davon, zum Gauleiter aufzusteigen, da kam es zu einer unangenehmen Auseinandersetzung mit seiner Mutter, die ihm den Haushalt führte.

Minna Wegener hatte als sechzehnjähriges Mädchen den Steiger Hans Wegener geheiratet und ganz selbstverständlich hatte sich ihr ganzes Leben nur noch um das Wohlergehen von Mann und Kindern gedreht. Inzwischen war ihre Tochter in Castrop-Rauxel verheiratet und ihr Mann lag unter der Erde. Minnas Schwester, die nicht weit entfernt in Osterode wohnte und ebenfalls verwitwet war, schlug vor, sie solle zu ihr ziehen. In einer Nähstube wurden dringend Aushilfen gesucht, die sich als Uniform-Stickerinnen verdingen wollten. Viele kleine Nähereien arbeiteten für Großunternehmen wie Hugo Boss, der für die NSDAP, die Reichspost und die Reichsbahn produzierte und Zulieferer brauchte.

Die Ausstaffierung der Bevölkerung mit Uniformen hatte

trotz des Uniformverbotes 1932 deutlich an Fahrt aufgenommen, seit Hitler zum Reichskanzler ernannt worden war.

Minna sagte der Vorschlag der Schwester zu, sie hatte die gesamte Bekleidung für die Familie geschneidert und wollte auch mal eigenes Geld verdienen, sie hatte genug davon, für den Sohn zu kochen, zu waschen und Strümpfe zu stopfen.

Der Sohn, Horst Wegener, war dagegen. Wenngleich das Nähen von Uniformen seinen Stellenwert hatte, so brauchte er die Mutter im Haushalt, denn er gedachte weder, sich zu verheiraten, noch wollte er fremde Frauen in der Wohnung haben. Mit dem Streit, der dann losbrach, hatte er aber nicht gerechnet.

Minna wurde sehr aufgebracht, ein Wort gab das andere und plötzlich begann sie, den Führer zu verunglimpfen.

„Du bist genau so einer wie der Hitler! Ein anständiger Mann verheiratet sich, und der, der hält sich die Eva Braun als Liebchen!"

Horst gebot ihr zu schweigen, doch sie wurde immer lauter.

„Nee, ich nehme kein Blatt vor den Mund! Deine alte Mutter soll dir die Unterhosen waschen? Nee, Bub, damit ist jetzt Schluss! Nimm dir eine hier aus dem Ort, es gibt doch genug davon, die Gisela oder die Resi oder meinetwegen die Käthe aus Altenau, sind die dir nicht gut genug? Oder ist aus dir etwa ein warmer Bruder geworden?"

Mit schriller Stimme hatte sie die Sätze hervorgestoßen und in rasender Wut hatte Horst Wegener ihr mit der Handkante einen Hieb verpasst, um sie zum Schweigen zu bringen. Von der Wucht des Schlages war die Mutter gestürzt und im Fallen mit dem Kopf gegen die Herdplatte geschlagen.

Verwirrt hatte er dagestanden. Rührte das Blut an ihrer Schläfe vom Sturz her oder war es bei dem Schlag entstanden, den er ihr versetzt hatte? Jedenfalls lag sie da und bewegte sich nicht mehr. Hatten die Nachbarn alles mitangehört, war sie tot? Er fühlte keinen Puls. Er verschloss die Wohnung und ging gemessenen Schrittes davon.

Nach Einbruch der Dunkelheit kehrte er mit zwei unauffällig gekleideten Herren zurück. Sie begutachteten die blutige Sauerei, die der Wegener angerichtet hatte und gingen wieder fort. Kurze Zeit später hielt ein Sanitätswagen mit eingeschaltetem Blaulicht vor dem Haus, zwei Krankenpfleger trugen Minna eilig auf einer Trage aus der Wohnung und brachten die Tote zum Schein ins Spital. Dort bekam sie ein Fach im Kühlkeller und einige Tage später wurde ihr vom SS-Ortsgruppenleiter ein würdiges Begräbnis ausgerichtet.

Der Vorfall festigte die Bindung des strebsamen Studenten Wegener an seine Kameraden von der Schutzstaffel, die ihm später auch zum günstigen Erwerb des Hauses am Waldrand von Zellerfeld verhalfen. Das Haus hatte einem nach Sachsenhausen deportierten Sozialdemokraten gehört, der niemals zurückgekehrt war.

Trotz oder auch gerade wegen dieses Debakels hatte sich Wegeners Aufstieg ungehindert fortgesetzt. Zunächst in einem Ausbildungslager der allgemeinen SS, wo er so lange infanteristisch geschult wurde, bis seine Einheit mit Beginn des Frankreich-Feldzugs unter SS-Gruppenführer Eicke endlich zum Fronteinsatz kam und er sich am Gemetzel des Krieges erproben konnte.

Unter SS-Brigadeführer Bittrich zog die Einheit mordend und raubend durch den Balkan und hinterließ danach in Russland eine Schneise der Verwüstung. Horst Wegener war mit Feuereifer dabei, bis er 1943 in eine Mine trat.

Die Kameraden der gefürchteten Einheit `Die blutige Brigade´ hatten nur noch mitleidig gewinkt, als sie in Richtung Ardennen weitermarschierten. Ohne ihn.

Je näher das Kriegsende rückte, umso verdrießlicher wurde Horst Wegener und wenn er überhaupt mit Charlotte sprach, dann nur in kurzen, ruppigen Sätzen.

Würde sie den Mund halten, was seine Vergangenheit betraf? Ja, sie würde, da war er ziemlich sicher. Der Frau hatte man die Menschenwürde so restlos ausgetrieben, dass sie nur noch mit Medikamenten funktionierte, die war nicht einmal mehr in der Lage, allein auf die Straße zu gehen.

Im Mai 1945 überstürzten sich die Ereignisse. Amerikanische Soldaten nahmen den Brocken ein, britische und sowjetische Einheiten besetzten den gesamten Harz. Horst Wegeners Vergangenheit war bestens aufgeräumt, er war sehr zuversichtlich, was seinen Werdegang betraf, sollte sich aber darin täuschen.

Bereits im Herbst 1945 wurden unter der britischen Militärverwaltung die ersten Anklageverfahren gegen den Lehrkörper der Clausthaler Bergakademie angestrengt und etliche der bisher hoch angesehenen Akademiker wurden nicht nur vom Dienst suspendiert, sondern wegen ihrer Mittäterschaft an Kriegsverbrechen verurteilt und interniert.

Horst Wegener gelang es nur ungenügend, die Briten von dem frontuntauglichen, invaliden Professor zu überzeugen, der indirekt und unfreiwillig und ohne sein Wissen und eigentlich gar nicht an irgendwelchen Gräueltaten beteiligt gewesen war.

Er verlor seinen Professorenstatus, blieb allerdings von einer Verhaftung verschont und fand im Elektrobetrieb eines ehemaligen Parteigenossen eine neue Anstellung. Da war er noch besser aufgehoben als die anderen Professoren, die im Sägewerk Pfeiffer die Gattersäge bedienen mussten, obwohl viele in ihrem Leben nicht einmal eine Handsäge gehalten hatten.

Es dauerte jedoch nicht lange, da durften beinahe alle abgeurteilten Lehrkräfte an die Bergakademie zurückkehren. Bereits im Jahr 1946 übertrug die britische Militärverwaltung die Entnazifizierungsverfahren an deutsche Behörden und gab damit den Weg für alte Kameradschaften frei, die sich gegenseitig für ihre Ehrenrettung einsetzten.

Kaum hatte Horst Wegener seine Professur zurück, da bekam er einen Brief von Dietrich Klagges. Der von allen Ämtern freigestellte Braunschweiger Minister, der Hitler für die

153

Reichstagswahlen zur Staatsbürgerschaft des Deutschen Reiches verholfen hatte, bat Wegener, sich für ihn zu verbürgen. Er wolle vor dem Bundesverwaltungsgericht den ihm aberkannten Pensionsanspruch einklagen und meinte, eine positive Beurteilung des Kollegen könne dabei sehr hilfreich sein. Er sei auch guten Mutes, Erfolg zu haben, schließlich habe er sich niemals etwas zuschulden kommen lassen. Wegener verbrannte den Brief und ließ ihn unbeantwortet. Später erfuhr er, dass Klagges seine Pension tatsächlich bekommen hatte.

Charlottes Bauch hatte sich mehr und mehr gewölbt, im Herbst 1945 wurde der Junge geboren. Sie hatte keine Milch, der Junge wurde mit Ersatzmilch groß gezogen, die in den Nachkriegsjahren schwer zu beschaffen war. Er kränkelte viel in den ersten Jahren seines Lebens, oft hatte sie gedacht oder sogar gehofft, er würde sterben. Sie war eine sehr schlechte Mutter gewesen, benebelt von Medikamenten und Alkohol, ohne jede Zuneigung.

Fred
Fred hatte unterwegs in einem Holiday Inn übernachtet und war am anderen Morgen in aller Frühe weitergefahren. In kürzester Zeit hatte er dann in Clausthal und Goslar eine wahre Odyssee von Behördengängen hinter sich gebracht, aber all seine Nachfragen wurden mit Unfreundlichkeit und Ablehnung quittiert und er war nicht richtig weitergekommen.

Er hatte sogar Armand angerufen, weil er schon befürchtet hatte, in die falsche Stadt gereist zu sein, doch Armand hatte ihm bestätigt, dass alles stimmte.

Eigentlich hätte er längst im Hotel einchecken sollen, aber dann war er dieser sympathischen Frau begegnet und hatte sie zum Essen eingeladen. Eine angenehme Unterbrechung der unerfreulichen Bemühungen, irgendwelche Unterlagen zu Charlottes Verbleib aufzuspüren.

Nach dem zweiten erfolglosen Besuch im Oberbergamt war er frustriert durch Clausthal gestreift, denn die Bereitschaft der Behörden, ihm Auskunft über Charlottes Schicksal zu geben, war einfach nicht vorhanden.

Er war schon drauf und dran gewesen, die Flinte ins Korn zu werfen und wieder abzureisen, da war ihm der ehemalige Studienkollege Laubner eingefallen. Er hatte ihn von einer Telefonzelle aus angerufen, sein Handy war immer noch nicht geladen, und ihn sogar erreicht.

Das Wiedersehen in der für Münchner Verhältnisse eher kleinen Mensa gestaltete sich etwas holperig. Während sie ihr Essen inmitten von lärmenden Naturwissenschaftsstudenten aus aller Welt einnahmen, war Fred von dem veränderten Aussehen des Freundes, von dessen langen, weißen Haaren und dem wallenden Bart, sehr irritiert gewesen.

Er hatte kurz den Grund seiner Reise geschildert und wollte sich zügig wieder verabschieden, da lud Laubner ihn herzlich ein, in seiner Jagdhütte zu übernachten. Die habe seit dem Tod seiner Frau leer gestanden und dort sei mehr als genug Platz, um einen guten Freund zu beherbergen. Ja, und sie hätten doch noch gar nicht über die alten Zeiten in München gesprochen.

Fred, dem erst jetzt bewusst wurde, wie erschöpft und müde er war, nahm die Einladung dankend an. Sie fuhren hintereinander ein kleines Stück in Richtung Osterode, dann bogen sie in einen Waldweg ein und parkten die Autos vor einer einsam gelegenen Jagdhütte.

„Das ist mein Waidmanns-Domizil, klein, aber fein!"

Mit einem seltsam verkrampften Lächeln öffnete Laubner erst die Gartenpforte und dann die Holztür der zweistöckigen Spitzhütte, die beim Eintreten erstaunlich geräumig wirkte.

Der vordere Teil des Raumes wurde von einem Backsteinkamin dominiert, die Wände waren mit hellem Fichtenholz getäfelt, eine Sitzgruppe aus Leder verbreitete rustikale Gemütlichkeit. An den Wänden hingen überall Trophäen, präparierte Köpfe von Rehwild, Hirschen und Wildschweinebern.

„Schön rustikal hast du´s hier, das lieben wir in Bayern auch, zurück zur Natur!"

Fred trat dichter an eine Fotografie heran, die auf einem Wandbord stand und einen Mann in einer SS-Uniform zeigte. Laubner zog ihn weg, deutete auf einen der Sessel.

„Bitte, setzt dich, setzt dich doch, mach dir´s bequem. Was möchtest du trinken, Tellmann? Unser Wiedersehen muss doch gefeiert werden!"

Laubner steuerte auf einen Wandschrank zu und entnahm ihm zwei Gläser, füllte sie und kehrte zur Sitzgruppe zurück, sie stießen kurz an und tranken, sie hatten sich für Cognac entschieden.

„Ich hoffe, dich stört es nicht, dass meine Hütte so, na, sagen wir, so urig ist? Seit meine Frau gestorben ist, da fahr ich oft hierher in die Wildnis, um dem Universitäts-Trubel zu entrinnen."

Fred entgegnete lachend: „Aber nein, es gefällt mir ausgesprochen gut hier, ich bin froh, dass ich dich erreicht habe, ich war mir vorhin etwas verloren vorgekommen. Und das mit deiner Frau, das tut mir leid! Wie lange ist es denn her?"

Laubner schwieg und Fred schämte sich, weil er anscheinend ein sensibles Thema berührt hatte.

„Nun ja, es ist schon eine Weile her, aber die Trauer bleibt. Und du, hast du Familie, Kinder?"

„Ja, natürlich, man heiratet eben, wir haben eine Tochter und einen Enkelsohn."

„So, und trotzdem suchst du nach deiner Jugendliebe? Immer noch!" Vielsagend lachend stand Laubner auf und ging zum Barschrank.

„Ach, mein Gott, es ist eine so tragische Geschichte, das Mädchen ist damals von der Wehrmacht verschleppt worden, sie war eines Tages einfach fort, und jetzt erst hat ihr Bruder erfahren, dass sie schon lange tot ist. Er hatte wohl immer noch gehofft, dass sie vielleicht doch überlebt hat, aber nun…" Fred war vertieft in seine Schilderung, er bemerkte nicht, dass Laubner beim Einschenken den Inhalt eines kleinen Plastikbeutels in eines der Gläser streute.

Fred war tief ins Polster des Sessels gesunken, nach der vielen Lauferei tat es gut, zu sitzen. Sein Gepäck stand wohlverwahrt in dem kleinen Vorraum und während sein Blick durch den Raum schweifte, streckte er entspannt die Beine aus. Laubner setzte sich ihm gegenüber, beugte sich vor, die Gläser in der Hand. „Auf dein Wohl, Tellmann, auf dein Wohl, ja, es ist nicht immer ganz leicht, das Leben."

Klirrend stieß sein Glas gegen das von Fred, der einen tiefen Schluck nahm und sich wieder zurücklehnte. „Charlottes Bruder möchte, dass die sterblichen Reste, wenn es sie überhaupt noch gibt, nach Marseille überführt werden. Tja, und das ist mein Part und ich muss gestehen, dass ich sehr naiv an die Sache heran gegangen bin, es ist möglich, dass ich von hier aus gar nichts tun kann."

„Ah, ja, verstehe, verstehe, keine leichte Aufgabe, das. Wenn ich irgendwie behilflich sein kann? Was genau hast du denn bisher herausgefunden?"

Laubner behielt das gezwungene Lächeln bei, während er aufmerksam zuhörte.

„Sie war meine große Liebe, verstehst du, aber dann kam der Krieg und sie war verschwunden. Und jetzt hat mich ihr Bruder aus Frankreich angerufen, es gibt Unterlagen, sie soll hier in Clausthal gestorben sein. In einem Rüstungsbetrieb. Tja, deshalb bin ich hier, um ihr Grab zu finden."

Inzwischen war es dunkel geworden und nach dem zweiten Glas Cognac hatte eine seltsame Schläfrigkeit von Fred Besitz ergriffen. Schließlich war er so müde, dass er einfach den Kopf zurücklehnte und einschlief.

Laubner zog ein Mobiltelefon aus der Jackentasche, klappte es auf, wählte eine Nummer und sagte: „Horst, ich habe ihn hier, in deiner Jagdhütte, er schläft. Du musst sofort herkommen!" Dann wandte er sich Freds Gepäck zu.

16

Amanda

Mark wollte unbedingt wissen, ob ich wirklich alle Verpflichtungen für die nächste Zeit abgesagt hatte.

„Was ist mit deiner Mutter?"

„Meine Mutter ist gerade bei ihrer Cousine in Dresden und
bleibt dort noch mindestens eine Woche."

„Gut, deine Mutter ist verreist, deine Klienten sind erst
im Juli wieder dran, und diese Freundin, Melitta, was ist mit
der?"

„Sie heißt Meret und wir haben keinen regelmäßigen Kontakt. Sie meldet sich oder ich melde mich, aber manchmal
sehen wir uns ein paar Wochen lang überhaupt nicht. Was
hast du nur, Mark, warum fragst du mich das alles?"

Er presste die Lippen zusammen.

„Damit das ein für allemal klar ist, Amanda, ich will
nicht, dass du mich dauernd hinterfragst! Alles, was ich sage
und tue ist sinnvoll, durchdacht und von langer Hand geplant,
also bitte provoziere mich nicht ständig mit dieser Fragerei,
warum, warum... Ganz einfach: weil ich es so will! Und wenn
dir das nicht gefällt, gut, sag es einfach und ich bin weg."

Der Gedanke, von ihm verlassen zu werden, löste einen
eiskalten Schock bei mir aus. Ich bekam einen ganz trockenen Mund und dieses altbekannte, flaue Gefühl im Unterleib,
so ein Gefühl großer Schwäche und Hilflosigkeit.

Uralte Ängste stiegen in mir auf, von denen ich gedacht
hatte, sie seien gezähmt, doch das war nur eine Täuschung
gewesen, eine willkommene Fata Morgana, auf die ich nur zu
gerne reingefallen war, um endlich aus dem Gewirr der seelischen Verdrehungen und abgründigen Tiefen herauszukom-

men, ohne die Ausbildung unterbrechen oder gar abbrechen zu müssen. Marks schneidende Stimme riss mich aus meinen Überlegungen.

„Amanda, hallo, wie sieht´s aus?"

Ich nickte und sagte tonlos. „Ja, ich hab´s kapiert." Zur Belohnung begann er mich zu streicheln und ich gab mich glücklich seinen Berührungen hin.

Fred

Irma, die nach dem Einkauf im Baumarkt noch eine Freundin besucht hatte, bemerkte zunächst gar nichts von der Abwesenheit ihres Mannes. Wie immer hatte sie mit Anette ein, zwei Gläser Sekt getrunken und sich ausschweifend über Fred beklagt. Anette hatte ihr geraten, sich doch etwas mehr Mühe mit dem inzwischen schon alten Kerl zu geben, dessen Leben ohnehin nicht mehr all zu lange währen würde. Danach könne sie sich nach einem anderen umsehen.

Irma hatte mit den Augen gerollt und ausgerufen: „Oh, nein, ich bin ja gerade froh, dass Alfred so alt ist und mich in Ruhe lässt, du weißt doch, mir liegen innere Werte mehr am Herzen, ja, was siehst du mich so an? Ich muss jedenfalls nicht dauernd irgendwelche Verhütungsmittel schlucken."

Laut fluchend, weil ihr Mann nicht auf ihr Rufen reagierte, schleppte sie die Säcke mit Mulch, Dünger und Rasensamen, die Pflanzkübel, Deko-Figuren und den neuen Kugelgrill ganz allein durch die Garage in den Garten.

Nachdem er auch auf ihr lautes Schreien nicht reagiert hatte, war Irma wutentbrannt die Treppe hoch gestürmt und hatte, ohne anzuklopfen, die Tür zu seinem Arbeitszimmer aufreißen wollen.

Die Tür war jedoch verschlossen und der Blick durchs Schlüsselloch zeigte seinen leeren Drehstuhl.

Sie war wieder nach unten gerannt und hatte an der Garderobe vergeblich nach seiner Jacke gesucht, die war weg. Da hatte sie den Brief entdeckt und wäre beim Lesen vor Wut beinahe explodiert.

Wie konnte er es wagen, ohne sie zu sprechen und ohne ihr anzubieten, mitzukommen, einfach abzufahren. Ohne eine Nachricht zu hinterlassen, wohin er gefahren war! Eine Unverschämtheit!

Charlotte

Im Wohnzimmer ihres einsam gelegenen Hauses in Clausthal-Zellerfeld hing eine gerahmte Großaufnahme, die der Fotograf beim Empfang der Minister 1945 gemacht hatte. Da stand sie mit aufgedunsenem Gesicht und hochgesteckten, blonden Zöpfen neben Horst Wegener und blickte abwesend an der Kamera vorbei.

Jetzt saß sie abends allein vor dem Fernsehgerät und betäubte sich mit Alkohol. Immerhin war es nur noch der Alkohol, seit sie die Abhängigkeit von Pervitin überwunden hatte. Lange Zeit hatte sie von den Vorräten des Mittels gezehrt, das im Dritten Reich bei der Bevölkerung so beliebt gewesen war, mehrere Kartons hatte Horst Wegener im Keller gestapelt.

Offiziell musste er das verschreibungspflichtige Pervitin wegen seiner Kriegsverletzung einnehmen, in Wahrheit dämpfte es die Angstzustände und Depressionen, die nach dem Krieg unerträglich geworden waren.

Auch Charlotte war an die Tabletten gewöhnt, die man ihr ursprünglich gegen die Migräneanfälle verabreicht hatte. Bis Ende der 1980-er Jahre war Pervitin über verschwiegene Kanäle im Umlauf gewesen, Horst bekam es von einem alten Kameraden, einem Bundeswehrgeneral, der dem ehemaligen SS-Offizier nur zu gern gefällig war.

Als auch dieser Kanal verstopft gewesen war, mussten sie ohne Tabletten auskommen und durchlebten qualvolle Entzugserscheinungen, die sich bei Horst in der paranoiden Idee manifestierten, Charlotte wolle ihn vergiften.

In dem Wandsafe hinter dem Spitzweggemälde lagerte seit dem Krieg ein kleiner Vorrat von Zyankali. Wegener hatte das Gift gehortet, um dem Triumph der Siegermächte zu entgehen, ein Suizid war besser und mutiger als die Schande eines öffentlichen Gerichtsverfahrens. Wäre er wirklich mutig gewesen, wäre er gleich nach dem Zusammenbruch des Reiches denen gefolgt, die diesen Weg gegangen waren.

Nun, während des Entzuges von Pervitin, glaubte er zu erkennen, dass die Französin beauftragt war, ihn zu eliminieren! Sie lauerte überall, versteckte sich, wartete nur auf die richtige Gelegenheit. Als er es nicht mehr aushielt, räumte er den Safe leer und nistete sich in seiner Jagdhütte am anderen Ende der Stadt ein.

Charlotte vegetierte allein vor sich hin, sie schaffte es nicht einmal, aus ihrem verdreckten Bett zu kommen. Eines Morgens hatte sie kapituliert. Sie hatte geduscht und sich zitternd auf den Weg in die Praxis von Dr. Massmann gemacht, dem Hausarzt von Horst Wegener. Unfreundlich und desinteressiert hatte er sie gemustert und ihr ersatzweise ein starkes Beruhigungsmittel verschrieben, mit dem sie einigermaßen über den Winter kam. Im Frühling darauf war sie erstaunt gewesen, als der Jeep von Horst Wegener um die Ecke bog und er lebendig aus dem Auto gestiegen war.

Amanda

„Hör zu, Amanda, du wirst jetzt zu dir nachhause fahren und mich morgen früh abholen." Sofort spürte ich den bitteren Geschmack von Eifersucht und Angst auf der Zunge und fragte mich, warum er mich über Nacht los werden wollte. Gab es eine andere Frau? Ich konnte mir nicht vorstellen, dass er die Nächte allein verbrachte, sein sexuelles Verlangen war so groß und der Genuss, der ihm Sex verschaffte, so gewaltig, dass er wohl kaum länger als vierundzwanzig Stunden darauf verzichten wollte.

Fred

Das Telefon klingelte laut und Irma zuckte zusammen, sie hatte im Wohnzimmer auf der Couch gelegen und war eingenickt. Das könnte ein Anruf von Fred sein, der hatte bisher nichts von sich hören lassen. Sie rappelte sich vom Sofa hoch, rannte zu dem kleinen Beistelltischchen aus schwarzem Lack und riss das schnurlose Ding aus der Basis. Es meldete sich eine Frauenstimme und fragte beflissen, ob sie mit Frau Tellmann verbunden sei und ob diese bereit wäre, an einer kurzen Umfrage teilzunehmen? Irma knallte den Hörer zurück in die Halterung.

Wo war er denn nur? Von ihrem Handy aus hatte sie ihn unzählige Male angerufen, es kam immer nur die Mitteilung: *the person you have called is temporary not available.* Fred besaß zwar ein Mobiltelefon, aber leider konnte er nicht damit umgehen, es grenzte an ein Wunder, wenn es tatsächlich geladen und betriebsbereit war.

Sollte sie die Polizei einschalten?

Ah, Irma hatte eine Idee! Sie betätigte die Wahlwiederholungstaste des Festnetztelefons und war sogleich mit der Rezeption eines Hotels mit dem seltsamen Namen `Das Brusttuch´ verbunden. Eine erotische Absteige?

Bei dem hohen Alter ihres Mannes eher unwahrscheinlich, fand sie, erfragte aber die Adresse des Hotels und erfuhr erstaunt, dass es sich in einer Stadt namens Goslar befand, von der sie noch nie gehört hatte. Das sei doch ganz in der Nähe von Hannover, sagte die Stimme am Telefon, aha, dachte Irma, und nur ein paar hundert Kilometer von München entfernt. Sodann erkundigte sie sich nach einem Gast namens Fred Tellmann.

Es blieb eine Weile still, dann ließ die Frauenstimme sie wissen: „Tut mir leid, Herr Tellmann hatte nur telefonisch reserviert, er ist bisher nicht eingetroffen."

Polizeikommissariat Oberharz, Clausthal-Zellerfeld
„Das meinen Sie doch nicht im Ernst?"
Mark war verärgert. Die Ermittlungen kamen kaum voran, der zuständige Beamte vor Ort machte einen völlig desinteressierten Eindruck und beschäftigte sich lieber mit seinem Aktenstapel, anstatt zur Identifizierung des Toten beizutra-

162

gen. Als ob er das Tötungsdelikt damit ungeschehen machen konnte. „Es wird doch wohl möglich sein, einen Mann zu identifizieren, auch wenn der Körper zu großen Teilen unkenntlich gemacht wurde. Na gut, er trug ein Gebiss, also gibt es keine Zahnabdrücke, denen man nachgehen kann, aber, sind Sie wirklich sicher, dass es in ganz Niedersachsen keine Vermisstenfälle gibt, die altersmäßig und auch sonst passen würden? Bei den prägnanten Merkmalen, die der Körper aufweist?"

Der beleibte Beamte des Oberharzer Polizeireviers schüttelte den Kopf, unruhig zupfte er immer wieder an seinem stoppeligen Kinn.

„Nein, das sagte ich doch bereits. Es gab ein paar vom Alter her passende Übereinstimmungen, ein Mann war aus dem Seniorenheim in Bad Sachsa verschwunden, ist aber wieder aufgetaucht, ein Obdachloser hatte den Schlafplatz gewechselt, ein Rentner war, ohne sich bei der Ehefrau abzumelden, verreist, ein..."

„Ja, ist ja gut, ich hab´s verstanden. Es will mir nicht in den Kopf, dass man trotz der prägnanten Merkmale keine Identifikation vornehmen kann!"

Der Beleibte reagierte gereizt.

„Wenn Sie mir nicht glauben, dann gehen Sie doch an die Öffentlichkeit, Zeitung, Fernsehen, da meldet sich vielleicht jemand. Der Mann ist nicht von hier, da bin ich ganz sicher!" Mit demonstrativ zugeknöpftem Gesichtsausdruck wandte er sich wieder seinem Schreibtisch zu und begann, ein Verhörprotokoll zu einem Ladendiebstahl durchzulesen.

Mark schwieg und blickte verdrießlich aus dem Fenster, Regentropfen verschleierten den Ausblick und er dachte an seine Verabredung, die buchstäblich ins Wasser fallen würde, wenn es nicht bis morgen aufklarte.

Er gab sich einen Ruck und rief dem Kollegen im Hinausgehen zu: „Das mit der Zeitung hatte ich sowieso vor, aber erst, wenn die genaue Todesursache geklärt ist!"

163

„Was soll das sein?", hatte Charlotte irritiert gefragt, als ihr Sohn einen selbstgedrehten Film in den mitgebrachten Video-recorder gesteckt hatte. Von einer ziemlich wackligen Kamera aufgenommen, wurden tanzende Menschen in weißen Gewändern gezeigt, die sich an den Händen hielten und singend im Kreis drehten. Ihr Gesang wurde von einer älteren Frau mit Gitarre begleitet. Inmitten des Kreises stand ein Mann mit nacktem Oberkörper, sie konnte ohne ihre Lesebrille sein Gesicht nicht erkennen, allein seine Anwesenheit schien die ihn umkreisenden Menschen in Ekstase zu versetzen. Die ganze Euphorie wirkte auf Charlotte abstoßend.

„Da, siehst du, Mutter, das bin ich, dein Sohn, auf den du stolz sein kannst! Wir kehren zurück in die glorreichen Zeiten von damals! Vater hat mir so viel erzählt, schade, dass von dir immer so wenig kam, eigentlich gar nichts."

Weil sie keine Reaktion zeigte, hatte er einfach weiter geredet.

„Die Zeitwende wird bald eintreten!"

„Was meinst du damit?"

Verwirrt hatte sie ihn angesehen.

„Nach den Zeitaltern der Dunkelheit kommt jetzt eine Zeit des Lichts!" Mit verschwörerischer Miene fügte er hinzu: „Du und Vater, ihr habt doch immer an das Reich geglaubt und daran, dass wir es eines Tages erneut aufrichten werden!" Das Video war unterdessen weitergelaufen, die Gruppe der Tanzenden in rustikalen Trachten hatte sich inzwischen um ein großes Holzkreuz versammelt.

Ihr Sohn hatte wie hypnotisiert heruntergeleiert: „Die niederen Rassen müssen von der Erde getilgt werden, die arische Rasse muss neu erstehen..."

Fassungslos hatte sie ihn angefahren: „Was redest du denn da?"

„Ja, begreifst du es denn nicht, Mutter, die Neue Zeit, der Neue Führer! Mit der Hochzucht des Übermenschen konnte wieder begonnen werden, mithilfe modernster Methoden werden wir die Reinheit des Blutes bewahren. Die Organisation Lebensborn hat es damals vorgemacht, aber es standen ihnen nicht dieselben Mittel zur Verfügung wie jetzt."

Seine Augen glänzten fiebrig, noch nie hatte er so mit ihr geredet.

Sie dachte an die wenigen Tage, die sie im Heim der Organisation Lebensborn in Hahnenklee verbracht hatte, an den Gestank nach Kot und säuerlich Erbrochenem, an die greinenden Säuglinge, die allein in ihren Gitterbettchen lagen und nur rasch gefüttert und dann wieder abgelegt wurden, weil die wenigen Pflegerinnen lieber mit SS-Männern flirteten, als die Kinder zu versorgen.

Sie sah die Gesichter der unverheirateten Mädchen vor sich, die glaubten, von Führer und Gott auserwählt zu sein und sie erinnerte sich an die Arroganz der Ehefrauen hochrangiger SS-Offiziere, die ihre Kinder gern im beschaulichen Hahnenklee gebären wollten und mit dicken Bäuchen durchs Haus stolziert waren.

Ihr Sohn musste den Ekel in ihrem Gesicht wahrgenommen haben, denn er sah enttäuscht aus.

Plötzlich war sie sehr wütend geworden.

„Du weißt ja gar nichts, du Dummkopf! Ich bin nicht die Reichsdeutsche aus dem Elsass, die den ehrenwerten Professor Wegener heiraten durfte, nein, ich bin eine echte Französin, eine Kriegsgefangene, Beutegut, ein Mädchen aus Marseille, dass sie ins Bordell gesteckt haben!"

Ungläubig hatte er sie angestarrt.

„Ins Bordell? Oh nein, Vater hätte doch niemals eine Nutte geheiratet, niemals!"

„Nein, freiwillig niemals, aber die Anweisung, die kam von ganz, ganz oben, von deinem... von deinem wirklichen Vater!"

„Was quatschst du da, Professor Wegener ist mein Vater, ich glaube dir kein Wort!"

Wütend hatte er den Recorder abgeschaltete und unter den Arm genommen, er wollte die Wohnung verlassen. Obwohl

Charlotte schon bereut hatte, die über Jahrzehnte gehüteten Geheimnisse mit wenigen Sätzen verraten zu haben, konnte sie sich nicht mehr bremsen. Es hatte so gut getan und war so befreiend gewesen, endlich den in ihrem Herzen eingemauerten Hass und die ohnmächtige Wut herauszuschleudern.

„Na gut, bitte, ich werde es dir zeigen."

Einer Eingebung folgend, hatte sie am Morgen den vorderen Tresor bis auf wenige Unterlagen leer geräumt. Sie nahm das Spitzweg-Bild ab, gab die Kombination in das Zahlenschloss ein, öffnete die Tür und bevor sie ihn daran hindern konnte, hatte er alles herausgerissen, auf dem Wohnzimmertisch ausgebreitet und hastig durchwühlt.

Plötzlich hielt er eine kleine Plakette in den Händen und starrte sie fasziniert an. Es war das Abzeichen, das Horst Wegeners Zugehörigkeit zum Verein `Lebensborn´ dokumentierte. Charlotte hatte sie aufgehoben, den Text kannte sie auswendig. In einem Kreis, der das SS-Zeichen, die Hagalrune und die Initialen HH für Heinrich Himmler umrahmte, stand geschrieben:

„Heilig soll uns sein jede Mutter guten Blutes".

„Wo hast du das her?"

Charlotte antwortet nicht, sie zog ein vergilbtes Papier und ein Foto aus einer Plastikhülle hervor. Sie konnte sich nicht mehr erinnern, wann das Foto gemacht worden war, sie hatte es zwischen den Unterlagen gefunden, die Horst Wegener vernichten wollte. Es zeigte eine nur mit BH und Schlüpfer bekleidete, lachende Charlotte, breitbeinig am Kopfende eines Bettes sitzend, ihr Gesicht war aufgedunsen, offensichtlich war sie betrunken. Von hinten umfasste ein Mann ihre Brüste, sein Kopf war mit Kugelschreiber unkenntlich gemacht worden, neben dem Bett, mit dem Rücken zur Kamera, stand ein uniformierter SS-Soldat.

Sie konnte nicht mehr stehen, vom Sofa aus beobachtete sie, wie er abwechselnd die Plakette, das Dokument und das Foto betrachtete und sekundenlang wie erstarrt wirkte.

„Du hast es die ganze Zeit gewusst und Vater hat es auch

gewusst." Nach einer Weile ging die Verwirrung in Erstaunen über.

„ER ist mein Vater, mein rassischer Ursprung!?" Dann überkam ihn Wut. „Du, du... du Nutte, du musst ihn verführt haben!"

Mit verzerrtem Gesicht hatte er die Unterlagen an sich gerafft und war aus dem Haus gestürmt. Seitdem hatte sie ihren Sohn nicht mehr gesehen.

17

Amanda

Am anderen Morgen weckte mich das Rumoren der Müll-
abfuhr, ich machte mich fertig, packte ein paar Sachen und
fuhr los. Viel geschlafen hatte ich nicht, Mark hatte mir
buchstäblich den Schlaf geraubt. Unterwegs öffnete ich die
Fensterscheiben und atmete die würzig-frische Morgenluft
ein. Dunstige Nebelschleier hingen noch über dem Wasser
der Stauteiche am Auerhahn, ein kleiner Fuchs rannte über
die Straße, den ich glücklicherweise nicht in Gefahr brachte.

Ich fühlte mich abgeschlagen und matt, ausgerechnet heute, wo Mark diesen besonderen Ausflug geplant hatte. Oben
in Zellerfeld stand er schon wartend an der Straße, er sah
schlecht aus, sein Gesicht war aschgrau und seine sonst so
selbstbewusst entspannten Züge wirkten maskenhaft starr.

„Hallo, Amanda, nanu, so pünktlich!"

Als ob ich immer zu spät kommen würde! Er grinste auf-
reizend, zeigte seine makellosen Zähne und machte es sich
auf dem Beifahrersitz bequem. Ach, alles war gut, wenn er
nur in meiner Nähe war!

„Fahr los, es geht erst einmal runter nach Schulenberg."
Wir fuhren an den aufgetürmten Halden des uralten Berg-
baus vorbei bis zum Oker-Stausee, der früher ein hübsches
Tal gewesen war, bevor man es vor Jahrzehnten mit dem
Wasser der Oker geflutet hatte. Meine Mutter erzählte oft von
der Zeit, als die Bewohner von Schulenberg ihre Häuser verlassen mussten.

Den Aushub und die Sprengung der Felsen hatten während
des Krieges die Zwangsarbeiter unter Hitler gemacht, darüber wurde aber hier in der Gegend nur ungern gesprochen.

Nachdem wir die Staumauer überquert hatten, bogen wir rechts ab und kamen zu einer Wanderhütte in der Nähe eines kleinen, mit Bäumen und Pflanzen umwachsenen Gewässers, das von einem Bach gespeist wurde, der aus den Bergen kam. Von überall her erklang das lautstarke Zwitschern der Vögel, es gibt kaum etwas Idyllischeres als einen sonnigen Platz inmitten der Natur in der Nähe von Wasser. Wir setzten uns auf eine Bank und ich holte die Thermoskanne mit Tee hervor.

Endlich wich der Druck, der seit gestern Nacht auf mir gelastet hatte. Wie gern hätte ich den Tag mit ihm im Wald verbracht, aber er sagte schon nach kurzer Zeit: „Amanda, wir müssen weiter. Hör gut zu, das ist jetzt sehr, sehr wichtig! Nenn mich nicht Mark, wenn wir gleich bei den Freunden sind. Ich bin für sie der Wolf!"

„Wie, ich soll dich Wolf nennen?"

„Ja doch! Man hat mir diesen Namen gegeben, weil ich ein Leittier bin, ein Leitwolf. Der Wolf spielte schon bei den Germanen eine wichtige Rolle als Totemtier, er ist stark, aggressiv, wild, loyal, manchmal auch brutal. Also, kriegst du das hin?"

Ich nickte enttäuscht.

„Nun zieh nicht so ein Gesicht! Freu dich auf das Treffen, Amanda, du wirst interessante Menschen kennenlernen, es wird Zeit, dass du nach Perspektiven suchst."

Ich hatte ihm von meinen Ängsten und meiner Unsicherheit erzählt und dass ich mich fragte, ob ich den falschen Beruf gewählt hatte.

„Fahr los, unser Ziel heißt `Königreich Romkerhall´."

„Romkerhall, da wo diese seltsame Kommune eingezogen ist?" Er blickte mich tadelnd an.

Ich hatte gehört und es hatte auch in der Zeitung gestanden, dass eine Gruppe von Bio-Leuten, Hippies oder jedenfalls sehr naturverbundene Menschen, das Grundstück am Wasserfall gekauft hatten. Darauf befand sich ein ehemaliges Hotel und ein paar Nebengebäude, alles direkt am Ufer der

Oker gelegen. Gekrönt wird das idyllische Anwesen von einem Wasserfall, der sich vom Felsen hinab zur Straße stürzt und den man schon zur 19. Jahrhundertwende künstlich angelegt hatte.

Zu dieser Zeit kamen die Angehörigen des englischen Königshauses, also Verwandte des Königs von Hannover, noch oft in den Harz. Später, in den 1970-er Jahren, hatte man diese Liegenschaft mitten im Wald, den früheren Jagdsitz des Königs, einfach vergessen zu registrieren und so wurden die Bewohner des einsamen Ortes staatenlos.

Dieser Umstand hatte einen findigen Gastronom dazu veranlasst, Romkerhall im Jahr 1988 zum kleinsten Königreich der Welt auszurufen. Mit diesem Streich gelang ihm ein genialer Werbefeldzug, Heerscharen von Gästen folgten dem Ruf des Hoteliers und verspeisten seine legendären königlichen Windbeutel in riesigen Mengen.

Nach einem schlimmen Wasserschaden verkaufte er das Hotel kostengünstig an diese Öko-Freaks, die sich dort so autark wie möglich organisieren wollten, so hatte es jedenfalls in der Zeitung gestanden.

Ich parkte das Auto auf dem Parkplatz, der sich unterhalb des Wasserfalls befindet.

„Amanda, warte!" Mark hielt mich fest, als ich mit ihm die Straße überqueren wollte. „Ich kann mich jetzt nicht um dich kümmern, bitte akzeptiere das, okay? Bleib im Hintergrund, schau zu, meditiere über alles, was du siehst, aber misch dich nicht ein!"

Seine Stimme hatte einen leicht drohenden Unterton und meine Laune sank. Aber anstatt zu widersprechen, nickte ich fügsam mit dem Kopf.

„Du wartest hier am Wagen, ich muss mich erst um meine Leute kümmern."

Er drückte mich kurz an sich und flüsterte:

„Heute Abend holen wir alles nach, versprochen. Ich liebe dich, Amanda, du gehörst mir, vergiss das nicht."

Ich atmete erleichtert auf, das hatte er noch nie zu mir gesagt. Ich summte leise vor mich hin und betrachtete das große, im Barockstil erbaute Hotel auf der gegenüberliegenden Straßenseite, in dem er verschwunden war.

Nach einer halben Stunden trat er wieder vor die Tür des Hotels, winkte und bedeutete mir, zu ihm zu kommen. Ich folgte seiner Anweisung wie ein dressiertes Hündchen. Hinter ihm stand ein junger Mann, dessen dünnes, braunes Haar ihm strähnig bis auf die Schultern fiel, er trug ein weißes Hemd über einer weißen Leinenhose.

Mit strahlendem Lächeln breitete er affektiert die Arme aus und sagte: „Ich gebiete Dir meinen Gruß, liebe Schwester!"

Ich sah Mark fragend an und er nickte mir bestätigend zu. „Das ist Artur, ein Suchender. Komm jetzt."

Die beiden Männer drehten sich um und gingen ins Haus. Mich überkam ein Gefühl der Furcht, aber anstatt einfach abzuhauen, ging ich dümmlich grinsend hinterher und sagte artig danke, als Artur mir die Tür aufhielt.

Wir betraten einen großen Saal mit einer Kassettendekke, die von Holzrahmen eingefassten Felder waren aber nicht bemalt. Gegenüber der Fensterseite befand sich ein Kamin, an einem langen, ovalen Biedermeiertisch saßen Männer und Frauen auf geschnitzten Stühlen und sahen mich erwartungsvoll an. Die Männer trugen dieselben weißen Hemden wie Artur und die Frauen waren in lange, weiße Gewänder gehüllt.

Man wies mir einen Platz auf einer Bank an der Wand zu, die sehr hart und unbequem war. In einer altarähnlichen Nische neben dem Kamin hing ein großes, weiß getünchtes Holzkreuz.

Es war sehr kühl in dem Saal, das Haus stand ja direkt am Wasser und war auf felsigem Untergrund gebaut. Ich war viel zu dünn angezogen und musste mich sehr bemühen, nicht in unkontrolliertes Zittern auszubrechen.

Mark wurde von Arthur zu einer Art Thronsessel am Kopfende des Tisches geführt. Bevor er sich dort niederließ, erhoben sich alle und verneigten sich vor ihm. Es waren zwölf Leute, auf einer Seite saßen sechs Frauen, auf der anderen Seite sechs Männer, alle so im Alter von ungefähr Mitte zwanzig bis Ende siebzig. Eine Frau fiel mir auf, weil sie mir bekannt vorkam, alles an ihr war schwarz, die Haare, die Fingernägel, mit denen sie nervös über ihren Handrücken schabte, die Ohrringe und sogar der Lippenstift. Sie schielte mehrmals verstohlen zu mir hinüber und wandte sich dann schnell wieder Mark zu.

Dann stimmten sie einen Gesang an, das heißt, es waren Töne und Laute, Vokale, die wie ein Mantra gesummt wurden. Während sie sangen, entledigte sich Mark trotz der Kälte im Saal langsam seiner Kleider. Im Gesicht der Schwarzhaarigen entdeckte ich ein unverhülltes Begehren, während sie Marks halbnackten Körper anstarrte.

Die Gesichter der Männer konnte ich nicht sehen, sie wendeten mir den Rücken zu, da meine Bank sich hinter ihrer Tischseite befand.

Schließlich trug Mark nur noch einen Lendenschurz aus grobem Leinen. Noch nie hatte ich ihn so gesehen, sein durchtrainierter Körper wirkte in diesem urzeitlichen Kleidungsstück sehr archaisch und wie er da stand, ganz entblößt trotz der Kälte, da wollte ich zu ihm hin laufen und ihn wärmend in meine Arme nehmen. Doch ich wagte es nicht.

Unnahbar und steif ging er zu dem Thronsessel zurück, während die zwölf Leute geschäftig dabei waren, sich dunkle Umhänge umzuhängen und schwarze Hüte aufzusetzen, aus deren Krempe rechts und links je eine dunkle Locke herabbaumelte. Mit der Verkleidung sahen sie aus wie die orthodoxen Juden mit ihren Schläfenlocken.

Plötzlich zückten sie Messer und gingen mit wippendem Oberkörpern drohend auf Mark zu. Sie umringten den Thron und hielten die Messer kampfbereit in den Händen.

Was sollte das werden? Sie würden ihm doch nichts tun?

Ich war kurz davor, aufzuspringen, um die beklemmende Szenerie aufzulösen, da traf mich ein strenger Blick von Mark. Ich dachte an seine Worte und blieb reglos sitzen.

Im selben Moment öffnete sich eine Tür, die ich vorher nicht bemerkt hatte, und ein alter Mann betrat den Raum. Er war in ein langes, weißes Gewand gehüllt, der schneeweiße Bart wellte sich bis auf die Brust. Auf seinem gebeugten Rükken lastete ein großes Holzkreuz.

Als er mir sein Gesicht zudrehte, erschrak ich, da stand Professor Laubner, der sich mir in der Uni-Bibliothek mit Vorträgen über Arier aufgedrängt hatte.

War das Zusammentreffen gar kein Zufall gewesen?

Mark hatte sich inzwischen von seinem Thronsessel erhoben und ging gemessenen Schrittes auf den Alten zu, unbeeindruckt von den bedrohlich gestikulierenden, unheilvolle Laute ausstoßenden Gestalten, die ihn weiterhin umringten. Als Mark den Laubner erreicht hatte, nahm er ihm in einer kraftvollen, scheinbar ganz mühelosen Bewegung, das Kreuz von den Schultern.

Alle schienen die Luft anzuhalten, es war totenstill, bis plötzlich wieder Bewegung in das skurrile Drama kam.

Mit einem jaulenden Aufschrei wandten sich die zwölf Figuren ab, rannten zurück zum Tisch und rammten mit Gebrüll ihre Messer in die Tischplatte, wo sie vibrierend stecken blieben. Dann kehrten sie zu Mark zurück, rissen ihm das Kreuz aus den Händen und legten es auf den Boden, der übrigens aus glänzendem Parkett bestand. Das war mir deshalb aufgefallen, weil ich befürchtet hatte, Mark könne ausrutschen und hinfallen und unter dem Kreuz zu Schaden kommen.

Sie zwangen Mark, sich auf das Kreuz zu legen und banden ihn mit ausgebreiteten Armen an Handgelenken und Knöcheln fest. Der Längsbalken hatte unten einen kleinen Vorsprung für die Füße, auf denen Mark etwas Halt finden konnte, denn als die Zwölf es hoch stemmten, hing er fast senkrecht an den Stricken und ich konnte sehen, wie die Seile in sein Fleisch schnitten. Sie lehnten das Kreuz leicht schräg gegen die Wand und der Weißhaarige stellte sich ihm gegenüber und breitete in einer theatralischen Geste die Arme aus und begann zu sprechen: „Oh Du Krist, Du Siegfried, Du Gottessohn! Krieger von adeliger Abstammung, in Dir wolle sich endlich Siegfried-Krists-Weltsendung erfüllen, denn ohne Dich sind wir Deutschen verloren."

Er ließ die Arme sinken und holte ein kleines Kästchen hervor, entnahm ihm ein Stück Brot und sprach: „Dein Tod und Deine Kreuzigung, Dein Abendmahl und Neubund, seien der Gegenbann gegen den fürchterlichen Blutwahn des Hebräers. Durch Deinen Opfertod wird das neue, edle, treudeutsche Geschlecht der weisen, weißen Arier erstehen. Sieg Heil, Krist-Siegfried!"

Mark scharrte ein wenig mit den Füßen, es schien ihm schwerzufallen, auf dem kleinen Vorsprung das Gleichgewicht zu halten, er ließ sich aber keine Schwäche anmerken. Mir schnitten die Stricke anscheinend mehr ins Herz, als ihm in die Haut, ich hatte mich unwillkürlich von meiner Bank erhoben.

Der Alte fuhr fort.

„Höret die Botschaft: Die arische Rasse der Gottmenschen soll sich durch Paarung zwischen der arischen Frau und dem arischen Manne vermehren. Unverheiratete Brutmütter sollen in Zuchtklöstern von blonden, blauäugigen, arischen Ehehelfern begattet werden, um Neuarier zu gebären. Aber die niederen Rassen sollen sterilisiert werden."

Plötzlich wandte er sich zu den zwölf Leuten um, klatschte laut in die Hände und keifte mit hoher Stimme: „Brut! Mischlingsbrut der Rasseminderwertigen, ihr bedroht die arische Reinheit! Vernichtet sie, vernichtet sie!"

Erschreckt stoben die Zwölf auseinander, stießen ein Geheul aus und rissen sich die Hüte und die dunklen Umhänge herunter, darunter kamen wieder die weißen Gewänder zum Vorschein. Ein erneutes, zorniges Klatschen des Weißhaarigen, und alle setzten sich brav auf ihre Plätze.

Nun erhob sich eine der Frauen, sie trug eine blonde Perük-ke und ich erkannte darunter die Schwarzhaarige wieder. Sie begann, Marks Fesseln zu lösen und als sie sich herabbeugte, um seine Füße zu küssen, strahlte ihr Gesicht tiefste Erge-benheit aus. Sie reichte ihm die Hand, damit er würdevoll vom Kreuz steigen konnte und Mark nannte sie `Swanhild-Maria, gottesgleiche Schwester´.

Der Alte, also Professor Laubner, war unauffällige durch die kleine Tür verschwunden.

Wieder begann Mark zu sprechen.

„Der Tag wird kommen, an dem die ganze Mischlings-Brut vom Antlitz der Erde hinweggefegt wird. Der Tag wird kommen, an dem das Neue Reich den neuen Führer empfängt und besondere Gesetze erlassen wird. Der Tag wird kommen, an dem das Neue Reich nur den arisch-germanischen Her-renmenschen Bürgerrechte verleiht. Das Neue Reich komme! Gehen wir ihm entgegen in Zukunft oder Tod!"

Alle sprangen auf, reckten einen Arm in die Höhe und skandierten: „Zukunft oder Tod, Baldur-Krist! Zukunft oder Tod, Baldur-Krist!"

Ich musste einen Würgereiz unterdrücke und plötzlich war mir schwindelig, ich sah den glänzenden Parkettboden auf mich zukommen und hörte es noch poltern, als ich von mei-ner Bank fiel, dann wurde mir schwarz vor Augen.

18

Charlotte

Die junge Frau aus Clausthal, die zu Charlotte nach Hause kam, um ihre Haare zu schneiden und in Dauerwellen zu legen, war sehr redselig. Bei ihrem letzten Besuch hatte sie von dem Mord im Werk `Tanne´ berichtet und allein die Erwähnung des Namens hatte dafür gesorgt, dass Charlottes Atmung immer schneller ging.

„Was haben Sie denn, Frau Wegener, hab` ich Sie erschreckt? Das wollte ich doch nicht, tut mir leid, natürlich kriegt man es da mit der Angst zu tun, vor allem, wenn der Täter noch frei herumläuft und Sie wohnen doch hier ganz alleine! Ach, entschuldigen Sie, jetzt mache ich Ihnen noch mehr Angst!"

Sie zog so fest an einer Locke, dass der Schmerz die Starre löste.

„Oh, Entschuldigung Frau Wegener, ich bin heute wirklich schlimm, ach, denken Sie einfach nicht mehr dran, ich föhne jetzt und dann mache ich Ihre Füße."

Die junge Frau war gleichzeitig für das Schneiden der Fußnägel zuständig.

Charlotte krümmte sich verstört zusammen. Sonst genoss sie es sehr, wenn die Hände der Frisörin sie berührten, das warme Wasser über ihre Kopfhaut strömte und sie am Ende mit einer hübschen Frisur durch die Wohnung gehen konnte. Doch jetzt war sie zu aufgewühlt für irgendeinen Genuss.

„Wer ist denn der Tote?", fragte sie vorsichtig.

„Wie bitte? Ich kann Sie nicht verstehen!"

Das Brummen des Föhns hatte die Frage verschluckt. Charlotte bemühte sich, lauter zu sprechen.

„Wer der Tote ist, weiß man das schon?" „Ach so, nein, weiß man nicht."

Sie beugte sich zu Charlotte hinab und schrie ihr ins Ohr: „Die haben ihn mit Säure verätzt!" Charlotte sagte nichts mehr. Nachdem sie bezahlt hatte, war sie erleichtert, als die Frau endlich gegangen war.

Sie saß am Fenster und blickte hinaus in den Garten, alles stand in voller Blüte, ihre Lavendelsträucher, die Rosenbüsche, der Oleander, die Hecken und die kleinen Blumenbeete, die sie im Laufe der Jahre angelegt hatte.

Was war aus dem Brief geworden, den sie vor Wochen nach Taganrog geschickt hatte? War er angekommen?

In selben Moment schrillte das Telefon und Charlotte zuckte unwillkürlich zusammen. In den letzten Tagen hatte schon zweimal jemand angerufen, ohne sich zu melden.

So schnell sie konnte, eilte sie zum Apparat. „Allo?" Am anderen Ende der Leitung blieb es still, wieder jemand, der sich nicht zu erkennen gab. Resigniert ließ sie den Hörer einfach fallen, er pendelte an der Schnur hin und her.

Charlotte hangelte sich vom Tisch zur Wand von der Wand zum Schrank und schaffte es gerade bis zum Sessel, in dem sie versank. Wenn sie nur jünger wäre, mehr Kraft hätte. Besorgt betrachtete sie ihre mit Altersflecken übersäten Hände. Dann straffte sich ihre Haltung und sie sagte zu sich selbst:

„Charlotte, il faut partir!"

Amanda

Als ich wieder zu mir kam, lag ich in einem Himmelbett und dachte, ich sei nun endgültig aus der Realität ausgeschieden. Von irgendwoher hörte ich leise Stimmen, ich hielt die Augen geschlossen und tat so, als ob ich noch schlafen würde.

„Woher weißt du, dass man ihr trauen kann? Du kennst sie doch gar nicht!"

Ich erkannte die Stimme der schwarz geschminkten Frau, die Mark anzubeten schien.

„Aber dich kenne ich genauso wenig, und, kann ich dir

trauen? Im Übrigen kann ich euch beruhigen, Amanda, die ist wie ein Hündchen, sie macht alles was ich ihr sage. Ihr werdet es gleich sehen."

„Aber dann ist ja alles vollkommen in Ordnung! Entschuldige, ich wollte nicht..."

Die Stimme der Schwarzhaarigen triefte vor Unterwürfigkeit. Es war Artur, der einwarf: „Also, ich weiß nicht, gerade jetzt, wo alles zu zerbrechen droht..."

Mark reagierte darauf sehr verärgert, mit schneidender Stimme wies er ihn zurecht.

„Was fällt dir ein, so von unserer Sache zu reden! Morgen ist der große Tag, den kann uns keiner nehmen. Und wir wissen doch alle, dass auf unsere Leute beim BKA und Verfassungsschutz Verlass ist!"

„Aber ja, du hast recht, verzeih mir bitte, Wolf!"

Ich konnte mich nicht länger verstellen, öffnete die Augen und blinzelte gegen das Licht einer Nachttischlampe an. Hinter hauchdünnen Volants erkannte ich die Leute aus dem Saal, sie standen um mich herum und ich lag auf einem breiten Bett unter einem Baldachin, der von vier gedrechselten, vergoldeten Säulen gestützt wurde und nach oben hin offen war, an der Decke hing ein Kristalllüster. Die Fenstergardinen waren zugezogen, bis auf die Nachttischlampe war es dunkel, wie viel Zeit mochte seit meiner Ohnmacht vergangen sein?

Mark saß neben mir am Bettrand, ich griff nach seiner Hand. „Amanda, was war los mit dir?" „Ich weiß es nicht, mir war auf einmal ganz schwindelig. Was habt ihr denn da gemacht, mit dem Kreuz und dem alten Mann? Ich glaube, den kenne ich."

Mein Mund war trocken, das Sprechen fiel mir schwer.

„Was wir gemacht haben? Nichts weiter, wir haben wie jedes Jahr um diese Zeit die Baldur-Krist-Saga aufgeführt." Er sah mich gleichgültig an und sagte: „Also gut, wenn es dir hier bei uns nicht gefällt, dann solltest du besser nachhause fahren."

Nein, nur das nicht, nicht allein lassen! „Oh, ich glaube, es geht schon wieder." Ich setzte mich auf, die Frau mit den schwarzen Haaren schob mir ein Kissen in den Rücken. „Aber was sollte die Szene mit der Kreuzigung bedeuten? Das muss dir doch weh getan haben!"

Ich sah auf Marks Handgelenke, sie waren wund gescheuert und gerötet.

In beiläufigem Ton antwortete er. „Wie gesagt, wir haben die Saga nachgespielt und es ist ab und zu etwas laut geworden, nichts Besonderes, die Tänze der Jecken laufen manchmal ein wenig aus dem Ruder, das sollen sie ja auch, die sind eben nicht in der Lage, sich anständig zu benehmen." Mark stieß ein verächtliches Lachen aus und die Runde pflichtete ihm mit eifrigem Nicken, Gelächter und Gemurmel bei. Die schwarzhaarige Frau tauschte einen langen, vielsagenden Blick mit ihm.

„Also was ist, Amanda, möchtest du nun bleiben oder willst du lieber nach Hause fahren?" Ungeduldig trommelte er auf die Bettkante.

Der Gedanke, von Mark getrennt zu werden, war unerträglich. Ich schwang die Beine aus dem Bett.

„Nein! Es geht mir gut, ich will hier bleiben! Wo bin ich eigentlich?" Meine Stimme hörte sich kindlich an.

„Du bist im Haus, oben in der zweiten Etage, im Hotel." Mark sagte danach nichts mehr, er nickte Artur kurz zu, der schob mich durch die Tür in einen halbdunkler Flur, die anderen folgten uns.

Dem Architekten des Hotels musste irgendetwas zwischen Barock, Biedermeier, Empire und Kitsch vorgeschwebt haben. Wahllos verteilt waren die Wänden mit vergoldetem Stuck übersät und im Biedermeier-Dekor gefertigte Wandlampen, Porträts von barocken Herrschern und ovale Spiegel mit vergoldeten Rahmen zierten den Treppenaufgang. Der Fußboden bestand auch hier aus edlem, glänzenden Holzparkett.

Zwei Stockwerke tiefer hatten wir wieder den kalten Saal erreicht, der jetzt viel freundlicher wirkte. Das große Kreuz war verschwunden, die Stühle standen an den Tisch gerückt, durch ein geöffnetes Fenster strömte warme Luft herein.

Mark entschuldigte sich, er müsse kurz weg.

„Ich bin bald wieder bei euch!" Er kehrte in den Treppenaufgang zurück und Artur nahm besitzergreifend meine Hand in die seine, sie war feucht und kalt. Da erst fiel mir auf, dass die Schwarzhaarige uns nicht nach unten gefolgt war.

Charlotte

Charlotte öffnete das geräumige, hintere Fach des Tresors. Dort stapelten sich unordentlich Papiere und andere Dinge, sie warf alles in eine große Umhängetasche und brachte sie zum Tisch, dort begann sie die Sachen zu ordnen. Das meiste legte sie zurück in die Tasche, mit einigen Dokumenten ging sie zum Ofen, in dem ein Feuer prasselte, und warf sie hinein.

Anschließend ging sie langsam von Schrank zu Schrank und Tür zu Tür, inspizierte alle Schubladen und entnahm Dinge, die ihr wichtig schienen. Der kleine Haufen, den sie bald zusammengetragen hatte, würde in zwei Koffer passen. Sie ging im die Küche und kochte sich Kaffee, mit großem Appetit verzehrte sie ein Stück Apfeltorte.

Amanda

Ich verließ an Arturs feuchter Hand den Saal und trat vor die Tür. Erleichtert spürte ich, wie die Sonne meine Haut erwärmte und dem Geschehen das Unheilvolle nahm. Es war noch hell draußen, ich konnte also nicht sehr lange ohnmächtig gewesen sein, auch mein Auto stand noch an seinem Platz.

Wir überquerten die Straße, um zu der kleinen Siedlung zu gelangen. Die Häuser waren in einem elenden Zustand, sie wirkten von außen verfallen, unbewohnt und feucht, alte Bäume verschatteten das Grundstück, das direkt am Bachlauf der Oker lag, die hier unter der Straßenbrücke und am Hotel vorbei bis nach Goslar floss. An den Hinterausgängen des Hotels und der Siedlung hatte man Steintreppen in den Fels gehauen, die zum Wasser hinab führten.

Artur zwinkerte mir schelmisch zu.

„Du gehst jetzt mit den Frauen und ihr macht euch alle hübsch, ja? Gleich geht's weiter, heute ist Johannistag und wir feiern die Sonnenwende, oh, das wird schön!" Er strahlte so glücklich wie ein kleiner Junge und verschwand mit den Männern in einem der Häuser.

Ich wischte meine Handflächen unauffällig an meinen Shorts ab und folgte gehorsam den Frauen.

„Schau, Amanda", sagte eine Ältere mit grauem, straff nach hinten zu einem Knoten gekämmtem Haar, „du wirst es gleich sehen, das alles hat unsere Kommune renoviert, war sehr viel Arbeit. Die Häuser sind von innen schön, außen sollen sie so hässlich bleiben, wir wollen nicht, dass zu viele Leute wissen, dass wir hier wohnen. Ich bin übrigens Erna, Freifrau Erna von Steinwedel."

Sie streckte mir ihre Hand entgegen.

„Aber wie soll das gehen, hier fahren doch dauernd Touristen vorbei."

Die Freifrau lächelte vielsagend. „Du wirst es schon sehen, wir haben an alles gedacht! Komm, die Mädel sind schon weg, beeilen wir uns!"

Sie hakte mich unter und zog mich durch die Haustür in einen dunklen Flur hinein, in dem es stark nach Moder roch. Ich folgte ihr einige Stufen abwärts in einen Keller, der von einer Lampe erhellt wurde, es gab hier also elektrisches Licht.

Ich fragte mich mit einem Anflug von Panik, wann Mark endlich wieder auftauchen würde und ob er jetzt gerade mit der Schwarzhaarigen in dem Himmelbett lag.

Frau von Steinwedel öffnete eine Stahltür, die nur angelehnt war und den Blick in einen Raum freigab, der etwa so groß war wie der gesamte Grundriss des Hauses, also vielleicht fünfzig oder sechzig Quadratmeter. Der Fußboden war mit Linoleum ausgelegt, Wandlampen erzeugten ein beinahe grelles Licht. Die Möblierung war spärlich, an den Wänden standen mehrere Tische und übereinander gestapelte Stühle.

Die Frauen drängten sich lachend um zwei große Wandspiegel und begutachteten ihre Kleidung und Erna schob mich zu einem Paravent, hinter dem auf einem Ständer viele Trachtenkleider hingen.

So, Amanda, jetzt probierst du die alle so lange durch, bis dir eins passt! Mit deinen Shorts kannst du nicht an der Feier teilnehmen!"

Resolut zog sie den Vorhang hinter sich zu und ließ mich allein. Ich zog mich aus und fand schnell ein passendes Kleid, roter Stoff mit grünen Litzen, grün karierter Schürze und einer weißen Bluse. Die Freifrau lugte durch die Vorhänge und stieß einen anerkennenden Pfiff aus.

„Sehr gut, Amanda, du hast Geschmack! Jetzt musst du nur noch deine schönen blonden Haare aufstecken, da liegen Kamm und Bürste, Gummibänder und Klammern, warte, ich helfe dir!"

Widerspruchslos ließ ich mir von Erna zwei Zöpfe flechten, um die Stirn winden und mit Haarnadeln feststecken.

Gut gelaunt fasste sie mich bei der Hand, wir verließen den Keller und sie führte mich in einen festlich beleuchteten Speisesaal, in dessen Mitte eine mit weißen Tischtüchern, Kerzen und Geschirr festlich gedeckte, lange Tafel stand. Die eine Seite das Raumes war verglast und man blickte in einen Lichtschacht, in dem ein kleiner Garten angelegt war, an dessen Felswänden sich Efeu empor rankte. Farne und Moos wucherten auf dem feuchten Erdreich, durch ein Deckengitter fiel spärliches Tageslicht.

Die Frauen hatten schon an einer Seite des Tisches Platz genommen, es verbreitete sich eine erwartungsvolle, ehrfürchtige Stille.

Enttäuscht bemerkte ich, dass die Schwarzhaarige und Mark schon wieder fehlten.

Erna und ich saßen nebeneinander und ich nutzte die Pause, um sie leise auszufragen. „Woher kommt denn das Geld, um all diese unterirdischen Tunnel und Anlagen, die Grundstücke und Häuser und die Renovierungen zu bezahlen? Woher kommt das elektrische Licht überall?"

Sie schien einen Moment abzuwägen, was sie sagen durfte. „Uns gehört das Kraftwerk hier nebenan, ja, das wurde im vorigen Jahr von der Landkreisverwaltung verkauft, und uns gehört auch der große Heilpflanzengarten und die Kräuterplantage in Harzbergerode, ja, wir sind viele, Amanda, die paar Leute, die du hier siehst, das ist nur der innere Kern um Wolf, unseren Führer, der Zellkern sozusagen. Um finanzielle Dinge kümmern wir uns überhaupt nicht, das machen die Sponsoren, zum Beispiel die Firma..." Ehe sie den Satz vollenden konnte, ertönte ein lautes Klopfen an der Tür.

Die Gesichter der Frauen wirkten angespannt, ich wusste aber nicht, warum.

Noch bevor sich die Haupttür der Halle öffnete, an die geklopft worden war, kam die Schwarzhaarige eilig durch eine Seitentür hereingeschlüpft.

Mit erhitztem Gesicht rückte sie ihren Stuhl zurecht, dann suchten ihre Augen nach meinem Platz und sie warf mir einen triumphierenden Blick zu.

Erna flüsterte tadelnd: „Ingrid, es ziemt sich nicht, dass du schon wieder zu spät kommst!" Aha, sie hieß also Ingrid.

Die große Tür ging auf und die sieben Männer betraten den Raum, hintereinander, gemessenen Schrittes, wie bei einer Prozession und wie bei diesem merkwürdigen Kreuzigungstheater. Sie trugen hellbraune Trachtenanzüge aus Leder, mit kurzen Hosen, nur Mark war in schlichtes Weiß gehüllt, mit Hemd und Leinenhosen und einer gezackten, goldene Krone auf dem Kopf. Professor Laubner war nicht dabei. Mir kam die Verkleidung etwas albern vor, aber ich wollte den Frauen nicht die Freude verderben und stand gemeinsam mit ihnen auf, um die Männer Beifall klatschend zu empfangen.

Vor Erleichterung, Mark wieder zu sehen, hätte ich sowieso alles mitgemacht. Er ließ sich am Kopf der langen Tafel nieder, auch hier war eine Art Thronsessel für ihn reserviert. Er saß nun rechts neben mir, ignorierte mich aber völlig. Er stand auch sofort wieder auf und brachte mit einem Löffel ein Weinglas zum Klingen. Alle verstummten.

„Kameraden! Baphomet, der Weltenbaumeister, hat die Geschicke seit Anbeginn der Zeiten bestimmt. Jetzt ist die Zeit gekommen, das Opfer zu bringen, das Opfer, das sich zu Gold und Blut vereinigt." Er hob kurz mit beiden Händen seine Krone an.

„Bevor wir uns zu Tische setzen, wollen wir uns bei den Händen fassen und den heiligen Schwur des Blutes aussprechen."

Alle erhoben sich mit ernsten Gesichtern und streckten die Hände aus, um einen geschlossenen Kreis zu bilden.

Damit war die fröhliche Stimmung für mich verflogen, ich spürte einen Druck auf den Atemwegen und kämpfte mit einem Anflug von Erstickungsangst.

„Sprecht mir nach: *Wer zerbricht die Ketten? Wer macht Deutschland frei? Ein Führer nur kann retten uns aus Sklaverei. Ein Führer wird erlösen uns von Schmach und Not. Ein Führer trotzt dem Bösen, fürchtet nicht den Tod.*"

Die Stimmen vereinigten sich wie im Gebet zu einem lauten Gemurmel, alle kannten den Text, nur ich stolperte mit meinen Worten hinterher.

„Setzt euch, meine Lieben, gleich wollen wir uns stärken und kräftigen, vor uns liegt ein langer Marsch, eine lange Nacht, und die Stunde naht, in der wir die Frucht in den Boden senken werden. Begrüßen wir heute die neue Schwester, Amanda, ein deutsches Mädel aus dem altgermanischen Harz."

Alle Blicke richteten sich auf mich.

Mark kam zu meinem Platz und zog mich vom Tisch weg zu einer Art Altar, der mir vorher nicht aufgefallen war. Er öffnete einen Vorhang, hinter dem ein großes, schwarzes Hakenkreuz auf rotem Grund zum Vorschein kam. Er drehte mich so, dass ich vor dem Hakenkreuz zu stehen kam und raunte mir zu: „Du wirst mir jetzt alles nachsprechen!"

Laut sagte er: „Sprich mir nach: Ich stehe hier vor dem Heiligtum der Nationalen Reichskirche und gelobe in Treu und Glauben dem neuen Führer zu gehorchen."

Ich weiß nicht, welche Mächte mich dazu getrieben haben, aber ich habe den Treueschwur tatsächlich nachgesprochen und meine Worte wurden mit Applaus belohnt. Ich muss gestehen, dass ich mich danach so aufgehoben und geborgen gefühlt hatte wie selten zuvor.

Nachdem Mark mich zurück zu meinem Platz geführt hatte, brachten zwei Frauen das Essen. Sie trugen weiße Handschuhe, einen Mundschutz, graue Kittel, die Haare waren unter Kopftüchern verborgen. Ich konnte nicht viel von den Gesichtern erkennen, nur die dunklen, mandelförmigen Augen fielen mir auf, ich nahm an, es waren Ausländerinnen. Ihre Blicke irrten ängstlich umher, als ob sie sich vor etwas fürchteten. Sie platzierten die Schüsseln, Bretter, Tabletts und Töpfe auf der Tafel, dann bedienten sie uns wortlos mit Getränken.

Beim Servieren konnte ich beobachten, dass die Frauen mir verstohlene Blicke zuwarfen. Einer der Männer, er wurde mit Hartmut angeredet, sah das und seine ohnehin harten Gesichtszügen verzerrten sich zu einer boshaften Maske, er flüsterte den Frauen etwas zu und sie beachteten mich nicht mehr.

Obwohl mir sehr unbehaglich zumute war, hatte ich doch Hunger. Es roch auch sehr appetitlich und Erna, die neben mir saß, ermunterte mich. „Iss tüchtig, Amanda, das wird ein langer Tag, wir werden gleich viele Kilometer zu Fuß gehen!"

Nach dem Essen war ich müde, aber Mark drängte zum Aufbruch. „Kameraden, wir müssen umdenken. Leider kann die Sonnenwendfeier nicht wie üblich im Freien stattfinden. Wie ihr wisst, werden wir seit dem Vorfall in der Munitionsfabrik überwacht. Was das bedeutet, muss ich euch nicht erklären, wir werden in den nächsten Tagen mehr darüber erfahren. Vorerst sollten wir die Öffentlichkeit meiden."

Entsetztes Geraune am Tisch und ein wütender Aufschrei von Artur waren zu hören.

„Ruhe! Wir werden uns in diesem Jahr in aller Stille am Felsengrab versammeln."

Bevor wir aufbrachen, bekam jeder eine Taschenlampe, einen Schutzhelm und einen gelben Regenmantel. Wir verließen den Saal und traten in einen gefliesten Vorraum mit einem Lift. Mark drückte den Knopf, der Fahrstuhl kam, er war zwar geräumig, aber nicht alle vierzehn Personen passten hinein, wir teilten uns auf und fuhren eine ganze Weile nach unten, wir stiegen aus und befanden uns wohl in einem Kellergeschoss oder sogar noch tiefer, der Kellerraum ging in einen schmalen Stollen über, der durch einen an der Decke befestigten Schlauch belüftet wurde, das machte den Gang aber so niedrig, dass man oft leicht gebückt gehen musste.

Anscheinend befanden wir uns tief unter dem Gebirge, wie in einem Bergwerk war der Boden an besonders nassen Stellen mit Brettern ausgelegt.

Die unheimliche Stille machte mir Angst.

Ich bekomme manchmal Beklemmungen in engen Räumen, aber ich hatte im Club der Himmelsleute grundsätzlich eingewilligt, mich auf alles einzulassen und ich wurde nun nicht jedes Mal gefragt, ob ich zu diesem und jenem bereit sei.

Mark führte die Gruppe an, schweigend trotteten wir durch das unterirdische System hinter ihm her, nur unsere schlurfenden Schritte hallten durchs Dunkel.

Nach einer Ewigkeit, wie mir schien, mindestens nach zwei, drei Stunden Gehens, erreichten wir einen fast elegant wirkenden, mit Schieferplatten ausgekleideten Raum, dessen Notbeleuchtung an der Decke schummriges Licht verbreitete.

Meine Füße taten weh, ich hätte mir Wanderschuhe angezogen, hätte ich gewusst, was auf mich zukommen würde.

Es ging weiter, über eine Metalltreppe stiegen wir ungefähr zehn Meter nach oben, dann betraten wir einen Hohlraum, der natürlich wirkte, der Strahl von Marks Taschenlampe beleuchtete Sandsteinfelsen.

„Ich kann nicht mehr, wo sind wir denn hier?" Mein verzagtes Jammern fiel unangenehm auf.

„Nun mach mal halblang! Wir sind doch bloß sechs Kilometer gegangen, hab` dich nicht so, Amanda, du darfst bald die Königin spielen und solltest jetzt mal ganz still sein!" Verächtlich war es aus Ingrid herausgesprudelt.

Mark schnalzte missbilligend mit der Zunge und sie zog beschämt den Kopf ein.

„Ruhe, bloß kein Zicken-Krieg, reißt euch zusammen! Ab jetzt rede nur noch ich, hier ist heiliges Gebiet und wenn wir gleich im Felsenkeller sind, müssen wir aufpassen, dass man uns von draußen nicht bemerkt!"

Artur und Hartmut machten sich in einer Ecke zu schaffen, sie drückten einen beweglichen Stein zur Seite, ein Spalt entstand, nacheinander schlüpften wir hindurch. Erschöpft ließen wir uns auf einer Bank nieder, eigentlich nur ein Vorsprung, der ringsum an der Wand entlang in den Stein gehauen war.

Wir befanden uns in einem geräumigen Hohlraum, ein verlorenes Teelicht wurde angezündet und Erna, die neben mir saß und sehr müde aussah, erklärte mir, dass wir uns jetzt im unteren Gewölbe des Goslarer Klusfelsens befänden.

An den Verlauf des weiteren Abends habe ich nur vage Erinnerungen, inzwischen war ich so erschöpft, dass ich kaum noch etwas wahrnahm. Mark führte das Wort. Im Flüsterton verkündete er den rituellen Beschwörungsritus der Lichtkinder, der zur Sonnenwendfeier gehörte, das waren in Versform vorgetragene Sätze, manchmal auch nur gutturale Laute. Dann verlas er mit leiser Stimme, kaum hörbar, die

Rede irgendeines Ministers, von der nur einzelne Brocken zu mir durchdrangen.

„...Erbgut... deutsches Leben... frei von dem furchtbaren, internationalen, zersetzenden Gift des Judaismus in jeder Form... bald ist dieses ganze Land voll und ganz in deutscher Hand."

Ich vernahm wie aus weiter Ferne, dass alle zum Abschluss im Flüsterton den heiligen Treueschwur leisteten und dann verließen wir die kalte Gruft. Artur und Hartmut schoben den schweren Sandsteinblock zurück in die Öffnung, wir setzten die Helme wieder auf und drehten die Taschenlampen an.

Falls die Gruppe vorhatte, denselben Weg bergauf bis nach Romkerhall zurückzugehen, dann hätten sie mich tragen müssen, denn ich war am Ende meiner Kräfte.

Meine Sorge war unbegründet, nach wenigen Metern standen wir vor einer Stahltür, die in einen Raum führte, der wie ein Kriegsbunker spartanisch mit altmodischen, weißen Metallbetten, weißen Metallschränken und Tischen und Stühlen aus Eisen ausgestattet war. Zwei weitere Türen führten zu zwei ähnlich eingerichteten Räumen.

Wir verteilten uns auf den Stühlen und Betten, Mark ergriff das Wort.

„Also, hört zu, wir sind spät dran, ich will es kurz machen, bald ist der große Tag, aber jetzt wollen wir uns schlafen legen und neue Kräfte sammeln, sucht euch alle ein Bett. Gute Nacht."

Die Sprungfedern quietschten, als Mark sich vom Bettrand abstieß, auf dem er gesessen hatte, mit einer Kopfbewegung forderte er mich auf, ihm in einen der Nebenräume zu folgen. Er verschloss die Tür hinter sich und als er mich in den Arm nahm, hätte ich beinahe geweint, so groß war meine Sehnsucht nach ihm.

Doch er drückte mich nur kurz an sich, wünschte mir eine gute Nacht und legte sich in eines der Betten. Ich war vor Enttäuschung unfähig, angemessen darauf zu reagieren. Ich lief zu ihm hin, rüttelte an seinen Schultern und bettelte ihn an:

„Mark, ich kann doch so nicht einschlafen, lass mich wenigstens neben dir liegen, bitte!"

„Nein!" Er drehte sich zur Seite und zog sich die Wolldecke über den Kopf.

Ich verbrachte eine schreckliche Nacht.

Was war nur aus mir geworden, ich erkannte mich selbst nicht mehr. Da fielen mir die Worte meines Mentors vom Club der Himmelsleute ein: „Es mag vorkommen, dass du dich sehr weit von deinen Überzeugungen entfernen musst, um mit den Menschen mitzugehen. Sie würden dich mit all deiner politischen Korrektheit und all der Liebe in deinem Herzen nicht in ihre düsteren Abgründe hineinlassen."

Aha, so war das also. Ein wenig getröstet konnte ich irgendwann einschlafen.

19

Charlotte

Charlotte saß in einem Café in Clausthal. Zum ersten Mal hatte sie in Deutschland ein Café betreten. Sie wusste, wenn sie ihr altes Leben verlassen wollte, musste sie fähig sein, in ein neues Leben hineinzufinden, also musste sie üben. Schüchtern hatte sie einen Kaffee, einen Pernod und eine Crêpe au Chocolat bestellt, alles hatte auf der Speisekarte gestanden, ein gutes Omen, wie sie fand.

Kopfzerbrechen machte ihr die Geldfrage.

Damals, nach dieser Eheschließung, hatte Horst Wegener sie als brauchbaren Ersatz für die verstorbene Mutter betrachtet und von ihr gefordert, das Haus sauber zu halten und zu kochen. Zu ihrer großen Erleichterung waren damit keine sexuellen Verpflichtungen verbunden gewesen. Wegener hatte ihr erstaunlicherweise nach dem Krieg freien Zugang zu seinem Bankkonto gewährt. Selbst nachdem er in seine Jagdhütte gezogen war, hatte sich daran nichts geändert. Geld bedeutete ihm nicht viel, seit seine Welt zusammengebrochen und verlorengegangen war. Doch wenn er bemerken würde, dass sie fort war, was würde er dann tun? Das Konto für sie sperren?

Da war es schon wieder, das Heer der alten Ängste. Hastig bezahlte sie und verließ das Café.

Nein, sie würde es nicht schaffen, sie würde in Clausthal bleiben und dort sterben.

Amanda

Zerschlagen wachte ich auf, Marks Bett war leer. Ich hörte Stimmen und lief zur Tür, doch bevor ich sie öffnete, versuchte ich etwas von dem zu verstehen, was im anderen Raum gesprochen wurde. „...macht es sich leicht... mitgebracht... ab jetzt im Untergrund... was, wenn sie uns ausspionieren soll... für Ingrid ist es schwer... nur weil sie blond ist..."

Dann hörte ich Erna streng ausrufen: „Es reicht! Wenn Wolf sagt, sie gehört zu uns, dann haben wir das zu akzeptieren! Und nun Schluss!"

Ich wartete noch eine Weile, dann öffnete ich die Tür. Sie saßen an Tischen, die sie zusammengeschoben hatten, beim Frühstück. Hartmut hatte sich die Haare mit Gel frisiert und trug eine schwarze Uniform mit einem Hakenkreuz am Ärmel, sein plumpes Gesicht sah am Morgen noch plumper aus. Ich kann nicht behaupten, dass man mich besonders freundlich begrüßte, aber sie gaben sich Mühe, zu verbergen, wie wenig sie mich eigentlich mochten.

Mir war sofort aufgefallen, dass Ingrid fehlte. Und Mark.

Erna klopfte auf den Stuhl neben sich. „Komm, Amanda, setz dich, hast du gut geschlafen?"

Wortkarg verzehrten wir unsere Brötchen, es kam keine Unterhaltung zustande und ich war froh, dass wir nach dem Frühstück den Wohnbunker verließen, zumal es dort keine Duschen gab, nur Toiletten und einen Waschraum mit eiskaltem Wasser.

Werderhof
Nach einem kurzen Marsch durch einen unterirdischen Gang erreichten wir einen sehr geräumigen Gewölbekeller, der in der Mitte von einer Steinsäule gestützt wurde. Der Boden war mit Beton ausgelegt, die Wände bestanden aus rauem Spritzbeton. Von dem Gewölbe zweigte ein Tunnel ab, der auch mit Betonplatten ausgelegt war, durch die in der Mitte eine Wasserrinne verlief, wohl, um die Feuchtigkeit abzuleiten. In die Wände, ebenfalls aus Spritzbeton, waren in regelmäßigen Abständen Lampen eingelassen und ein Lüftungsschlauch an der Decke sorgte für Frischluftzufuhr.

Als ich die zwei kleinen, roten Autos entdeckte, die dort

geparkt waren und wie moderne Elektrofahrzeuge aussahen, ahnte ich, wozu der Tunnel diente, mit einer Breite von über drei Metern schien er befahrbar zu sein. Wir stiegen auf einer Steintreppe nach oben und betraten durch ein zweiflügeliges Portal eine große Diele, deren Wände mit dunklem Holz getäfelt waren. Altmodische Schränke, schwere Tische, geschnitzte Stühle und aufwändig gearbeiteter Wandschmuck gaben dem Raum ein gediegenes Aussehen. An dem Licht, das durch die unterschiedlich gefärbten Motive der Buntglasfenster fiel, sah ich, dass wir nicht mehr unter der Erde waren.

Erna, die sich wohl für mich verantwortlich fühlte, deutete auf die alten Ölgemälde an den Wänden, auf denen uniformierte Männer porträtiert waren.

„Die militärischen Führer der Goslarer Stadtwache. Weißt du, wo wir hier sind?" Ich schüttelte den Kopf.

„Im Werderhof! Den kennst du doch, oder?"

„Nur von außen, drinnen war ich nie."

Ich kannte natürlich den alten Turm am Breiten Tor, der zur mittelalterlichen Stadtbefestigung gehörte, aber dass man von Romkerhall aus unterirdisch bis nach Goslar gelangen konnte, hätte ich nie für möglich gehalten.

„Hier hat Oberst Wiligut, einer unserer Ältesten, seinen Lebensabend verbracht. Ein ganzer Raum ist seinem Lebenswerk gewidmet, komm, ich zeige ihn dir. Wir haben noch Zeit, aber wir dürfen nicht rausgehen!"

Die anderen hatten sich inzwischen entfernt, wahrscheinlich kannten sie sich aus und standen irgendwo unter der Dusche. Ich hätte mich auch gern frisch gemacht, aber brav folgte ich Erna, die eine knarzende Holztreppe emporstieg, die bogenförmig um einen dicken Pfeiler herum führte.

Der museale Raum, den sie mir zeigen wollte, war enttäuschend langweilig. Fotografien von einem Mann, der dank seines langen, weißen Bartes entfernte Ähnlichkeit mit Professor Laubner hatte, hingen an den Wänden, mal zeigten sie ihn mit Hitler, mal mit Himmler oder Goebbels und dem

Reichsbauernführer Darré, wie unter den Bildern geschrieben stand. In Vitrinen ausgestellt lagen Orden und Rangabzeichen neben handschriftlich verfassten oder mit Schreibmaschine getippten Textseiten, alles Originale von Oberst Wiligut. Sogar seine verstaubte Uniform hatte man auf einer alten Kleiderpuppe zur Schau gestellt.

„Oberst Wiligut war Himmlers rechte Hand!"

Erna zog mich stolz zu einer Vitrine.

„Da, schau, den hat er entworfen!"

Ein silberner Ring mit einem Totenschädel und zwei überkreuzten Knochen lag auf rotem Samt.

„Warte, ich erklär dir alles!"

Ohne das geringste Interesse lauschte ich ihren Worten. „Den Ring hat unser, ähem, der Reichsführer SS damals seinen besten Männern verliehen. Die Runen sollten ihre germanischen Tugenden stärken, siehst du, hier: die Siegrune, die Hagalrune, das Heilszeichen und natürlich das Hakenkreuz. Mit dem Totenkopf sollte daran erinnert werden, dass man jederzeit bereit sein muss, sein Leben einzusetzen. Kannst du dir das vorstellen, Amanda, dein Leben für etwas einzusetzen, etwas, das dir heilig ist?"

Sie sah mich eindringlich an.

Ich wusste nicht, was ich dazu sagen sollte. Ich war bloß müde, erschöpft und ungewaschen, ja, für eine Dusche hätte ich vielleicht mein Leben geopfert.

Laut sagte ich: „Ach, nein, zu so heldenhaften Taten bin ich nicht fähig. Wollen wir wieder runter gehen? Wo sind denn die anderen hin? Ich würde liebend gerne duschen."

Erna war enttäuscht von meinem Mangel an Interesse, sie drehte sich auf dem Absatz um und stapfte die Treppe hinunter.

Ich folgte ihr, doch als ich an einer Tür die Buchstaben WC stehen sah, ging ich hinein und als ich dort zu meiner Freude sogar einen Duschraum mit einem Stapel Handtüchern entdeckte, verschloss ich die Tür und genoss die wohltuende Wirkung des Wassers. Während ich mich abtrocknete, fiel mein Blick auf ein blinkendes Lämpchen an der Decke, eine Überwachungskamera. Schnell zog ich mich an. Doch auf einmal überkam mich eine ungeheure Müdigkeit, erst jetzt wurde ich mir der Anstrengungen des gestrigen Tages bewusst. Ich musste mich unbedingt kurz hinlegen, also machte ich mich auf die Suche nach einem geeigneten Plätzchen.

Der uralte Turm weist viele, kleine Nischen mit winzigen Fenstern auf, runde Ausbuchtungen, in die frühere Bewohner sich zurückziehen konnten. In einer Nische fand ich einen abgewetzten, mit weinrotem Plüsch bezogenen Ohrensessel. Bevor ich mich ins Polster sinken ließ, bemerkte ich auch hier an der Decke das rote Blinken einer Überwachungskamera. Nach wenigen Minuten war ich eingeschlafen.

Charlotte

Wieder das schrille Klingeln des Telefons. Charlotte lag auf der Couch, sie war deprimiert und mochte nicht aufstehen. Es konnte doch nur der stumme Anrufer sein. Das Klingeln wollte nicht aufhören, unwillig stand sie auf und nahm den Hörer ab.

„Allo?"

„Frau Wegener?" Eine Männerstimme.

„Ja?"

„Entschuldigung, ich habe Sie schon einmal angerufen, aber ich hatte nicht den Mut zu sprechen."

„Wer sind Sie denn?" Die Stimme hatte einen Akzent, der schwer zu deuten war.

„Mein Name ist Yakov Schischkin, Sie haben mir den Brief geschickt, ich bin der Bruder von Nina."

Stimmte das?

„Ninas Bruder? Ja, wo sind Sie denn, in Russland?"

„Nein, ich bin hier, in ihrer Stadt. Können wir uns treffen?" Charlotte war unsicher. Es gab also Überlebende aus Ninas Familie, der Brief war angekommen, sie hatte ihr Versprechen eingelöst, allerdings mit sehr großer Verspätung. War es nötig, sich noch mit dem Bruder zu treffen? War es wirklich Ninas Bruder? Sie dachte nach. In einem Café könn-te ihr eigentlich nichts geschehen, gut, dass sie den Café-Be-such heute geübt hatte!

„Allo?"

„Ja?"

„Passt Ihnen morgen um 11 Uhr im Café Harzblick? Das ist oben am Kronplatz. Finden Sie das?"

„Ja, kein Problem. Danke, Frau Wegener, bis morgen."

Charlottes Herz klopfte laut. Sie wusste nicht, ob es aus Angst oder vor Freude war.

Amanda

Die warme Dusche und der erfrischende Schlaf hatten mich in eine etwas bessere Laune versetzt, als ich erwachte fühlte ich mich gestärkt. Um mich herum war es stockdunkel, über mir blinkte das kleine, rote Lämpchen. Aber, hoppla, ich saß nicht mehr in dem Sessel, sondern lag auf einem Bett. Ich stand auf, tastete mich vorsichtig an der Wand entlang, bis ich einen Schalter fand. Licht flammte auf, mit den typischen Geräuschen einer Neonröhre. Das war nicht die Nische, in der ich eingeschlafen war, ich befand mich in einem kleinen, schmalen Zimmer, dessen Einrichtung dem Mobiliar in den Bunkern beim Klusfelsen ähnelte.

Ich rüttelte an der Tür und wie beinahe zu erwarten war, war sie verriegelt, allerdings nur mit einem normalen Schloss für alte Wohnungsschlüssel mit Bart. Ich spähte durchs Schlüsselloch, konnte jedoch nur eine weiße Fläche erken-nen. Vielleicht gelang es mir…

Ich zog die Haarnadeln aus den von Erna um meinen Kopf geschlungenen Zöpfen und verflocht zwei zu einem Stäb-chen, dessen Spitze ich krümmte. Diesen selbst gebastelten Dietrich drückte ich ins Schloss und nach einigen Versuchen gelang es mir, es zu drehen. Tja, Erna, daran hast du nicht gedacht!

Trotz der beklemmenden Situation spürte ich, wie mei-ne alten Kräfte und meine Fähigkeit, analytisch zu denken und effizient zu handeln, zurückkehrten. Wie dumm war ich die ganze Zeit gewesen, verblendet von der Aussicht auf ein bisschen Zärtlichkeit und Liebe von Mark, hatte ich meinen Verstand verloren!

Aber ohne meine Dummheit hätte ich den Weg nach hier drinnen wohl nicht gehen können.

Ich öffnete leise die Tür, eine Notbeleuchtung erhellte einen Flur mit steril glänzendem, hellem Linoleumbelag. Es sah aus wie in einer Klinik. Der Flur hatte vier Türen, zwei waren mit Gucklöchern versehen, also spähte ich hindurch und was ich sah, ließ mir das Blut in den Adern gefrieren, denn ich wusste, das hier war keine Vision, sondern Wirklichkeit.

Charlotte

Charlotte war eine Stunde vor dem vereinbarten Zeitpunkt im Café eingetroffen und hatte sich ein Frühstück mit Café au Lait und einem Croissant bestellt, den Kaffee hatte sie getrunken, das Croissant lag auf ihrem Teller. Sie wusste sofort, dass der schlanke, weißhaarige Mann mit dem karierten, kurzärmeligen Hemd und braunen Hosen, der Punkt elf Uhr das Café betrat, Ninas Bruder sein musste. Die Geschwister hatten dieselben traurigen, braunen Augen. Sie erinnerte sich noch sehr genau an Ninas Augen, an den Blick, mit dem die sterbende Nina sie angesehen hatte.

Auch Yakov Schischkin schien Charlotte sogleich identifiziert zu haben, mit kraftvollen Schritten steuerte er auf ihren Tisch zu, setzte sich ihr gegenüber und bestellte ein Glas Tee. Aus der Nähe betrachtet war er trotz seines Alters, er musste etwas jünger sein als Charlotte, eine attraktive, imposante Erscheinung.

„Frau Wegener, mein Deutsch ist nicht perfekt, ich habe zwar in Russland Germanistik studiert, aber ich habe wenig Praxis, bitte entschuldigen Sie!"

Charlotte lächelte wohlwollend und ihr Gesicht bekam einen mädchenhaften Ausdruck.

„Aber das ist doch unwichtig, Monsieur Schischkin, ich bin auch keine Deutsche, aber das können Sie ja nicht wissen. Genau wie Ihre Schwester bin ich im Krieg aus Frankreich hierher gebracht worden, gegen meinen Willen natürlich."

Er sah sie erstaunt an.

„Und Sie sind noch hier?"

Sie senkte verlegen den Blick.

„Ja, ich weiß selbst nicht, warum. Aber bitte, erzählen Sie mir doch alles! Was hat sie dazu gebracht, nach Clausthal zu kommen? Taganrog ist doch sehr weit weg oder wohnen Sie nicht in Taganrog?"

Bevor er antwortete, beschäftigte er sich damit, den Tee umzurühren.

„Frau Wegener..."

„Bitte nennen sie mich Charlotte, Wegener heißt mein deutscher Ehemann, aber eine Ehe ist das nie gewesen."

„Gut, und ich bin Yakov! Sie glauben nicht, wie erleichtert ich bin, dass Sie keine Deutsche sind! Ich wusste nicht, wie ich Ihnen das alles sagen soll, aber jetzt ist es leichter."

Er trank etwas Tee und begann zu berichten.

Der Brief von Charlotte, der mehr ein kleines Päckchen war, war eines Tages angekommen. Der frühere Wohnort der Familie Schischkin, also die Straße und der Nachname, stimmten noch mit dem überein, was auf dem Zettel stand, inzwischen bewohnten Yakov und seine Nachkommen den alten Familiensitz. Die Unterlagen von Charlotte hatten wertvolle Ergänzungen zu Yakovs Recherchen in russischen Archiven dargestellt.

Mit monotoner Stimme beschrieb er die Fakten. Am 17. Oktober 1941 hatte die Wehrmacht Taganrog eingenommen, einen Tag später, am 18. Oktober, wurden alle Juden in eine Schlucht getrieben und, eingeteilt nach Familien, erschossen. Beinahe zweitausend Menschen, an einem Tag.

Verantwortlich für den Massenmord war SS-Standartenführer Heinz Seetzen, Kommandeur des SK 10 a. Zu diesem Sonderkommando hatte auch Horst Wegener gehört.

„Madame Charlotte, Taganrog, das war eine friedliche, schöne Stadt, bis es dieses Massaker gegeben hat. Ich war damals noch ein kleiner Junge, ich war bei, wie sagt man, Babuschka, Großmutter, in Rostov, und als ich zurück komme, sind alle tot, Mama, Papa, alle."

Er schüttelte gequält den Kopf.

„Kann man so etwas begreifen, Madame? Wer besitzt so viel Grausamkeit, hört die Schreie der Kinder und macht immer weiter, hundert, vierhundert, achthundert... wie viele sind es denn noch, anstrengende Arbeit heute, bald Feierabend. Haben die auf die Uhr geschaut und gedacht, wir müssen uns beeilen, bald gibt es Essen?"

Tränen liefen über seine Wangen, Charlotte gab ihm ihre unbenutzte Serviette. Er trocknete sich die Augen, trank einen Schluck Tee und räusperte sich.

„Zwei Jahre war Taganrog besetzt von den Deutschen und 1942 hatte sich sogar die Luftwaffe unter Wolfram von Richthofen dort einquartiert, aber im August 1943 wurde die Stadt durch sowjetische Truppen befreit und endlich konnten die Toten aus den Massengräbern bestattet werden."

Seine Hände lagen ruhig nebeneinander auf dem Tisch, große, abgearbeitete Hände.

„Wissen Sie, Madame, erst im vorigen Jahr, 1997, fünfundvierzig Jahre nach dem Ende des Krieges, haben wir für unsere Toten in der Petruschina-Schlucht ein Denkmal errichtet. Und ich wusste noch immer nicht, was mit Nina passiert war, wo sie gestorben ist. In den Dokumenten stand nur, sie wurde mitgenommen nach Fallingbostel und sie war ein Dienstmädchen. Und dann kam Ihr Brief, es war wie ein Wunder!"

Charlotte senkte beschämt den Kopf. Warum nur hatte sie so lange damit gewartet, den Brief zu schreiben?

Die Bedienung erkundigte sich nach ihren Wünschen und Yakov sah Charlotte fragend an. Als sie den Kopf schüttelte, bestellte er sich einen Wodka und erzählte, was er von Ninas Schicksal wusste.

Unter Stalin hatte die russische Bevölkerung kaum Zugang zu den Archiven, erst nach der Auflösung der Sowjetrepubliken wurden Akten zögerlich frei gegeben und Yakov fand heraus, dass Nina bis 1943 in einer kinderreichen Familie in Gütersloh arbeiten musste. Unter Hitler bekamen Familien mit vier Kindern und mehr ein Kindermädchen zugeteilt, oft waren es junge Ausländerinnen, für die kein Lohn bezahlt wurde und über deren Herkunft man nicht sprach. Aus irgendeinem Grund wollte die Familie Nina nicht mehr haben und sie musste zurück ins Durchgangslager, dann hatte sich ihre Spur verloren.

Er schwieg, das Sprechen in der fremden Sprache über Tod und Vernichtung hatte ihn angestrengt und aufgewühlt. Charlotte litt mit ihm.

„Yakov, niemand weiß besser als ich, wie schwer das alles auf der Seele lastet."

Mit einem traurigen Lächeln sah sie ihn an. Er rieb seine Augen.

„Ich habe einen Stein niedergelegt an Ninas Grab, da, wo man es vermutet, hinter der Munitionsfabrik, neben dem Teich. Sie wissen, dass wir Juden Steine auf die Gräber legen?"

Charlotte schüttelte den Kopf. „Nein, ich weiß leider sehr wenig über die Sitten der Juden, meine Eltern waren...", sie zögerte, „heute würde ich sagen, sie waren keine guten Franzosen."

Yakov sah sie fragend an.

„Mein Vater hatte viel Sympathie für die Deutschen, er war stolz, dass seine Tochter einen Deutschen heiraten würde. Nein, nicht der Deutsche, den ich heiraten musste, ein anderer, er war ein guter Kerl."

Sie machte eine wegwerfende Handbewegung. „Ach, es ist alles so lange her."

Beide schwiegen, Charlotte genoss das Gespräch mit einem Mann, von dem sie ganz sicher wusste, dass er nicht in die Verbrechen der Hitlerzeit verstrickt gewesen war. Bei den älteren Clausthalern wusste man das nie so genau.

Nach ein paar Minuten sah Yakov auf die Uhr, er schien nervös zu sein. „Madame, ich muss Ihnen jetzt etwas sagen." Er zögerte. „Ich weiß nicht, wie das Ihnen gefällt, aber ich reise noch heute ab, darum muss ich jetzt sprechen, die Zeit, die Zeit... Ich habe einen Wagen gemietet und bald fahre ich und ich werde dann nie wieder deutschen Boden betreten."

Er sah sich vorsichtig im Café um, es war halb leer, niemand schenkte ihnen Beachtung.

Amanda

Wie in meiner Vision lag eine schwangere Frau an Hand- und Fußgelenken ans Bett fixiert. Der Raum war mit einer medizinischen Ausstattung versehen, es gab moderne Überwachungsgeräte und andere Apparaturen, verglaste Schränke, Neonröhren, alles wirkte sehr steril. Neben dem Bett hing an einem Ständer eine Infusionslösung, die zu einer Kanüle im Handgelenk der Frau führte.

Zweifellos eine Ausländerin mit den mandelförmigen Augen ähnelte sie den Frauen, die gestern das Essen aufgetragen hatten. Sie war an Armen und Beinen tätowiert und über ihren gewölbten Bauch war ein Laken gespannt, das wohl unter dem Bett befestigt war. Die Wölbung des Bauches war ungewöhnlich voluminös. Sie starrte apathisch zur Decke, musste jedoch bemerkt haben, plötzlich richtete sie ihren Blick angstvoll zur Tür und schnappte mit geöffnetem Mund nach Luft.

Entsetzt wandte ich mich ab und ging zu der anderen Tür, durch den Sehschlitz bot sich mir genau dasselbe Bild, aber diese Frau schien zu schlafen. Hinter den beiden weiteren Türen war es dunkel, verschlossen waren sie alle, und zwar mit Sicherheitsschlössern, die man nicht mit einer Haarnadel aufkriegte. Ich überlegte.

Wenn man sie hier einsperren konnte, ohne das sie vermisst wurden, ohne dass eine große Suchaktion gestartet wurde, dann waren es vielleicht Asylbewerberinnen, illegal

eingereist oder aus einer der Zentralen Anlaufstellen entführt? Mir war jedenfalls nicht zu Ohren gekommen, dass
jemand verschwunden war.

Plötzlich hörte ich aus der Ferne Schritte, sie hallten durch
den Gang, wurden stetig lauter, kamen näher. Ich kehrte so
leise ich konnte in mein Gefängnis zurück, verschloss die
Tür mit der Haarnadel, steckte sie zurück in meine Zöpfe und
legte mich mit klopfendem Herzen aufs Bett.

20

Charlotte

Yakov sagte: „Madame, ich habe Ihren Mann getötet." Charlottes Gesicht drückte ungläubiges Erstaunen aus. „Sie meinen Horst Wegener?" Er trank den Wodka in einem Zug aus. „Ja, Horst Wegener. Nachdem Sie mir geschrieben hatten, habe ich jemanden beauftragt, ihn zu beobachten. Das war nicht schwer, ich habe sehr gute internationale Kontakte, überall sind Russen, überall sind Juden und dank Ihnen, Madame, konnten wir ihn eindeutig identifizieren. Sie haben mir seinen SS-Führerausweis geschickt und andere Dokumente, alles wurde überprüft, er war 1941 mit dem Sonderkommando in Taganrog."

Yakov kramte ein Päckchen Zigaretten hervor, bot ihr welche an, nahm einen tiefen Zug.

„Es war auch nicht allzu schwer, an seine Mobilfunknummer zu kommen. Ich habe ihn angerufen und mit einer Lüge gelockt und ich glaubte, er hätte angebissen, so sagt man doch? Ich hatte behauptet, ich würde mit dem Sohn von SS Standartenführer Seetzen in Verbindung stehen und nun sei ich zufällig in der Gegend, ob er mir die alte Munitionsfabrik zeigen könnte?

Natürlich hatte ich hatte mir vorher alles genau angesehen, jetzt ist es eine Geisterstadt. Jeden Tag, auch bei Dunkelheit, bin ich viele Stunden dort gewesen, bin in die alten Bunker gekrochen, habe das Weinen der Frauen gehört und um Nina getrauert. Ich habe sogar unter der Erde ein Labor entdeckt, mit Kanistern voller Schwefelsäure.

Wegener hatte am Eingang auf mich gewartet, er sah sehr krank aus, gelb im Gesicht und mager wie ein Knochen.

Er war zwar allein, aber ich merkte gleich, dass er misstrauisch war. Er fragte: `Du bist doch ein Russe, woher hast du meine Nummer? Der Sohn von Standartenführer Seetzen ist vor acht Jahren gestorben.´ Ich sagte: `Ich habe die Nummer vom russischen Geheimdienst, die wissen alles über die Zeit von Hitler. Ich wollte einen Mann finden, der die Munitionsfabrik noch kannte, als sie funktioniert hat.´

Wir sind ein Stück gegangen. Ich wollte ihn auf das Gelände locken, ohne störende Zeugen, dann wollte ich ihn mit dem Massaker in Taganrog, mit Ninas Tod konfrontieren, er sollte reden, alles zugeben, aber ich..."

Yakov winkte die Kellnerin herbei, sah Charlotte fragend an und bestellte zwei Wodka.

„Aber ich hatte kein Glück. Wir standen in einer Halle, da, wo Nina vielleicht das Gift einfüllen musste. Ich habe gesagt: `Du hast meine ganze Familie ermordet, und zwei Mal hast du meine Schwester getötet!´"

Yakov blickte sich um, unwillkürlich hatte er lauter gesprochen.

„Ich habe gesagt: `Du bist ein Mörder! Übernimm die Verantwortung für deine Verbrechen, wenn du es nicht tust, werde ich es tun, ich habe deinen Namen und deine Adresse, ich habe Beweise, sie liegen schon bereit für die Staatsanwaltschaft, ich habe gute Kontakte!´

Da hat er gelacht und gesagt: `Du bist zu spät, Russe, ich habe mir schon gedacht, dass du was von mir willst, aber ich habe vorgesorgt!´

Dann zog er die Blausäurekapsel aus der Tasche und schwenkte sie vor meiner Nase hin und her, dabei hat er wieder gelacht und gerufen: `Dawei, dawei, Russe, na los, komm her, du dreckiger Bolschewik, du kleiner jüdischer Kriecher, du kriegst mich nicht, du bist zu spät, ich gehe jetzt!´ Dann hat er sich die Zyankali-Kapsel in den Mund gesteckt und sie aufgebissen, ich konnte es nicht verhindern."

Yakov drückte mit heftigen Bewegungen seine Zigarette aus. Als der Wodka kam, tranken sie sich zu, Charlotte hatte lange keinen Schnaps mehr getrunken, es brannte in der Kehle und sie musste husten. Doch der Alkohol entfaltete seine Wirkung und sie fühlte sich losgelöst und frei.

„Es tut mir leid für Sie, Madame, ich wollte das nicht, aber ich konnte seinen Tod nicht verhindern. Und als er da lag und ich sein grinsendes Gesicht sah, da bin ich sehr wütend geworden, sehr, sehr wütend. So lange hatte ich auf diesen Tag gewartet und endlich ist er da, der Moment, wo einer von denen vor mir steht, die alle ohne Strafe davongekommen sind, einer, einer, den man noch vor Gericht bringen könnte. Und dann und dann, dann ist der einfach weg! Wie immer ohne Anklage, ohne Prozess. Nein, damit hatte ich nicht gerechnet. Also habe ich das Messer genommen und ihm die Kehle durchgeschnitten und es war ein gutes Gefühl, das Blut zu sehen! Er war ja noch warm und er hat viel geblutet."

Yakov massierte sich den Nacken und ließ den Kopf kreisen. „Da lag er, hat immer noch gegrinst, ich dachte, nein, das ist nicht genug! Ich bin gelaufen und habe zwei Kanister mit Säure geholt und über sein Gesicht und seinen Körper geschüttet. Ich hätte gern noch mehr gemacht, ihn aufgehängt, oder in ein Loch geworfen, angezündet, aber da kamen diese Frauen und ich musste verschwinden."

Charlotte ließ den Verschluss ihrer Tasche auf und zuschnappen.

„Er hat in Russland ein Bein verloren, wussten Sie das?"
„Ja, das wusste ich, aber das ist keine Strafe, das ist nur Schicksal. Wegener war ein Feigling, er hat das Zyankali eingesteckt, weil er ein Feigling ist!"

„In der Zeitung stand, man hat ihm ein Tuch über das Gesicht gelegt. Haben Sie das getan?"

Yakov lachte gequält. „Ich wollte nicht, dass die Augen des Mannes, der meine Schwester, meine ganze Familie ermordet hat, den Himmel sehen können. Es war mein Taschentuch."

Beide schwiegen, ein gutes Schweigen, das keiner Worte bedurfte.

Er musterte sie prüfend. „Ich habe mein Schicksal in Ihre

Hände gelegt, Madame, was werden Sie tun?"

Charlotte sah ihn erstaunt an, lächelte. „Von mir haben Sie nichts zu befürchten, Yakov! Aber ich finde, Sie sollten bald fahren! Ein Polizist ist bei mir gewesen, er wollte herausfinden, ob der Tote Horst Wegener ist, wegen der Prothese. Aber er ist nicht wiedergekommen."

Sie schraubte verlegen an dem Verschluss des Milchfläschchens.

„Wissen Sie, ich dachte die ganze Zeit, dass mein Sohn es getan hat, dass er ihn..."

Yakov nickte verstehend und sah wieder auf die Uhr.

„Ja, Sie haben recht, ich sollte fahren, aber es macht mich traurig, Sie so schnell wieder verlassen zu müssen!"

Die Kellnerin kam, er bezahlte und wollte aufstehen.

„Yakov, warten Sie, die Tasche!"

Charlotte hielt ihm die Umhängetasche mit den restlichen Dokumenten entgegen, die sie im Wandsafe versteckt hatte. „Bitte nehmen Sie die, es sind Unterlagen von Horst Wegener, auch von anderen Leuten, Kriegstagebücher, Fotos..."

Yakov nahm die Tasche, sah kurz hinein und bedachte Charlotte mit einem anerkennenden Lächeln.

Er beugte sich zu ihr und küsste sie auf beide Wangen. „Passen sie gut auf sich auf, Madame!" Er verließ das Café, ohne sich umzusehen. Charlotte gab sich Mühe, nicht laut loszuschluchzen, sie war froh, dass sie das Auto gleich vor der Tür geparkt hatte.

Amanda

Ein Schlüssel wurde ins Schloss geschoben und gedreht, die Tür öffnete sich und Ingrid kam herein. Sie rüttelte unsanft an meiner Schulter und sagte unfreundlich.

„Los, Amanda, steh auf, du musst dich noch umziehen, die anderen sind schon da." Ich tat so, als hätte ich die ganze Zeit geschlafen.

„Wieso bin ich hier, ich hatte mich doch in einen Sessel gesetzt?"

„Ach, frag nicht so viel, wir konnten dich doch nicht da oben im Flur lassen, alle Besucher kommen da durch. Und wie konntest du dich nur im Gästeklo duschen!"

Sie wusste also genau Bescheid, die Überwachungskameras! Ich spürte einen leichten Schmerz in der linken Armbeuge und bemerkte dort ein Pflaster.

Deshalb hatte ich so tief geschlafen, eine Einstichstelle, ein Betäubungsmittel, jetzt war mir klar, wie sie mich aus dem Plüschsessel in den Kellerraum verfrachten konnten.

Ingrid drängte zur Eile, dennoch faltete sie erst ordentlich die Decke zusammen und glättete die Kissen, auf denen ich gelegen hatte. Sie sah sehr vornehm aus, die Haare hochgesteckt, Ohrringe mit kostbaren Steinen, eine Kette aus denselben blitzenden Steinen und ein dazu passender Ring. Sie bemerkte meinen Blick und sagte mit einem gehässigen Unterton: „Das sind Geschenke von Wolf."

Mein Dirndl war zerknittert und meine Haare sicherlich ganz zerzaust.

Ich konnte nicht nach den Frauen fragen, ohne mich zu verraten, also folgte ich Ingrid und versuchte, mir den Weg so genau wie möglich einzuprägen.

Es ging ein paar Meter bergauf, bis wir die geräumige Halle mit den kleinen Autos erreichten, dann stiegen wir auf der Steintreppe in den Werderturm.

Ingrid schob mich im ersten Stock in eine Art Kleiderkammer, dort sollte ich mir ein Abendkleid überziehen.

„Da, nebenan ist ein Badezimmer, das kannst du benutzen. Schmuck bekommst du auch, er hängt mit einer Sicherheitsnadel am Kleid. Beeil dich, ich warte vor der Tür."

Das Kleid passte mir, hatte aber einen unvorteilhaften Schnitt, ich sah darin aus wie meine eigene Oma. Als ich fertig war, ging ich nach draußen. Wie sollte es weitergehen? Ich musste jemanden anrufen, aber wie kam ich an ein Telefon? Und wen sollte ich anrufen? Die Einzige, die mir einfiel, war Meret, aber die würde mir wahrscheinlich kein Wort glauben.

Ich stieg hinter Ingrid die Treppe zum nächsten Stockwerk empor und nach einer weiteren halben Treppe, da, wo man eigentlich das Speichergeschoss vermuten würde, wiesen schmale Stufen aus edlem, weißen Marmor darauf hin, dass hier noch mehr zu finden war als ein alter Dachboden. Durch die Wände war gedämpftes Stimmengewirr und Töne des Liedes „Kameraden" zu hören, bestimmt war Mark da drin.

Ingrid legte mahnend den Finger über die Lippen und öffnete einen Spalt weit die Tür, die Stimmen wurden lauter und ich konnte einen Blick in einen großen Versammlungsraum voller Menschen erhaschen, der die gesamte Grundfläche des Turms einnahm.

Mit seiner runden Form und einer ausladenden Bühne, vor der im Halbrund hochklappbare Bankreihen angebracht waren, wirkte er wie ein festliches Amphitheater. Ich hatte noch keine Zeit gehabt, über die veränderte Situation nachzudenken, aber als ich Mark entdeckte, bekam ich Angst und wollte die Treppe am liebsten wieder hinunter gehen, doch Ingrid hielt mich mit einem strengen Blick zurück.

Also schaute ich weiterhin durch den Türspalt.

Über einem Podest auf der Bühne hing eine überdimensionale Hakenkreuzfahne, die von Scheinwerfern angestrahlt wurde, der Raum hatte keine Fenster.

Die gesamte Einrichtung wirkte sehr professionell und kostspielig. Ringsum an den Wänden wechselten sich hohe Bistrotische und Barhocker mit kleinen, gemütlichen Sitzgruppen ab, ins Mauerwerk waren lauschige Bars eingearbeitet. Kristalllüster, die an Metallketten von der hohen Decke baumelten, brachten den Saal besonders prachtvoll zur Geltung. Die hellen Marmorplatten am Boden, in denen sich das Licht spiegelte, verstärkten diesen Eindruck.

Es wäre in dem steinernen Turmsaal ziemlich kühl gewesen, hätten nicht in Kaminen zwischen den Bartheken kleine Feuer gebrannt.

Die Menschen standen in Grüppchen zusammen und unterhielten sich angeregt. Auf ein Zeichen von Mark hin schob mich Ingrid durch die Tür, er kam auf mich zu und zischte: „Da bist du ja endlich, Amanda! Wir haben dich vorhin überall gesucht, wir dachten schon, du seist...“

Vorwurfsvoll sah er mich an und bedeutete Ingrid mit einer Geste, dass er sie nicht mehr brauchte. Er sah schrecklich aus, er trug eine SS Uniform, fast alle Männer trugen Uniformen, wie ich inzwischen bemerkt hatte, und zwar ausnahmslos die schwarzen Uniformen der SS oder der Waffen SS mit einem Hakenkreuz als Armbinde.

Die Köpfe waren unbedeckt, die mit Pomade an den Kopf geklebten Haare entsprachen der damaligen Mode. Die Frauen waren in dieselben altmodischen Abendkleider gehüllt wie ich oder sie steckten in einem Dirndl oder in graubraunen Kostümen mit Hosenrock, die wie Frauenuniformen aussahen.

Hier fand offensichtlich kein Kostümball statt, sondern eine Versammlung von strammen Altnazis. Es machte mir große Angst, diese unverblümt zur Schau gestellte Huldigung des Hitlerreiches miterleben zu müssen.

Fred

Irma saß entspannt im Gartenstuhl und betrachtete wohlgefällig die frisch eingepflanzten Blumen und die neue weiße Putte, die sich vor den roten Begonien so gut ausnahm. Die ungewöhnlich heißen Münchner Junitage machten sie faul und schläfrig, glücklicherweise war sie als verheiratete Frau in der Lage, den Kapriolen ihres Körpers nachzugeben und dem Nichtstun zu frönen.

Und das hatte sie sich auch verdient, weiß Gott, was hatte sie alles hinter sich, was für eine Aufregung war das gewesen! Zwei grässlich anstrengende Tage, von denen sie den einen im Zug und den anderen im Auto verbringen musste. Und das nur, weil Fred unbedingt das Grab seiner Jugendliebe sehen wollte!

Das musste man sich mal vorstellen, die Frau war seit fünfzig Jahren tot und der alte Kerl setzt sich ins Auto und fährt einfach los. Gut, dass sie ihm nachgereist war.

Inzwischen waren sie zwar wieder zuhause, aber Freds Befinden ließ zu wünschen übrig.

Nun ja, er hatte die Siebzig bereits überschritten, er war alt, aber da war noch etwas anderes, eine Müdigkeit, die mehr seelischer Art zu sein schien, kurzum, Fred wirkte ausgebrannt.

Sie sah zu der Liege hinüber, auf der er ausgestreckt lag und zu schlafen schien. Verrückt, in zwei Tagen von München in den Harz und wieder zurückzufahren, kein zweites Mal würde sie das mitmachen, bereute aber auch nicht, dass sie es getan hatte, denn so ein mulmiges Gefühl hatte ihr gesagt, dass Fred in Gefahr gewesen war.

Also hatte sie sich auf den Weg gemacht und ein Bahnticket 1. Klasse München-Goslar gelöst. Nach strapaziösen Stunden mit mehrmaligem Umsteigen war sie gegen Abend genervt am Goslarer Bahnhof ausgestiegen und hatte sich ein Taxi bis zum Hotel mit dem merkwürdigen Namen, dem Hotel Brusttuch, genommen.

Dort teilte man ihr erneut mit, dass ein Herr Tellmann noch immer nicht eingecheckt hatte. Irmas Nervosität nahm zu, alle zwei Stunden überprüfte sie mit ihrem Mobiltelefon, ob auf dem Anrufbeantworter zuhause in München eine Nachricht eingegangen war. Sie war erleichtert gewesen, als sie endlich Freds Stimme auf dem Band gehört hatte, seltsam monoton bat er um ihren Rückruf und nannte eine unbekannte Mobilfunknummer.

Sie hatte sofort zurückgerufen.

„Frau Tellmann? Hier ist Professor Laubner, ich bin ein alter Studienfreund Ihres Mannes, wir kennen uns noch aus München, er sitzt hier neben mir und wir haben…"

Irma hatte ihn unterbrochen. „Um Himmels willen, ist ihm etwas zugestoßen, wo ist er denn?" Sogleich wurde das Telefon an Fred weitergereicht.

„Irma, ja, wie kommt es denn, dass du hier bist? Wo bist du

denn genau? Wir müssen uns treffen, bitte, sofort!"

Irma hatte kurz erklärt, dass sie auf gut Glück losgefahren war, was sonst eigentlich nicht ihre Art war, und während des Sprechens war ihre gewohnte Wut zurückgekehrt. „Mensch, wieso hast du nicht Bescheid gesagt? Einfach so abzuhauen, ich hätte schon fast die Polizei alarmiert, was ist mit deinem Handy, warum kann man dich nicht erreichen, du Blödmann? Das sage ich dir, du kriegst richtig Ärger mit mir, wenn wir..." Fred würgte ihren Redefluss ungeduldig ab.

„Irma, bitte, wir müssen uns sehen, in einer Stunde am Goslarer Bahnhof, ich komme mit dem Wagen!"

Als sie dann sah, wie schwer es ihm fiel, aus dem Auto zu steigen, hatte sie sich besänftigt und als er sich nach der Begrüßung schwankend auf sie gestützt hatte, war sie so besorgt, dass sie vorschlug, unverzüglich nach München zurückzufahren. Während der Fahrt, Irma war eine sehr sichere Fahrerin, ließ sie sich von Fred alles erzählen. Er hing mehr im Sitz als das er saß und schüttelte immer wieder ungläubig den Kopf.

„Nein, nein, nein, ich habe ein ganz flaues Gefühl, wenn ich an das Zusammentreffen mit dem Laubner denke! So ein merkwürdiger Kerl! Am Anfang ist mir gar nichts aufgefallen, erst später hab` ich mich gefragt... nein, da stimmte was nicht, aber in der Jagdhütte gefiel es mir ganz gut und wir hatten einen Abstecher in die Mensa gemacht, trotzdem, nein, da stimmte was nicht!"

Irma versuchte, ihn zu beschwichtigen. „Aber der Professor machte doch am Telefon einen ganz sympathischen Eindruck."

„Ja, das dachte ich auch im ersten Moment. Aber ist es nicht merkwürdig, dass er behauptet hat, ich hätte nur eine halbe Stunde geschlafen, dabei weiß ich inzwischen, dass eine ganze Nacht vergangen ist! Und noch etwas..."

Irma, die gerade mit Tempo 180 einen anderen Mercedes überholt hatte, scherte wieder rechts ein und kommentierte ihr Überholmanöver mit den wütend hervor gestoßenen Worten: „Der Arsch sollte sich besser ein Moped anschaffen!"

Dann langte sie zu Fred hinüber und tätschelte beruhigend seine Schulter. „Nun erzähl doch mal von Anfang an, ich steige da sonst nicht durch, woher kennst du den überhaupt, diesen Professor?"

„Den kenne ich aus unserer gemeinsamen Studienzeit, hatte ich das nicht erwähnt? Gut, ich erzähle alles von Anfang an, aber das mit Charlotte, dass ich nach ihrem Grab gesucht habe, das lasse ich weg, das weißt du ja schon. Wir saßen also in der Jagdhütte, es war dunkel draußen. Ich lag auf dem Sofa und hörte das Knarzen der Holztreppe und wurde wach. Ich hatte fürchterliche Kopfschmerzen, fühlte mich benommen und wusste erst nicht, wo ich mich befand, ich dachte, ich hätte zu viel Cognac getrunken. Oben an der Treppe stand der Laubner und telefonierte, er wusste nicht, dass ich schon aufgewacht war. Ich konnte also hören, was er sagte."

Fred schwieg verwirrt und rieb sich müde die Augen.

„Ja, ich konnte ihn hören, aber doch nicht alles verstehen, er sagte: `Horst, lange kann das so nicht weitergehen, du musst eine Entscheidung treffen. Ach was, ich glaube nicht, dass er dich erkennen würde, aber es wäre besser, ihr trefft euch gar nicht erst. Nun mach endlich deine Arbeit und kümmere dich um die Papiere, ich sorge hier für den Rest!´

Mehr sagte er nicht. Wer war dieser Horst? Ich kenne überhaupt niemanden, der Horst heißt! Er setzte sich mir gegenüber in den Sessel und ich tat so, als wäre ich gerade erwacht, er paffte an seiner Pfeife, sein Gesicht wurde nur ab und zu von der glühenden Asche beleuchtet, du, das sah richtig gespenstisch aus! Und die ganze Zeit hat er mich mit so einem spöttischen Lächeln angesehen. Ich war so benommen, mein Kopf, wollte mich aufsetzen, bin aber gleich wieder zurück aufs Sofa gefallen, mir war so schwindelig, das kann doch nicht nur der Cognac gewesen sein. Und als ich ihn fragte, wie lange ich geschlafen hätte, sagte er, nur eine halbe Stunde.

Dann behauptete er, er hätte eine Überraschung für mich,

ich hätte ihm doch von meiner Jugendliebe erzählt, von Charlotte Nivet, so hieß das Mädchen aus Marseille. Und jetzt kommt's: ich habe niemals ihren Nachnamen erwähnt, woher wusste er ihren Nachnamen?"

Fred massierte die linke Seite seines Brustkorbs. „Au, mein Herz..."

„Soll ich anhalten?"

„Nein, lass mal, fahr weiter, es geht schon. Der Laubner sagte also, er hätte eine Überraschung für mich, er hätte sich ein wenig umgehört, man würde ja so diesen und jenen in den Ämtern kennen, ja, also, da sei ein Totenschein aufgefunden worden. Den Totenschein bekam ich dann später tatsächlich auch ausgehändigt, von einem Kollegen von ihm, ein netter Kerl übrigens, ein Herr Himmler, seltsam, dass es solche Namen noch gibt."

Irma griff nach hinten, angelte eine Flasche Mineralwasser vom Rücksitz und reichte sie ihm.

„Danke. Aber das Ganze hat auch sein Gutes, jetzt weiß ich wenigstens, dass Charlotte bei einem Bombenangriff umgekommen ist, sie hat in der Lagerküche gearbeitet. Die Toten wurden da irgendwo verscharrt, an eine Überführung der Leiche ist also überhaupt nicht zu denken, da liegen noch fünfzig oder sechzig andere, die damals umgekommen sind, was da von einem übrig bleibt, nein, das kann man nicht überführen. Ich bin sehr froh, dass du aufgetaucht bist, Irma, ich hatte richtig Angst!"

Irma hatte lässig mit einer Hand das Steuer gehalten und mit der anderen Freds Hand gedrückt.

„Na, Alfred, ist doch gut, dass du mich hast, oder?"

Charlotte

Charlotte ging langsam durch das Haus, das sie bewohnt hatte, ohne dass es je ein Zuhause geworden war. Unschlüssig blieb sie im Flur stehen. Sollte sie wirklich fortgehen, für immer, und alles zurücklassen? Was war mit ihrem Sohn? Er war seit ihrem Streit nicht mehr hier gewesen, er hasste sie.

Und wo sollte sie überhaupt hin? Sie dachte an die Begegnung mit Yakov Schischkin, der nach dem Grab seiner Schwester gesucht hatte und wieder gefahren war, schmerzlich wurde ihr ihre große Einsamkeit bewusst. Vor vielen Jahrzehnten hatte sie auch einen Bruder gehabt, ob er noch lebte?

Die Auslandsauskunft anzurufen war eigentlich keine große Sache, hatte aber einige Überwindung gekostet. Erinnerungen wurden wach, die in fest verschlossenen Kästen geruht hatten, Ängste stiegen auf. Man würde ihr Fragen stellen, wieviel sollte sie preisgeben? Zweifel würden laut werden und die eine bohrende Frage könnte alles verderben: warum hatte sie sich nie gemeldet?

Nachdem sie drei Mal die Verbindung abgebrochen hatte, bevor sie überhaupt zustande gekommen war, schaffte sie es schließlich beim vierten Mal, den Hörer nicht aufzulegen. Nun ja, es hatte eines zweiten Glases Rotweins bedurft, den nötigen Mut aufzubringen. Auf die fragende Stimme des Mannes am anderen Ende der Leitung hatte sie in französischer Sprache geantwortet.

21

Amanda

Während ich mich fragte, welche Rolle mir in dieser Zusammenkunft zugedacht war, versuchte ich weiterhin, mich über die Lage zu orientieren. Ich musste jetzt sehr vorsichtig sein, Mark durfte nicht wissen, dass die zu einer servilen Idiotin mutierte Amanda sich vor kurzem verabschiedet hatte. Er machte mir das meiste Kopfzerbrechen, bei all seiner Härte war Mark nicht unsensibel, er würde schnell bemerken, dass ich mich verändert hatte. Ich sah mich unauffällig um, wo könnte es hier ein Telefon geben? Mir war, als sei ich aus einem Alptraum erwacht und sofort in den nächsten hineingerutscht.

„Amanda, es wird erwartet, dass wir auf die Bühne kommen!" Mir war vor Aufregung entgangen, dass die Musik inzwischen verstummt und es ganz still geworden war. Die Blicke der Leute schienen mich zu verfolgen, alle hatten in den Bankreihen Platz genommen. Mark drückte schmerzhaft meine Hand, während er mich zur Bühne zog. Ich zwang mich, einen harmlosen, unterwürfigen Eindruck zu machen, in Wirklichkeit verspürte ich Angst und Wut.

Diese Leute schreckten nicht davor zurück, Frauen gefangen zu halten und zu verstümmeln, was würden sie mir antun, wenn sie dahinter kamen, dass ich sie durchschaut hatte?

Oben auf der Bühne angelangt, musste ich auf einem mit Blümchen verzierten weißen Lehnstuhl Platz nehmen, während Mark einen Stapel Papiere auf das Podest legte, das mit einer Husse aus Hakenkreuzfahnen verkleidet war. Unterwegs hatte er mir noch befohlen, mich ja nicht vom Platz zu rühren, bis er seine Rede beendet hatte.

„Sieg Heil!" Die Menge erwiderte den Gruß, es hörte sich gespenstisch an. „Kameraden, Ihr seid von weit her gereist, um zum sechzigsten Mal an jenes Jahr zu erinnern, in dem der Sturm losbrach, der für das Gewürm zum Orkan werden sollte: im Jahr 1938 wurde die Geschichte neu geschrieben!

Aber, neben diesem schönen Jubiläum, hat sich leider auch ein tragischer Anlass ergeben: wir müssen heute einen toten Kameraden ehren. Einige wissen es vielleicht schon, es stand ja auch in den Zeitungen, der Tote in unserer Munitionsfabrik...", er machte eine kleine Pause, „der Tote ist unser hochgeschätzter SS-Obersturmbannführer Professor Horst Wegener, mein Vater also."

Ein erstauntes, dennoch pietätvolles Raunen floss durch den Saal.

„Ja, Ihr habt richtig gehört. Unser Kamerad von der Polizeidienststelle Oberharz hat sein Möglichstes getan, um die Ehre des Toten zu schützen und seine Identität zu verschleiern, aber es ließ sich einfach nicht länger hinziehen. Die Zeichen seines Heldentums, die Blutgruppentätowierung, die Prothese...

Ihr könnt Euch vorstellen, wie schwierig es war, seine wahre Identität *nicht* preiszugeben. Es ist zu erwarten, dass in den nächsten Tagen eine Schmutzkampagne losbrechen wird."

Er schwieg und räusperte sich, als habe ihm die Stimme versagt.

„Nun, Ihr werdet verstehen, dass ich zu diesem Zeitpunkt nicht viel sagen kann, die Trauer..."

Mark wischte sich demonstrativ mit einem Tuch über die Augen, aber ich konnte sehen, dass sie völlig trocken waren.

„Obersturmbannführer Wegener schied aus dem Leben, um nicht in die Hand eines feigen Verräters zu fallen, der ihn mit dem Messer bedrohte. Dabei wählte Wegener denselben Weg wie sein großes Vorbild, unser Reichsführer SS Heinrich Himmler. Erheben wir uns zum Gedenken an zwei große Germanen, Helden der ersten Stunde!"

Füße scharrend standen alle auf, polternd klappten die Sitze nach oben, dann trat Stille ein.

Während die Menge mit gesenkten Köpfen da stand, hatte ich Gelegenheit, mir die Leute näher anzusehen und stellte fest, dass mir einige bekannt waren: ein Rechtsanwalt mit seiner Gattin, beide gestylt wie in der NSDAP-Zeit, ein Apotheker in SS-Uniform, der sich sonst immer kerzengerade hielt, jetzt mit hängendem Kopf.

Zwei Reihen hinter ihm hatte sich eine ganze Clique von Ärzten zusammengefunden, nette Leute eigentlich, nie wäre ich auf den Gedanken gekommen, dass sie hierher gehörten, auch sie waren gekleidet wie zu den besten Zeiten der Nazi-Partei.

Ganz hinten konnte ich Professor Laubner ausmachen, er hatte sich in Schale geworfen, das schneeweiße Haar kontrastierte mit dem Schwarz der SS-Uniform, lässig auf einen Gehstock gestützt, sah er mich aus zusammengekniffenen Augen argwöhnisch an.

Mit einer Handbewegung wurde die Menge aus der Schweigeminute entlassen und Mark wandte sich wieder seinem Text zu.

„Obersturmbannführer Wegener ist für immer von uns gegangen, der Mann, von dem ich bis jetzt geglaubt hatte, er sei mein Vater gewesen. Doch nun ist, so kann man sagen, aus seinem Tode neues Leben erwachsen, denn aus einem gerade erst frei gegebenen Dokument geht eindeutig hervor, dass nicht Wegener, sondern unser Reichsführer SS Heinrich Himmler mein Erzeuger war."

Ein kleiner Tumult brach aus, erstaunte Rufe wechselten sich ab mit lauten Fragen, einige erhoben sich überrascht aus den Bankreihen.

„Liebe Kameraden und Parteigenossen, auch mich hat das Erstaunen hinweg gerissen, als ich das Schriftstück sah, dass meine liebe Mutter der Nachwelt bis zum heutigen Tage vorenthalten musste, weil der Reichsführer verfügt hat, es erst nach Wegeners Tod freizugeben. Obwohl… obwohl ich es ir-

216

gendwie immer geahnt habe!" Als das Raunen der Menge zu laut wurde, klopfte er gegen sein Wasserglas.

„Denn diese außerordentliche, ganz besondere Blutlinie, die fühlt man einfach durch die Adern strömen."

Frenetischer Applaus unterbrach seine Ausführungen. „Und… Ruhe bitte… und es gibt auch eine gute Nachricht: ich kann euch mitteilen, dass zwei arische Föten vollständig ausgebildet sind und in Kürze die Leiber der indogermanischen Tragemütter verlassen werden."

Die Frauen hatten bei der Erwähnung der Tragemütter seltsame, verzückte Töne ausgestoßen. Ich erschrak, das war es also, die Ausländerinnen wurden als Gebärmaschinen missbraucht!

Mark drehte sich zu mir um.

„Und hier sitzt die Zuchtmutter der neuen Versuchsreihe, deren Beginn nach den Berechnungen unseres Astrologen Dr. Mateister heute Nacht stattfinden wird, auch diese Föten werden implantiert.

Ja, Kameraden, ungeahnte Möglichkeiten haben sich aufgetan dank der medizinischen Kenntnisse unseres genialen Dr. Knaubel, dem leitenden Arzt unserer kleinen Klinik für Reproduktionsmedizin! Applaudieren wir doch einmal kräftig zu ihm und seiner Gattin hinüber." Mich durchfuhr eiskalter Schrecken, was hatte er da gesagt?

Die Menge klatschte und schrie: „Bravo, bravo!", und Mark genoss mit stolzgeschwellter Brust inmitten seiner Anhängerschaft den neuen Status als Sohn eines Massenmörders.

Ich verabscheute ihn zutiefst und wusste nicht, ob ich es noch lange aushalten würde, mich zu verstellen. Auf meinem mit Blümchen geschmückten Stuhl war ich so gut wie angekettet, ich konnte nicht einmal husten, ohne das der ganze Saal es bemerkte. Meine Gesichtsmuskeln taten weh von dem verkrampften Lächeln, dass ich zu meinem Schutz aufgesetzt hatte und nicht abzulegen wagte.

Mark kam zu meinem Stuhl und stellte sich mit mir zur Schau, als der Beifall verebbt und es still geworden war, kehrte er zum Podest zurück, beleckte die Fingerspitzen und blätterte in dem Papierstapel, alle Aufmerksamkeit richtete sich auf ihn.

„In einem Lied der Gruppe `Germanenstolz´ heißt es so treffend: `Blut muss fließen!´. Ja, Blut musste fließen, Kameraden, im Jahre 1938. Damals ging ein Raunen um die Welt, ein Raunen, das mit dem Polenfeldzug Fahrt aufnahm.

Ich lese euch nun den originalen Wortlaut der Rede von Reichsführer SS Heinrich Himmler vor, in der er mit deutlichen Worten unsere schwere Aufgabe beschreibt:

`Kameraden, ich will hier vor Euch in aller Offenheit auch ein ganz schweres Kapitel erwähnen. Unter uns soll es einmal ganz offen ausgesprochen sein, und trotzdem werden wir in der Öffentlichkeit nie darüber reden. Genau so wenig, wie wir am 30. Juni 1934 gezögert haben, die befohlene Pflicht zu tun und Kameraden, die sich verfehlt hatten, an die Wand zu stellen und zu erschießen, genau so wenig haben wir darüber jemals gesprochen und werden je darüber sprechen. Es war eine, Gottseidank, in uns wohnende Selbstverständlichkeit des Taktes, dass wir uns untereinander nie darüber unterhalten haben, nie darüber sprachen. Es hat jeden geschaudert und doch war sich jeder klar darüber, dass er es das nächste Mal wieder tun würde, wenn es befohlen wird und wenn es notwendig ist.

Ich meine jetzt die Judenevakuierung, die Ausrottung des jüdischen Volkes. Es gehört zu den Dingen, die man leicht ausspricht. Das jüdische Volk wird ausgerottet, sagt ein jeder Parteigenosse, ganz klar, steht in unserem Programm, Ausschaltung der Juden, Ausrottung, machen wir. Und dann kommen sie alle an, die braven 80 Millionen Deutschen, und jeder hat seinen anständigen Juden. Es ist ja klar, die anderen sind Schweine, aber dieser eine ist ein prima Jude. Von allen, die so reden, hat keiner zugesehen, keiner hat es durchgestanden. Von Euch werden die meisten wissen, was es heißt, wenn 100 Leichen beisammen liegen, wenn 500 daliegen oder wenn 1000 daliegen. Dies durchgehalten zu haben, und dabei – abgesehen von Ausnahmen menschlicher Schwächen – anständig geblieben zu sein, das hat uns hart gemacht. Die Reichtümer, die sie hatten, haben wir ihnen abgenommen. Ich habe einen strikten Befehl gegeben, dass diese Reichtümer selbstverständlich restlos an das Reich abgeführt wurden. Wir haben uns nichts davon genommen. In dem Augenblick, in dem der Krieg zu Ende ist, wird dieser Orden jung und kräftig, revolutionär und wirksam in die Zukunft marschieren, um dem deutschen Volk, dem germanischen Volk, die Oberschicht zu geben. Diese Oberschicht muss so stark und lebensvoll sein, dass jede Generation bedingungslos aus jeder Familie zwei und drei Söhne auf dem Schlachtfeld opfern kann und dass trotzdem die Weiterleitung des Blutstromes gesichert ist und aus dieser rassischen Oberschicht des germanischen Volkes die zahlreichste Nachzucht hervorgeht.´

Sieg Heil!"

Mark sah vom Rednerpult auf, es war so still, dass man buchstäblich das Fallen einer Stecknadel hätte hören können. Er verlängerte die effektvolle Pause und sein Blick überflog die Gesichter der Menge, auf allen lag ein wahnsinniger, verzückter Ausdruck, in keinem einzigen konnte ich den Hauch eines Zweifels entdecken.

Eine Woge von Beifall brandetet plötzlich durch den Raum, Mark schlug mit dem Kugelschreiber gegen sein Wasserglas und rief: „Wir wollen uns jetzt stärken, anschließend versammeln wir uns in der Runenkammer, um die Zeugung von weiteren Herrenmenschen nach dem Ritus zu vollziehen."

Mir schnürte sich die Kehle zusammen. Mark ordnete seine Papiere und kam zu meinem Stuhl. Ich war eigentlich zu aufgewühlt, um schauspielern zu können, dennoch gelang es mir, ihm ein dankbares Lächeln zu schenken, zumindest hoffte ich, dass es so wirkte.

Wie konnte ich mich nur in einen so abscheulichen Kerl verlieben? Inzwischen bezweifelte ich sogar, dass er bei der Kripo arbeitete, oder gab es auch Kriminalbeamte mit einem Doppelleben? Jedenfalls hatte ich Angst vor dieser Versammlung von Irren. Was würde geschehen, wenn sie mich nicht mehr brauchten?

Im Saal war es turbulent geworden. Es roch nach Essen, ein kaltes Buffet war aufgebaut worden und die Leute stürzten sich darauf, als seien sie am Verhungern. Soweit ich erkennen konnte, war alles vegetarisch, gegrillte Kartoffelschnitzel, Bratlinge, Gürkchen, Tomaten oder Salate.

Man stand in Grüppchen um die Bistro-Tische herum oder hatte sich in den Sesseln am Kamin niedergelassen. Überall schwirrten beflissen die Bediensteten umher, diesmal keine Ausländerinnen, sondern junge Frauen mit weißen Häubchen und Schürze.

Nachdem alle gegessen hatten, wurden Tabletts mit Getränken herumgereicht.

Mark nahm mich am Arm und schlenderte mit mir von Tisch zu Tisch.

„Das sind wichtige Sponsoren, also benimm dich bitte!" Von seiner Maßregelung eingeschüchtert, hoffte ich, dass niemand mich etwas fragen würde.

Eine grauhaarige Frau mit vergrämten Zügen reichte mir eine trockene, knotige Hand und sagte mit unangenehm rauchiger Stimme: „Einem Führer ein Kind zu schenken, das ist eine so hohe Ehre!"

Sie ließ meine Hand erst wieder los, als ich sie mit einem Ruck aus ihrer Umklammerung löste.

„Amanda, darf ich dir Margarethe Durwick vorstellen, unsere unersetzliche Unterstützerin, wenn es darum geht, unsere Sache voranzutreiben."

Ihr schlangenhafter Blick richtete sich auf Mark, herablassend fragte sie: „Heinrich, was sollte das denn sein, dieses Dokument, eine Geburtsurkunde? Kann man die mal sehen, gibt es die überhaupt?"

Mark schlug zurück, indem er mir ungefragt ihren Hintergrund erläuterte.

„Frau Durwick ist ein unehelicher Abkömmling des Reichsführers, sie leitet den Verein `Stille Helfer´, die kümmern sich um die Gräber der verstorbenen Kameraden."

Besonders erfreut schien sie über den Familienzuwachs nicht zu sein, erbost rief sie aus: „Nicht nur das, Heinrich, nicht nur das, ich bin auch für die Pressearbeit zuständig und vieles, vieles mehr, an mir bleibt eigentlich alles hängen. Und mein Vater hat sich stets zu mir bekannt, Heinrich, wie du sehr wohl weißt!"

Die Abneigung der beiden war so groß, dass sie während ihres Schlagabtausches jeden Augenkontakt vermieden und stattdessen stellvertretend mich ansahen.

„Ach, reg dich doch ab, Margarethe, nein, es ist keine Geburtsurkunde, es ist eine richterliche Anerkennung der Vaterschaft, von Himmler persönlich unterschrieben und vom Amtsgericht Berlin-Spandau beurkundet!"

Frustriert drehte sie sich weg, die große Verbitterung der alten Frau war beinahe zu riechen.

Sie wurden voneinander abgelenkt, als ein über und über mit Orden behangener Mann in einer fremdländischen Uniform zu uns trat. Mark begrüßte ihn leutselig, hocherfreut über die Störung.

„General El Sahabini, wie schön, dass Sie kommen konnten!" Beide salutierten, die Alte war vorerst vergessen.

Zu mir gewandt erklärte Mark: „General El Sahabini stammt aus Palästina, sein Vater war ein großer Bewunderer des Führers und kämpfte schon damals gegen die Engländer und die verdammten Zionisten. Er war ein ganz enger Freund des Großmufti von Jerusalem, ist es nicht so, Herr General?"

Das verlebte, braunrote Gesicht des Generals hellte sich sekundenlang auf und er versicherte eifrig in schlecht verständlichem Deutsch, ja, nicht nur sein Vater, sondern auch er habe Mohammed Amin al-Husseini persönlich gekannt, der Mufti sei ja wie alle Männer hier im Raum ein Kamerad der Waffen SS gewesen.

„Wunderbar, Ihre Rede, Oberscharführer, ganz wunderbar! Wissen Sie, wo wir gerade vom Mufti reden, dass er viele tausend Judenkinder an uns ausgeliefert hat? Hätte es mehr Männer wie ihn gegeben, dann hätten wir damals die Mission erfüllt."

Seine schlammigen, trüben Augen versanken fast in den aufgequollenen Tränensäcken, mit stierem Blick taxierte er meinen Körper und ich schrak zusammen, als er meine Hand an seine Lippen riss und mit einem Kuss warme Spucke auf der Haut verteilte. Nur aus Angst um mein Leben widerstand ich dem Drang, meine Hand sofort am Kleid abzuwischen.

Keiner dieser Leute sah normal aus, obwohl sie sich so gebärdeten, als sei es völlig normal, in SS-Uniformen der Hitlerzeit herumzulaufen.

Mit seelenlosen Augen, mit Gesichtern, die von der Aktivität irregeleiteter Gehirne seltsam deformiert schienen, kamen sie mir vor wie geisteskranke Bewohner eines irrwitzigen Planeten.

Mark drückte meinen Arm.

„Und hier, Amanda, hier steht Dr. Knaubel vor dir, er war damals im Deutschen Reich der leitende Redakteur des Goslarer Beobachter. Der Name Knaubel ist untrennbar verbunden mit dem Polenfeldzug, sein Vater, Oberst Knaubel, hat mit dem Goslarer Jägerbatallon die Polen-Insel Hel erstürmt und unter den Pollacken so richtig Angst und Schrecken verbreitet."

Beide Männer lachten schallend. Dr. Knaubel, er musste mindestens neunzig sein, wurde von einer dicken, blonden Frau gestützt, die ihm sehr ähnlich sah, wahrscheinlich seine Tochter. In seinen Mundwinkeln hatte sich eine weißliche Kruste gebildet und ich hoffte, sie würde sich nicht ablösen und mir ins Gesicht fliegen, wenn er mit mir sprach, was er vorzuhaben schien.

Doch es kam noch schlimmer, bevor er mich ansprach, wischte er sich die Mundwinkel sauber und streckte mir höflich seine Hand entgegen. Unwillkürlich verbarg ich meine Hände hinter dem Rücken und sagte: „Oh, es tut mir so leid, aber ich habe vom Essen noch ganz fettige Finger!"

Mark schaute mich strafend an und zog ein Taschentuch

hervor und während ich mir zum Schein damit die Hände abwischte, schob sich eine hagere Frau mittleren Alters näher an uns heran und befreite mich von dem Handschlag des Redakteurs. Ihr dünnes, braunes Haar war zu einem regelrechten Gebüsch auftoupiert, von ihren Schultern baumelten Kopf und Schwanz eines Nerzes herab und ein greller Lippenstift betonte strichdünne Lippen. Benebelnde Wolken eines süßlichen Parfüms nahmen mir den Atem.

Huldvoll sah sie aus ungefähr 1,90 Höhe zu mir herab und sagte mit dröhnender Stimme: „Das Blut ist alles, was zählt, meine Liebe! Meine Erbmasse ist von bester Qualität, bis ins zehnte Glied kann ich rein arisches Blut nachweisen!"

Mark beeilte sich, uns vorzustellen.

„Amanda, das ist Eleonore Gravers, geborene Fürstin von Wisdungen, die Gattin von Dr. Ferdinand Gravers, Facharzt für Reproduktionsmedizin, eine Koryphäe auf seinem Gebiet!"

Die inzwischen neben ihr stehende Koryphäe, als einziger nicht in Uniform, sondern mit einem weißen Arztkittel bekleidet, war ebenso groß und hager wie die adlige Ehefrau. Ein riesiges schwarzes Brillengestell mit dicken Gläsern auf der langen, spitzen Nase gab seinen Augen den Blick eines Fisches, der eine Fliege zu verspeisen gedenkt. Er glotzte mich durchdringend an, nichts regte sich bei ihm, weder die Hand zum Gruße noch ein Gesichtsmuskel.

Ich war froh, als eines dieser adretten Dienstmädchen auftauchte und auf einem Tablett langstielige Gläser mit Weißwein anbot.

Ich griff nach einem Glas, leerte es unter Marks missbilligendem Blick in einem Zug und nahm mir mit entschuldigendem Lächeln rasch ein zweites, bevor das Serviermädel wieder verschwinden konnte. Die Gruppe um Mark war kontinuierlich gewachsen, jeden drängte es in seine Nähe.

Etwas abseits vom Geschehen sah ich Professor Laubner mit Wolfs Anhängern stehen. Bis auf Laubner trugen sie keine Uniformen, sondern ihre weißen Gewänder und Blumenkränze im Haar. Sie sahen frustriert aus und warfen mir neidvolle Blicke zu.

Ingrid hockte mit verbissenem Gesicht in einem der Sessel am Kamin und beobachtete jede Bewegung ihres unerreichbaren Idols. Wo war eigentlich Erna? Ich hatte sie schon eine ganze Weile nicht mehr gesehen.

Inzwischen hatten sich zwei jüngere Männer in braunen Anzügen zu uns gesellt.

„Oberscharführer, wann findet das nächste Treffen unserer Kampfsportgruppe statt?", fragte ein magerer Glatzkopf, nachdem er zuerst zackig salutiert hatte.

„Das letzte Mal haben wir auf Katzen und Eichhörnchen geschossen und als ich das meinem Vater erzählt habe, hat er gesagt, endlich wird es wieder wie früher, endlich ist einer da, der für Ordnung sorgt! Da wollte ich mal fragen, ob Sie vielleicht Zeit hätten..."

Mark warf ihm einen warnenden Blick zu.

„Arnfried, du vergisst doch hoffentlich nicht, was du unserem Orden gelobt hast!?"

Der Junge bekam auf der Stelle ein feuerrotes Gesicht.

„Nein, nein, Herr Oberscharführer, ich, wir, es, es war nur… ich dachte..." Er hätte sich um Kopf und Kragen gestottert, wenn sich unserem Bistrotisch nicht ein Paar mittleren Alters genähert hätte.

„Mein guter Heinrich, wir fragen uns, ob du jetzt deinen Namen ändern wirst, wegen der Urkunde, also, eigentlich müsstest du ja nun Heinrich Himmler heißen, nicht wahr?"

Stolz auf ihre erstaunliche Kombinationsgabe sahen die beiden ihn hohl grinsend an. Mark lächelte in sich hinein.

„Ja, das werde ich natürlich tun, unser Reichsamtsverweser hat das neue Dokument schon in der Mache."

Die Frau tätschelte mit leuchtenden Augen das Hakenkreuz auf seiner Armbinde.

„Oh, mein lieber Heinrich, das mir das in meinem Leben noch widerfahren ist!"

Sie hauchte den Satz, als wenn sie kurz vor dem Orgasmus

stünde und ihr Bruder, der ebenso verzückt zu sein schien, sagte mit einem Seitenblick auf mich: „Heinrich, willst du uns nicht vorstellen?"

„Natürlich, ach, entschuldigt, Amanda, das sind die Geschwister Claudia und Franz von Roggefeld, Urenkel unseres verdienten Reichsbauernführers."

Die holde Schwester würdigte mich keines Blickes, sie nestelte weiter an Marks Ärmel herum und rief aus: „Begnadet! Du wirst uns doch im Juli wieder die Ehre geben, wenn wir uns wie jedes Jahr am Grab des Reichsbauernführers in Goslar versammeln, zum Geburtstag unseres Großvaters?"

Mark sog tief die Luft ein, selbstgefällig genoss er die Schmeicheleien seiner Anhänger. „Selbstverständlich, Claudia, selbstverständlich!"

Wahrscheinlich hatte ich zu viel Weißwein getrunken oder mich zu lange verstellt oder es war Marks Arroganz, jedenfalls konnte ich keine Minute länger schweigen.

„Was seid ihr für absurde Kreaturen!", brach es aus mir heraus. „Das ist doch alles Scheiße, was ihr da quatscht! Erst hat der mich belogen, der Mann hier, euer großes Vorbild Heinrich oder Wolf oder Mark oder wie immer er heißen mag, der hat einfach behauptet, er wäre der Kommissar für die Mordermittlungen im Werk `Tanne´ und jetzt, jetzt will er sogar der Sohn von Himmler sein. Ihr spinnt doch alle, ihr mit eurem Rassenwahnsinn, das reinste Pack seid ihr! Ich kann nicht mehr, ich muss hier raus!"

Ich drehte mich um und rannte quer durch den Saal zur Tür, glücklicherweise war sie nicht versperrt und glücklicherweise hielt mich niemand auf. Da hatte ich noch geglaubt, ich könnte einfach so aus dem Gebäude spazieren und auf der Straße Hilfe holen. Wie sehr ich mich geirrt hatte!

22

Charlotte

Charlotte war mit dem Bus nach Goslar gefahren, hatte sich am Bahnhof ein Ticket 1. Klasse gekauft und saß nun ganz für sich allein in einem Abteil. Vor der Abreise hatte sie sich von ihrer Ärztin ein Beruhigungsmittel verschreiben lassen, mithilfe des Mittels konnte sie die Zugfahrt genießen, sonst wäre sie nach ein oder zwei Stationen ausgestiegen und wieder umgekehrt.

Na und, dann nahm sie eben was ein, das war besser, als nicht weg zu kommen. Wenn sie nur das Umsteigen nicht vergaß! Sie studierte das Blatt Papier, auf dem alle Umsteigebahnhöfe aufgelistet waren, samt der Gleise und der Abfahrtzeiten der Anschlusszüge.

Als der Service-Wagen mit Tee und Kaffee kam, kaufte sie einen Kaffee und eine Eierschnecke. Der Bahn-Mitarbeiter wollte sie in ein Gespräch verwickeln.

„Wohin geht denn die Reise?"

Charlotte hob verständnislos die Schultern.

„Wohin fahren Sie denn, mit dem Wetter haben Sie aber Glück!"

Sie machte mit den Händen eine Geste des Unverständnisses.

„Ah, Sie sprechen kein Deutsch! Na, eine gute Reise jedenfalls!"

Der Mann zog weiter.

Charlotte sah durchs Fenster die sich ständig verändernden Landschaften vorbeifliegen und lockerte ihre verspannten Muskeln. Sie brauchte sich um Geld keine Sorgen zu machen, das Konto des Verstorbenen gehörte jetzt ihr allein, als seine Witwe stand ihr ein beträchtlicher Teil seiner Pension zu und wurde jeden Monat auf ihr Konto überwiesen. Behaglich lehnte sie sich zurück und schloss die Augen.

Meret

Meret war gerade mitten in einer Yogaübung. Sie hatte `Herabschauender Hund´ schon beendet und wollte gerade mit `Sonnengruß´ anfangen, da klingelte das Telefon.

Meret besaß ein Handy und konnte auf dem kleinen Display sehen, wer anrief, es war Johanna, Amandas Tochter.

„Oh, Meret, gut dass ich wenigstens dich erreiche, Maman, also meine Mutter, ist verschwunden, ich kann sie nicht erreichen, du weißt doch, wir telefonieren fast jeden Tag, aber sie geht nicht ans Telefon und sie hört den Anrufbeantworter nicht ab. Hast du sie gesehen? Ist sie vielleicht mit Grandmère nach Dresden gefahren?"

Merets Ärger über die Störung mitten in der Meditation verschwand, Johanna genoss Sonderrechte, immerhin hatte Meret sie aufwachsen sehen.

„Nein, ich weiß es auch nicht, wir hatten ein bisschen Zoff und danach sind wir nicht mehr gewandert, aber das ist erst drei Tage her, also, nicht sehr lange, aber nein, seitdem hab` ich nichts von ihr gehört. Soll ich bei ihr vorbei gehen und klingeln?"

„Ja, ja, bitte mach das, Meret! Ich spüre doch, dass etwas mit ihr ist, vielleicht ist sie hingefallen oder… Seit sie diesen Freund hat, diesen Kommissar, da hat sie sich so verändert. Dabei kennt sie ihn noch gar nicht lange, ich weiß nicht, was der mit ihr gemacht hat, jedenfalls ist sie seltsam geworden."

„Das finde ich auch, du meinst diesen Mark? Er hat sie um den Finger gewickelt, sie ist ihm regelrecht verfallen, und das innerhalb weniger Tage! Ob er ihr was eingeflößt hat? Ich hab` ihn übrigens noch nie gesehen, sie hat ihn mir nicht mal vorgestellt. Jetzt mache ich mir auch Sorgen, ich gehe sofort zu ihr und rufe dich dann wieder an, Johanna!"

Meret war in die Goslarer Altstadt gefahren, hatte bei Amanda geklingelt und nichts hatte sich geregt.

Sie klingelte bei einer Nachbarin, die im Allgemeinen über Amandas Kommen und Gehen ziemlich gut Bescheid wusste. „Nee, die ist schon seit zwei Tagen weg, vielleicht auch länger. Sie ist mit dem Auto weggefahren, früh, ja, ich glaube, das war Donnerstag. Willst du in ihre Wohnung, du weißt ja, ich habe den Schlüssel, wegen der Blumen oder falls mal was ist."

In der Wohnung herrschte ein ziemliches Durcheinander, es sah so aus, als hätte Amanda in aller Eile ihre Schränke durchwühlt und einige Kleidungsstücke eingepackt und andere zurückgelassen.

Auf ihrem Schreibtisch lag ein handgeschriebener Zettel, darauf stand: `Ich kann nicht mehr, hat alles keinen Sinn´. Meret erschrak.

Unter einem Stapel Handtücher verborgen fand Meret ihren Terminkalender, in dem hatte Amanda bei Mittwoch vermerkt: `Sachen einpacken, Pille absetzen!´

Und bei Donnerstag: `7 Uhr aufstehen, M. abholen!´

Mit M. konnte nur Mark gemeint sein und die Pille absetzen, oh mein Gott, Meret wagte nicht, die aberwitzige Idee weiterzuverfolgen, Amanda würde doch nicht, sie konnte doch nicht ernsthaft wollen, von diesem Mark schwanger zu werden? Nein, ausgeschlossen! Oder doch? Was hatte der Kerl mit ihr gemacht, Amanda war anscheinend nicht mehr zurechnungsfähig! Es gab nur einen Weg, sie aufzuhalten: sie musste Mark finden!

Meret setzte sich ins Auto, um nach Clausthal-Zellerfeld zu fahren, irgendwer auf der Polizeiwache dort würde schon wissen, wo dieser Super-Ermittler zu finden war, allzu viele mit dem albernen Vornamen Mark konnte es ja nicht geben.

Amanda

Zunächst hastete ich die Treppe hinunter, bis ich in die Diele kam, die ganz leer war. Ich drückte auf die Türklinke des großen Portals, das zurück in den Tunnel führte, es war verschlossen. Ich versuchte auf der gegenüberliegenden Seite die schwere Eingangstür zu öffnen, die nach draußen zum Breiten Tor führte, auch die ließ sich nicht bewegen.

Ich lauschte, ob man mich schon suchte, ob sich Stimmen vernehmen ließen, aber hier unten war es geisterhaft still. Ich kletterte auf einen Fenstervorsprung und sah nach draußen, es war dunkel, eine Laterne beschien die Rasenfläche des Gartens, der von einer hohen, alten Mauer umgeben war. Sie verfolgten mich nicht, weil sie genau wussten, dass das Haus verriegelt war und die Überwachungskameras jeden meiner Schritte beobachten konnte.

Mark war jetzt sicherlich damit beschäftigt, die Schlappe auszubügeln, die mein Auftritt ihm zugefügt hatte, auf dem Höhepunkt seines Ruhmes. Nun war er dank der blonden Maid aus dem germanischen Harz mit einem Makel behaftet.

Aber sie brauchten mich ja noch, meine Erbmasse jedenfalls, oder würden sie jetzt an dieser Stelle ihre Planungen aufgeben und die Zeugung verschieben? Was sollte überhaupt mit mir geschehen, wenn die Befruchtung vollzogen war, sie konnten doch nicht allen Ernstes damit rechnen, dass ich in der Öffentlichkeit darüber schweigen würde, folgerichtig müssten sie… Nein, so grausam konnte Mark nicht sein.

Es musste in diesem Gebäude doch ein Telefon geben, ich schlich die Treppen wieder hoch und drückte leise jede Klinke herunter, alle Türen waren ausnahmslos verschlossen, sogar das WC mit der Duschkabine.

Im Erdgeschoss stieg ich auf einen Fenstervorsprung, der zur Straße führte, und rüttelte an dem Rahmen, ich nahm die Holzskulptur einer Bäuerin, die den Tisch in einer Nische zierte, und zerschlug damit eine der Buntglasscheiben.

Im selben Moment ertönte das ohrenbetäubende Geheul einer Alarmanlage, aus einer Tür kamen drei massige Männer auf mich zugerannt und hielten mich fest. Ich schrie laut, aber das schien sie nicht weiter zu stören, sie trugen mich hinab in den Kellerraum, durch den Tunnel und schubsten mich in den kleinen Raum, in dem ich vorher gelegen hatte.

Zwei hielten mich fest, einer stieß mir eine Nadel in den Arm und kurze Zeit später war ich weggetreten.

Meret

Während der Fahrt versuchte Meret, sich alles in Erinnerung zu rufen, was Amanda ihr im Zusammenhang mit diesem Kriminalkommissar erzählt hatte und musste feststellen, es war verdammt wenig.

Eigentlich hatte sie immer nur von der Klinik gesprochen, von eingesperrten, schwangeren Frauen. Sollte auch Amanda eingesperrt und geschwängert werden? Vielleicht steckte Mark mit denen von der Klinik unter einer Decke und die arme Amanda wurde dort gefangen gehalten und immer wieder vergewaltigt! Nein, Unsinn, warum sollte Mark das tun, sie lag doch sowieso ständig bei ihm im Bett da oben irgendwo in Clausthal.

Meret stellte fest, dass sie nicht einmal wusste, wo `bei ihm da oben´ war, sie kannte weder den Nachnamen noch die Adresse dieses Mannes. Was war eigentlich bei dem Mord im Werk `Tanne´ herausgekommen? Typisch, erst brachten sie es täglich und dann – nichts mehr!

Sie schaltete das Autoradio ein, vielleicht kam schon etwas in den Nachrichten? Sie drehte die Musik schnell wieder ab, um sich besser konzentrieren zu können, denn sie musste zweimal nach dem Weg fragen, dann parkte sie den Wagen vor dem Polizeirevier.

Ihre Angst um Amanda hatte während der Fahrt zugenommen, weil Johanna sich nicht mehr gemeldet hatte und das bedeutete, es gab keine Neuigkeiten.

Drei Paar erstaunte Männeraugen richteten sich auf die attraktive Frau, die sportlich-feminin gestylt die Wache betrat und sehr nervös wirkte. Ein beleibter Beamter stand behäbig auf und fragte. „Was kann ich für Sie tun?"

Vor Merets Augen hatte sich inzwischen ein düsteres Szenario entfaltet, in dem Amanda eine tragische Rolle spielte.

„Meine Freundin ist verschwunden und ich möchte den Kommissar, den Ermittler, sprechen, der in diesem Mordfall ermittelt hat!"

Der Behäbige, der auf die Schilderung eines netten Kleinvergehens gehofft hatte, runzelte enttäuscht die Stirn.

„Was denn jetzt? Ihre Freundin ist verschwunden oder Sie wollen einen Ermittler sprechen?"

„Beides!"

Meret hatte sich wieder gefasst, sie durfte ihren Auftritt nicht mit unbedachten Äußerungen vermasseln, alles hing jetzt davon ab, wie sie vorankam. Höflich nannte sie zuerst ihren Namen und wies darauf hin, dass sie mit dem Professor selben Namens verheiratet sei und sich deshalb in Clausthal gut auskennen würde. Und gute Beziehungen hatte, das sagte sie aber nicht.

„Also, meine Freundin Amanda, sie wohnt in Goslar, ist seit ungefähr zwei Tagen verschwunden. Wir wissen es nicht genau, ihre Tochter hat mich angerufen, sie hat es zuerst bemerkt und zuhause ist sie auch nicht. Ob sie zur Arbeit gegangen ist, kann ich nicht sagen, sie ist selbständig, aber in ihrem Kalender war kein Termin eingetragen, das heißt, doch, ein Termin schon, und zwar mit diesem Kommissar, der mit Vornamen Mark heiß und den muss ich unbedingt sprechen!"

Mit einem verführerischen Lächeln versuchte Meret, alle drei Beamten zugleich einzuwickeln und bei den zwei jüngeren gelang das auch, aber der Behäbige, der eine leitende Funktion zu haben schien, widersetzte sich ihrem Charme und beschäftigt sich eingehend mit einem Bleistift. Sein Gesicht hatte sich deutlich verfinstert. Er sagte zu dem Bleistift: „Hören Sie, wenn Ihre Freundin in Goslar wohnt, dann sind wir hier oben gar nicht zuständig!"

Doch Meret gab nicht auf. „Aber der Kollege könnte doch wenigstens..." Einer der jüngeren Beamten hielt es nicht mehr aus und sagte entgegenkommend: „Ich kann ja mal nachsehen, ob er überhaupt noch da ist." Der Behäbige warf ihm einen aggressiven Blick zu und ein paar Sekunden lang herrschte betretenes Schweigen, Meret kam sich plötzlich sehr töricht vor.

Der Behäbige wies mit einer auffordernden Geste zum Ausgang, „Junge Dame, wir haben zu tun, also, wenn weiter nichts ist..." Er drehte sich um und schlenderte zu seinem Schreibtisch zurück.

Meret wollte schon aufgeben, da öffnete sich die Tür und ein attraktiver, schon etwas älterer Mann in Zivil trat ein, sah Meret neugierig an und fragte spöttisch: „Na, habt ihr eine neue Zeugin aufgetan?" Mit den verbeulten Jeans und einem leuchtend gelben T-Shirt, unter dem sich kräftige Muskeln abzeichneten, sah er nicht gerade aus wie der übliche Polizist.

Das souveräne Auftreten des Mannes zerbrach den Bann und um ihn vom Verlassen der Amtsstube abzuhalten, fragte Meret schnell, ob er einen Polizeibeamten kenne, der Mark hieß, seinen Nachnamen wüsste sie leider nicht.

Der Mann blieb verwundert stehen. „Ich heiße Mark, aber ich..."

„Oh, Gott sei Dank, Sie sind das also!"

Meret wäre ihm am liebsten um den Hals gefallen und beinahe hätte sie ihn vertraulich geduzt, immerhin ging er mit ihrer besten Freundin ins Bett. Gerade noch rechtzeitig fiel ihr ein, dass er möglicherweise verheiratet war.

Sie trat näher an ihn heran und flüsterte verschwörerisch: „Amanda ist seit zwei Tagen verschwunden!" Dabei beobachtete sie genau, wie er reagierte, schuldbewusst, ängstlich oder nur verlegen?

Enttäuscht stellte sie fest, dass sich nichts davon in seinem Gesicht widerspiegelte, er wirkte einfach nur erschöpft.

„Ich kenne keine Amanda, tut mir leid."

Er grinste die Kollegen an, die den Verlauf der Unterhaltung diskret lauschend verfolgt hatten und sagte im Hinausgehen: „Tschüss allerseits, ich hab` jetzt Feierabend!"

Meret rief den drei Polizisten einen kurzen Abschiedsgruß zu und rannte hinter ihm her. „Warten Sie, bitte!"

Er blieb stehen.

„Können wir uns hier irgendwo unterhalten, ich muss Ihnen noch etwas sagen, ich glaube schon, dass es Sie interessieren würde, es ist wichtig!"

Er sah die Autoschlüssel in ihrer Hand, musterte kurz ihren gut gebauten Körper und sagte: „Kennen Sie sich hier aus, kennen Sie das Anno Tobak?" Meret nickte. „Dann treffen wir uns dort in fünfzehn Minuten."

Amanda

Mir war kalt und es war ganz dunkel. Ich konnte aber das Leuchtzifferblatt meiner Uhr erkennen, ich musste zwei Stunden bewusstlos gewesen sein. Ich versuchte, tastend meine Umgebung zu erkunden und schob mich vorsichtig an der Wand entlang, stieß gegen ein Möbelstück und endlich fühlten meine Hände einen Lichtschalter. Es wurde hell und ich sah, dass ich das Zimmer kannte, es war dasselbe von vorhin.

Sofort griff ich nach den Haarnadeln, sie steckten noch in meiner Zopffrisur, ich löschte das Licht wegen der Überwachungskameras und es gelang mir auch im Dunkeln, die Tür zu öffnen. Ich lauschte, es war still, der Flur war kaum beleuchtet. Ich ging durch den Flur und schaute durch den Spion ins erste Zimmer, das Bett war leer, nur die Signalleuchten eines Monitors gaben etwas Licht, ich ging nach nebenan, auch das Zimmer war leer.

Die gesamte Mini-Klinik für Reproduktionsmedizin war unbesetzt, was hatten die mit den Frauen gemacht? Und was hatten sie mit mir vor?

Als Fluchtweg kam der Werderhof nicht in Frage, dort war alles hermetisch verriegelt und überwacht, die Personenschützer würden mir beim nächsten Mal eine stärkere Dosis des Betäubungsmittels verpassen. Ich versuchte mich zu erinnern, wo der Gang verlief, dem wir von Romkerhall aus gefolgt waren. Doch die Aussicht auf eine mehrstündige Wanderung durch einen dunklen, nassen, rutschigen Stollen, ganz allein tief unter der Erde, erfüllte mich mit großer Angst.

Bisher war alles still geblieben, anscheinend rechnete niemand damit, dass ich das Zimmer verlassen könnte. Ich hatte die geräumige Halle erreicht und sah die zwei roten Autos stehen. Ob ich eins benutzen konnte? Lieber nicht, das Fehlen eines Wagens würde bestimmt auffallen und mich verraten, außerdem waren die Fahrzeuge vielleicht mit einem Alarmsystem ausgestattet. Aber warum sollten sie das sein, man erwartete hier unten doch keine Feinde.

Ich schaute mir die Fahrzeuge genauer an, sie hatten keine Türen, die Schlüssel steckten, alles ähnelte einem normalen Auto. Die winzigen Zweisitzer waren hinten mit einer geräumigen Gepäckablage versehen und wurden vermutlich im unterirdischen Nahverkehr eingesetzt, es fragte sich nur, ob die Batterien geladen waren.

Zu Fuß hatte ich kaum eine Chance, ich wusste ja nicht mal, wie lang der Tunnel war, der befahrbar zu sein schien, und wohin er führte.

Also setzte ich mich ins Auto, drehte den Schlüssel und zuckte zusammen, ein hohes, sirrendes Geräusch begleitete den Startvorgang, ging aber nach kurzer Zeit in ein fast unhörbares Summen über. Ich suchte den Schalthebel, aber den gab es nicht, das Auto hatte anscheinend ein Automatikgetriebe. Ich drehte an einem Knopf und wählte das D, hoffentlich stand es für Drive!

Tatsächlich, das Gefährt setzte sich in Bewegung, als ich den Fuß aufs Gaspedal drückte. Da fiel mir etwas ein, ich bremste und lief schnell zu dem zweiten Auto zurück, zog die Schlüssel heraus und steckte sie ein, falls mich jemand verfolgen wollte, sollte er zu Fuß gehen!

Ich bemühte mich, die Fahrspur zu halten und nicht mit den Rädern in der Wasserrinne in der Mitte zu landen und ich hoffte sehr, dass mich keine Überwachungskamera gefilmt hatte. Der kleine Flitzer war sehr angenehm zu fahren, ein

Display zeigte verschiedene Zahlen an, eine davon sagte: 90 Prozent, ich nahm an, es gab über die Prozentzahl Aufschluss, die anzeigt, wie viel Energie das Auto noch hat. Neunzig Prozent waren prima, aber wohin führte der Tunnel?

Meret

Das Anno Tobak war um diese Zeit fast leer. Mark bestellte sich einen Kaffee und Meret eine Cola, sie überlegte fieberhaft, wie sie vorgehen sollte. Wenn er hinter Amandas Verschwinden steckte, würde er natürlich kein Wort verraten, im Gegenteil, sie musste befürchten, sich als unliebsame Zeugin einer möglichen Gewalttat in Gefahr zu bringen.

Vorsorglich hatte sie Hannes angerufen und ihm mitgeteilt, wo sie sich befand, allerdings konnte sie ihn nur schwer davon abhalten, sofort zu ihr in das Lokal zu eilen.

Mark rührte schon seit einer Weile in seinem Kaffee herum und Meret wusste nicht, wie sie anfangen sollte. Schließlich durchbrach er das Schweigen.

„Was wollten Sie mir also mitteilen?"

Wenn sie nur wüsste, ob man ihm vertrauen konnte!

„Ja, also, Amanda ist verschwunden. Haben Sie das denn noch nicht bemerkt?"

„Wieso sollte ich das bemerkt haben?"

Er sie sah sie verwirrt an und Meret stellte fest, dass er kein bisschen schuldbewusst wirkte.

„Sie ist doch mit Ihnen… Sie sind doch mit ihr… Sie sind doch liiert!"

Er riss die Augen auf. „Was? Ich kenne diese Amanda überhaupt nicht!"

„Aber sie schläft doch immer bei Ihnen hier oben in Clausthal!"

Er lachte amüsiert auf. „Ich bewohne ein winziges Zimmer in der Pension an der Tillyschanze, Wand an Wand mit einem Kollegen aus Braunschweig, wenn ich da eine Frau mitbringen würde, meine Güte, nein, wie kommen Sie denn auf so eine blöde Idee?" Meret schluckte. „Dann wohnen Sie nicht mit Ihrer Mutter zusammen am Waldrand von Zellerfeld?"

„Nein, ich wohne in Braunschweig und bin nur vorüberge-hend hier, der Fall ist so halbwegs abgeschlossen, ich werde bald abreisen." Sie musterte noch einmal seine Mimik und fand keine Verstellung, keine Hinterlist.

„Dann verstehe ich das alles nicht, jemand hat sich bei Amanda, meiner Freundin, als Mark vorgestellt, als leitender Ermittler in dem Mordfall hier oben."

Mark leerte seine Tasse. „Können Sie ihn beschreiben?"

„Nein, eben nicht, wir wurden einander nie vorgestellt. Aber ich glaube zu wissen, wo er, also der falsche Mark, sie, also Amanda, versteckt haben könnte."

Ausführlich berichtete Meret von der Klinik und Aman-das Verdacht.

„Bitte, lassen Sie uns dorthin fahren und dann müssen Sie das Gebäude durchsuchen!"

„He, ich kann nicht so mir nichts dir nichts ein Gebäude durchsuchen lassen, weil Ihre Freundin verschwunden ist und das übrigens erst seit sehr kurzer Zeit! Da gibt's erst mal eine Vermisstenanzeige - haben Sie die schon aufgegeben?"

„Nein, noch nicht, aber ich weiß einfach, dass etwas passiert ist, da darf man nicht warten! Lassen Sie uns doch wenig-stens hinfahren, bitte, sehen Sie sich da oben doch mal um!"

Plötzlich kam ihr der Verdacht, dass man ihm doch nicht vertrauen konnte und sie wäre dann mit ihm ganz allein da draußen am Wald.

Der Kommissar sah sie nachdenklich an.

„Also, Frau... wie heißen Sie überhaupt?"

„Ach, nennen Sie mich einfach Meret."

„Also, Meret, ich will mal offen mit Ihnen reden, mit Ihrer Mutmaßung liegen Sie nicht so verkehrt, tatsächlich stand ein Besuch in der Klinik schon auf meinem Programm, im Zuge der Ermittlungen sind gravierende Ungereimtheiten aufgefallen." „Ja, und?" „Nichts, nada, die Klinik ist so leer wie das Portemonnaie eines Bettlers. Die ganze Masche mit der sozialen Betreuung von Straftätern war die Kulisse für ein solides Abschreibungsobjekt mit dem Ziel, Gelder zu waschen, steht sowieso alles morgen in der Zeitung. Wenn der Mord, beziehungsweise der Suizid, nicht gewesen wäre, hätten die Hintermänner binnen kürzester Zeit diese Gegend verlassen. So haben wir mehr oder weniger einen Zufallstreffer gelandet."

„Suizid? Mit Säure übergossen?" Er fuhr sich mit der Hand über den Mund. „Ich habe schon zu viel gesagt, bitte, Schluss jetzt!" „Aber, aber… Amanda hat doch… sie hat mir erzählt, dass dort Frauen eingesperrt sind, haben sie wirklich überall nachgesehen?"

Jetzt lachte der Kommissar laut.

„Sie sind ja putzig, wenn wir eine Durchsuchung machen, dann wird überall nachgesehen, aber es gibt da überhaupt keine Inneneinrichtung, kein Personal, keine Betten, keine Bewohner, keine geheimen Keller. Das angebliche Personal ist da reingegangen und hat Skat gespielt oder sich Filme angeschaut. Wie die Aufsichtsbehörden so lange geschlafen haben, das wird gerade untersucht, die ganze Sache wurde nach Hannover weitergeleitet. Glauben Sie mir, das hat mit dem Verschwinden Ihrer Freundin nichts zu tun. Da stecken internationale Firmennetze dahinter."

Meret sah niedergeschlagen in ihr Glas. „Und was passiert jetzt mit der Klinik?" „Tut mir leid, darüber kann ich nicht reden." „Und was soll ich tun, wegen Amanda?"

Er schwieg und schien dabei angestrengt nachzudenken. Nach einer Weile sagte er: „Ich habe eine Idee. Aber darüber darf ich eigentlich nicht sprechen. Die Ermittlungen werden seit gestern vom Staatsschutz geleitet, aber wenn Sie Recht haben und ihre Freundin wirklich gegen ihren Willen festgehalten wird, dann könnte es einen Zusammenhang in einer ganz anderen Richtung geben. Lassen Sie mich zwei Telefonate führen, dann weiß ich mehr. Bin gleich wieder da!"

Er erhob sich, zog sein Mobiltelefon hervor und ging nach draußen. Meret musste unwillkürlich den durchtrainierten Körper des Mannes bewundern. Wenn sie dagegen an Hannes dachte, ihren Mann, der schon immer ein Stubenhocker gewesen war und sich im Laufe der Jahre einen ziemlich umfangreichen Bauch zugelegt hatte. Sie nahm sich vor, Hannes dazu zu bringen, regelmäßig mit ihr joggen zu gehen.

23

Amanda

Ich war schon eine ganze Weile mit dem roten Auto gefahren, zuerst langsam, dann etwas schneller und hatte festgestellt, dass man das Auto bis auf hundert Kilometer die Stunde beschleunigen konnte, blieb aber bei konstanten vierzig, um die Batterien zu schonen. Nach zehn Minuten machte der Tunnel eine scharfe Kurve und ich sah, wie sich an den Wänden natürliches Licht zu verbreiten schien. Noch eine Kurve und ich sah in ungefähr dreihundert Metern Entfernung eine Öffnung, ein großes Tor, das aber mit einem Gitter verschlossen war. Ich ließ den Wagen an der Seite stehen, wo es ein paar Ausbuchtungen gab, um Autos zu parken.

Ich spähte durch das Gitter und sah in einen kleinen Hof, der wie ein Gefängnishof von hohen Mauern mit Stacheldrahtaufsatz umschlossen war. Hinter der einen Mauerwand konnte ich die Fassade eines Hotels erkennen, es musste das ´Hotel Schlossgarten´ sein, dass erst vor wenigen Jahren erbaut worden war. Sofort kam mir der Verdacht, dass man von hier aus völlig unbemerkt unzählige Hotelgäste durch den unterirdischen Tunnel bis zum Werderhof oder sonst wo schleusen konnte.

Aber wie ich durch das Tor kommen sollte, war mir schleierhaft, es war nämlich verschlossen.

Meret

Mark war zurückgekommen und grinste zufrieden, schon während er sich setzte, fing er an zu sprechen.

„Also, Meret, Sie sind uns eigentlich eine große Hilfe! Ihre Freundin wird vermisst, die Anzeige nehmen wir später auf, und bei all den Fakten, die wir inzwischen gesammelt haben, beziehungsweise jetzt der Staatsschutz, halten wir es für möglich, also, wir teilen Ihre Ansicht, dass Gefahr im Verzug ist. Kommen Sie, trinken Sie aus, wir fahren jetzt zusammen nach Goslar."

Die überraschte Meret sprang auf und folgte dem sehnigen Ermittler nach draußen. Hintereinander fuhren sie mit ihren Autos durch die Berge hinab nach Goslar und trafen sich am Osterfeld wieder. Das Osterfeld befindet sich gleich neben dem legendären Klusfelsen und dient einmal im Jahr als Schützenplatz, es wird dann von Schaustellern bevölkert, die mit ihren Buden und Wohnwagen die Kirmes ausrichten.

Merets Bedenken hatten sich verflüchtigt, es schien sich bei diesem Mark eindeutig um einen seriösen Polizeibeamten zu handeln, sie schnappte sich aber vorsichtshalber ihren Regenschirm für eine eventuelle Selbstverteidigung.

„Von hier aus gehen wir zu Fuß, die Einsatzwagen müssten schon vor Ort sein." „Was heißt das, wo gehen wir denn hin?" Er antwortete nicht, er schien es sehr eilig zu haben, sie folgte ihm und überquerte hinter ihm, die Straße. Sie liefen unter alten Kastanienbäumen entlang in Richtung Breites Tor, bis sie die hohen Mauern des Werderhofes sehen konnten.

Er legte ihr eine Hand auf die Schulter.

„So, Sie bleiben hier stehen!"

Sein Handy klingelte.

Nachdem er schweigend zugehört hatte, sagte er zu Meret: „Ich brauch Sie heute nicht mehr, aber Sie müssen morgen früh ihre Aussagen machen, außerdem müssen wir die Vermisstenanzeige noch nachträglich aufnehmen, sonst kriege ich Ärger! Kann ich mich darauf verlassen, dass Sie morgen um 9 Uhr in der Goslarer Polizeiwache auf der Matte stehen?"

Meret versprach erleichtert, dass sie ganz bestimmt da sein würde und da sah sie, dass der gesamte Verkehr um das Breite Tor herum abgesperrt worden war, es wimmelte von Polizeifahrzeugen, darunter sogar einige große Transportbusse mit vergitterten Fenstern. Auch der Werderhof war von Beamten umstellt, einige trugen Schutzanzüge und sahen aus wie Raumfahrer.

„Was ist denn hier los?" Unwillkürlich hatte sie geflüstert.

„Das Anwesen wird durchsucht, das Verschwinden Ihrer Amanda war genau der Tropfen, der gefehlt hat, um das Fass zum Überlaufen zu bringen. Eine vermisste Person rechtfertigt eine solche Aktion, wenn Gefahr im Verzug ist. Ich konnte die Kollegen vom Staatsschutz davon überzeugen, dass wir hier zwei Fliegen mit einer Klappe treffen."

Meret zuckte zusammen, hatte er gerade Amanda als Fliege bezeichnet? Und was hatte er mit `Gefahr im Verzug´ gemeint? Welchen Schrecknissen war die Freundin ausgesetzt und wo war sie nur?

„Sagen Sie mir bitte Bescheid, wenn man sie gefunden hat! Hier, meine Handynummer!" Sie kramte eine Visitenkarte hervor und Mark, der Kommissar aus Braunschweig, steckte sie ein. Er verabschiedete sich von Meret mit einem kräftigen Händedruck, zeigte einem der Beamten seine Dienstmarke, schlüpfte unter dem Absperrband hindurch und schloss sich den Einsatzkräften an.

Meret rührte sich nicht vom Fleck, sie würde hier stehen bleiben, bis Amanda endlich gefunden war.

Plötzlich heulten Sirenen auf und mehrere Krankenwagen bahnten sich einen Weg durch die Menschenmenge, sie mussten sogar über den Bürgersteig fahren, um das große Eingangstor des Werderhofes erreichen zu können. Obwohl die Polizeibeamten den abgesperrten Bereich inzwischen vergrößert hatten, drängten sich immer mehr Schaulustige um die ehemalige Wehranlage.

Meret stieg auf eine Bank und kletterte hoch auf die Mauer, von dort konnte sie den östlichen Teil des Gartens überblicken, der das ganze Anwesen umgab. Und genau zu dieser Stelle fuhren die Krankenwagen, zu einem etwas versteckt liegenden Seiteneingang, bei dem nicht so viele Zuschauer erwartet wurden. Meret hoffte inständig, dass Amanda jetzt auftauchen würde und dass es ihr gut ging.

Nachdem die Rettungswagen mit eingeschaltetem Blaulicht schon eine Weile gestanden hatten, öffnete sich die Tür des Seiteneingangs und zwei Frauen auf Krankentragen wurden herausgebracht. Meret erschrak, sie dachte zuerst, die Frauen seien tot, aber man hatte ihnen schon eine Infusion angelegt und sie bewegten die Köpfe. Meret konnte deutlich erkennen, dass ihre Bäuche sehr dick waren. Das erinnerte sie daran, dass Amanda von schwangeren Frauen erzählt hatte, anscheinend gab es die wirklich, aber nicht in der Klinik in Clausthal, sondern hier in Goslar.

Nacheinander kamen weitere Frauen aus dem Gebäude, alle hatten gebräunte Haut und mandelförmige Augen, sie sahen aus, als ob sie aus irgendeinem fernen Land stammen würden. Sie schienen in keinem guten Zustand zu sein, denn sie mussten von den Sanitätern gestützt werden. Nachdem sie eingestiegen oder mit der Trage in die Wagen hineingeschoben worden waren, fuhren die nicht sofort los, vermutlich mussten die Frauen erst notärztlich versorgt werden.

Meret genoss zwar ganz aufgeregt, dass sie die spektakulären Aktionen aus nächster Nähe beobachten konnte, aber sie machte sich auch Sorgen um Amanda. Wenn ein solches Großaufgebot zum Einsatz kam, dann musste es sich um sehr gefährliche Verbrecher handeln und das bedeutete, dass Amanda noch immer in großer Gefahr schwebte.

Sie würde wohl auch nicht mehr aus dem Seiteneingang herauskommen, denn man hatte die Tür wieder verschlossen und nach einer Weile verließen alle Krankenwagen mit Sirenengeheul das Gelände.

Amanda

Der Tunnel musste sich über eine sehr lange Strecke unter der Stadt hindurchgezogen haben. Wer hatte ihn gebaut und all die anderen unterirdischen Anlagen, so etwas fiel doch auf, wie viele steckten drin in dem Geflecht aus Sektierern und Sponsoren? Unverdächtige Saubermänner, denen man nicht anmerkte, wie durchtrieben sie waren und denen man vertraute!

Ich stand an der Gittertür und meine Verzweiflung nahm zu, die flotte Fahrt mit dem Elektroauto hatte mich beflügelt, doch jetzt war ich bloß gegen die Wand gefahren. Ich kam hier nicht raus, ich musste also zurückfahren oder warten, bis jemand kam und das Tor aufsperrte. Ich entschied mich für letzteres und machte es mir in dem Wagen bequem.

Nachdem ich fast eingeschlafen war, ich war immer noch sehr müde von den vorangegangenen Ereignissen, weckte mich ein Getöse, dass aus dem Tunnel drang und immer lauter wurde. Das Geräusch klang wie Hufgetrappel, aber als ich jetzt auch Stimmen hörte, wusste ich, dass viele Leute durch den Tunnel zum Ausgang kamen.

Schnell verließ ich das Auto und versteckte mich hinter einem Sicherungskasten, der zwischen sich und der Wand gerade so viel Platz ließ, dass ich hineinpasste.

Die ersten, die das Gittertor erreichten, waren Mark und seine Vasallen. Aufgeregt, mit erhitzten Gesichtern und fliegenden Gewändern, schlossen sie das Tor auf und rannten hindurch.

Bevor ich mir überlegen konnte, was ich tun sollte, kam schon die nächste Gruppe angerannt, mit ängstlichen Blicken überprüften sie, ob der Hof leer war, verharrten einen Moment am Ausgang, tuschelten miteinander und verließen ebenfalls den Tunnel. Ihnen folgten weitere Personen, alle steckten noch in den lächerlichen und zugleich furchteinflößenden SS-Uniformen. Es wurden immer mehr, sie drängelten sich durch die zu schmale Öffnung, eine Frau quiekte, ein Mann brüllte: „Nun macht doch, dass ihr weiterkommt, ihr verstopft den Ausgang!"

Der Druck von hinten wurde größer, einige fielen zu Boden, andere stiegen oder krochen über sie hinweg. Irgendwann hatte sich das Chaos entwirrt und alle waren verschwunden.

Als ich das aus meinem Versteck erkennen konnte, wagte

ich mich hervor. Im Gang lagen Uniformmützen, Schals, ein Damenschuh, eine Handtasche, Jacken, Mäntel, ein Schirm und ein blutiger Stofffetzen.

Ich öffnete die Handtasche und fand in ihr ein Mobiltelefon, gerade wollte ich den Notruf wählen, da sah ich Professor Laubner durch den Tunnel auf mich zukommen. Schnell rannte ich nach draußen und verbarg mich hinter dem Tor.

Ich hörte den Professor keuchend rufen: „So warten Sie doch, Amanda, helfen Sie mir, ich bin ganz außer Atem, bin die Strecke noch nie zu Fuß gegangen! Haben Sie das eine Elektrofahrzeug benutzt und die Schlüssel vom anderen gestohlen? Hotzenblitze heißen die Dinger, die sind gut, was?"

Ich lugte um die Ecke, er näherte sich langsam dem Tor, ging hindurch und wir standen zusammen in dem ummauerten Hof.

„Sie kommen hier ohne mich nicht raus, Amanda. Der Hof hat nur eine Tür und für die braucht man einen Code." Er stand vorgebeugt da und japste nach Luft. „Meine Güte, was für eine Aufregung! Die sind doch glatt alle abgehauen! Na, macht nichts."

Ich sah mich unschlüssig um, tatsächlich gab es nur eine Metalltür in der Mauer, die fest geschlossen war, wie hatte es die aufgekratzte Meute geschafft, ohne Opfer durch das schmale Türchen zu kommen? Er beantwortete meinen skeptischen Blick.

„Sie sind jetzt nebenan im Hotel, das ist gut, das ist sogar sehr gut, ist doch viel einfacher, sie im Hotel einzusammeln als im Werderhof, der hat all diese Geheimgänge, in denen man sich verstecken kann."

„Ich verstehe nicht, was Sie meinen."

Ängstlich drückte ich mich an die Wand, als er näher kam. „Ach, Sie brauchen doch keine Angst zu haben, Amanda, der Spuk ist vorbei! Man wird die alle festnehmen, Sie glauben nicht, wie lange ich darauf schon gewartet habe!"

Er wischte sich mit dem Taschentuch den Schweiß vom Gesicht. Als ich weiterhin vor ihm zurückwich, sagte er:

„Seien Sie doch nicht albern, ich würde mich jetzt nicht mit Ihnen unterhalten wollen, wenn es mir um Flucht ginge. Wissen Sie überhaupt, was da oben los gewesen ist?"

Wir standen uns jetzt gegenüber, er musterte mich mit einem leichten Lächeln.

„Da oben wird gerade denen ihre Welt auf den Kopf gestellt. Hören Sie das?"

Ich lauschte angestrengt und hörte im selben Moment ein lautes, wummerndes Geräusch und dann einen explosionsartigen Knall.

„Sie haben die Tür zum Hotel aufgebrochen."

„Wer? Die Polizei?", fragte ich. „Polizei, Einsatzkräfte, ach, das brauchen Sie alles gar nicht so genau zu wissen, kommen Sie, wir gehen jetzt da durch und dann werde ich dafür sorgen, dass man Sie unbeschadet nach Hause bringt, Sie können etwas Ruhe dringend gebrauchen, oder?"

Er tippte eine Zahlenkombination in die Schaltfläche, die Stahltür öffnete sich und wir standen im Eingangsbereich einer modernen Hotelhalle, die allerdings gerade eher einer chaotischen Markthalle glich. Polizisten rannten hin und her, einige in Uniformen mit Helmen und Gesichtsvisieren, dazwischen versuchten die kostümierten Altnazis, über Treppen oder Fahrstühle zu entkommen, einige hatten sich sogar unter den Tischen der Empfangshalle zu verstecken versucht.

Als die Beamten uns sahen, richteten sie ihre Waffen auf uns. Laubner winkte einen Beamten zu sich und zeigte ihm etwas, woraufhin der Mann den anderen zu verstehen gab, dass wir nicht bedroht werden sollten.

Ich weiß nicht mehr so genau, was dann alles geschah, denn als die Spannung von mir abfiel, war ich nur noch schrecklich müde und nachdem man mich ausgefragt hatte, durfte ich gehen und bin dann irgendwie in meine Wohnung gelangt.

Meret
Sie schlängelte sich durch die Menge und rief Amanda an.

Als niemand abnahm, setzte sie sich ins Auto und fuhr in die Innenstadt. Obwohl sie noch den Schlüssel hatte, klingelte sie an der Wohnungstür der Freundin, dreimal vergeblich, erst beim vierten Klingeln öffnete eine verschlafene Amanda die Tür.

„Ach, Meret, du bist es, ich war so müde, ich bin sofort eingepennt, du glaubst ja nicht, was ich erlebt habe!"

Sie umarmten sich kurz und Meret, die auch sehr müde war, ließ sich in einen Sessel fallen. In der folgenden Stunde erzählten sie sich, hin und hergerissen zwischen Entsetzen und Bewunderung, ihre Erlebnisse.

24

Königreich Romkerhall

Der große Saal des Hotels war festlich erleuchtet, doch keine festliche, sondern eine sehr trübsinnige Stimmung hatte sich im ganzen Haus ausgebreitet. Die zwölf Vasallen des großen Königs hockten verloren an der langen Tafel, mit eingefrorenen Gesichtern starrten sie in die flackernden Kerzen, die in kostbaren, silbernen Lüstern steckten.

„Das war's dann wohl, oder?" Artur legte nach: „Es ist vorbei, oder?"

Erna, Freifrau von Steinwedel, hob den Blick.

„Es ist nie vorbei, nie, wir werden weitermachen! Was bist du für ein Weichling, ein Deutscher gibt niemals auf, merk dir das!"

Hartmut reckte sogleich den Arm nach oben: „Sieg Heil, Erna, recht hast du, wir ziehen das durch, wir sind eine Familie und wenn Wolf aus dem Gefängnis kommt, werden wir für ihn da sein."

Erna zupfte an der Brosche, die den Stehkragen ihrer züchtig hochgeschlossenen Bluse zierte.

„Wenn er überhaupt rein muss, ich glaube, seine Anwältin wird das verhindern."

Die schwarzhaarige Ingrid hatte Ringe unter den verweinten Augen. Voller Bitterkeit bemerkte sie: „Seine Anwältin, wo kommt die überhaupt her? Die sieht verdammt gut aus und die ist blond!"

Die Gruppe ignorierte Ingrids Schmerz. Erna griff nach einem langstieligen Weinglas und hielt dabei den kleinen Finger abgespreizt, sie nahm ein kleines Schlückchen und näselte: „Es ist eben die natürliche Auslese, die sich die Besten auswählt, da kann man nichts machen, Ingrid, reiß dich zusammen!"

Arturs Stimmungslage blieb verzagt. „Und wer bezahlt jetzt unser Essen und das hier alles, die Sponsoren wollen sich vorerst bedeckt halten, jedenfalls die meisten. Und leider die mit dem meisten Geld."

Hartmut sah ihn verächtlich an. „Du glaubst doch an unsere Sache, oder nicht? Bleib mal locker, Kamerad! Sieg Heil! Wir machen weiter und wir holen uns die Kinder zurück, sie gehören in unsere Mitte, wir müssen sie großziehen, damit sie wissen, dass sie eines Tages für Deutschland kämpfen werden. Sieg Heil!" Wie aus einem Mund schrien alle: „Sieg Heil, Deutschland!"

Amanda

Ich saß bequem in einem der komfortablen Sessel im Club der Himmelsleute. Nach all der Aufregung war es mir ziemlich gleichgültig, wie lange ich warten musste, es war einfach herrlich, wieder unter normalen Menschen und in Sicherheit zu sein. Schließlich wurde ich hereingebeten und mein Mentor betrachtete mich wohlgefällig. Er bot mir ein Getränk an und wir schlürften gegenüber sitzend einen dieser unvergleichlichen Cocktails aus Früchten, Kräutern und Gewürzen, himmlisch eben.

„Du warst großartig, Amanda, ich bin sehr stolz auf dich. Ich weiß, dass es Fragen gibt, die noch nicht beantwortet werden konnten. Also bitte, bevor alles gelöscht wird, frag!"

Ich sog geräuschvoll mit dem Strohhalm den leckeren Bodenrest aus meinem Glas und bekam sofort ein zweites angeboten. Entspannt lehnte ich mich zurück.

„Was ist mit den beiden Frauen und den Kindern? Ich meine die Tragemütter? Sind die Kinder schon geboren?" Bekümmert dachte ich an die wehrlosen, schwangeren Frauen im Bett der kleinen Klinik und an den fiesen Arzt.

Das engelsgleiche Gesicht meines Mentors wurde ernst.

„Diese Frauen aufzuspüren, das war deine Aufgabe gewesen, Amanda, und du hast sie erfüllt und wir konnten sie in letzter Minute vor einem grausamen Schicksal bewahren.

Nach der Geburt der Kinder sollten sie mit Phenol getötet werden. Phenol ist ein Gift, das in der satanischen Zeit vielfach in Gebrauch war, unzählige Male wurde es Menschen direkt ins Herz gespritzt, man bedient sich einer ähnlichen Methode noch immer in der Veterinärmedizin.

Die Tötungen hinterlassen kaum Spuren, nur kleine, rote Einstichpunkte unter der linken Brust weisen auf einen gewaltsamen Tod durch Phenol hin.

Und, nein, die Kinder wurden noch nicht geboren und sie werden nach der Geburt bei ihren Müttern bleiben. Und, ja, wir werden auf sie achtgeben, keine Angst, niemand wird ihnen mehr wehtun, ihr Martyrium ist beendet!"

Ich unterbrach ihn erregt. „Wollten sie das etwa auch mit mir machen, wenn sie mit mir fertig waren, mich mit Phenol tot spritzen?"

Etwas in mir hoffte, dass er nein sagen würde, es war so schwer zu verkraften, dass Mark oder Heinrich oder Wolf sich wirklich rein gar nichts aus mir gemacht hatte.

Er blickte betreten zu Boden.

„Es tut mir leid, Amanda, aber sie hatten vor, auch dich zu beseitigen, weil du als Zeugin zu gefährlich warst. Sie wollten auf natürlichem Weg Befruchtungen herbeiführen, eine intrakorporale Fertilisation also, und die Embryonen mittels eines Blastozystentransfers aus der Gebärmutter entfernen und einer der Frauen oder mehreren implantieren. Während der Schwangerschaft sollte das Baby dann mithilfe von Injektionen zu einem ungewöhnlich großen und schweren Kind herangezüchtet werden, zu einem germanischen Superkrieger. Vorher sollte das Geschlecht des Kindes festgestellt werden, falls es weiblich gewesen wäre, hätte man den Embryo abgetötet, männliche Föten sollten..."

Ich verstand nicht viel, von dem was er sagte und das musste sich in meinem Gesichtsausdruck gezeigt haben.

„Die Details sind nicht so wichtig, Amanda. Die neuen

Tragemütter, junge Frauen aus Afghanistan, nach deren Ideologie `arische Indogermaninnen´, hatten sie schon einer Hormontherapie unterzogen, aber alle Flüchtlingsfrauen konnten befreit werden."

Und diesen Dr. Ferdinand Gravers, angeblich ein Facharzt für Reproduktionsmedizin, hatte Mark begeistert als Koryphäe auf seinem Gebiet gerühmt.

Ich fragte meinen Mentor: „Da muss es ein riesiges Netzwerk geben mit ungeheuer viel Geld, und ihre Logistik ist vorbildlich, leider, und sie sind vollkommen verrückt, irre, skrupellos! Aber was geschieht denn nun mit den Frauen, sie werden doch nicht abgeschoben?"

„Nein, natürlich nicht. Die Frauen sind noch sehr jung, sie werden zu ihren Familien zurückkehren und - nun ja, wir hoffen, dass man die Neugeborenen so aufnehmen wird, als gehörten sie dazu."

Sein skeptischer Blick war in die Ferne gerichtet.

„Und was wird aus denen, die mit ihrem Geld diesen ganzen Rasse-Irrsinn unterstützen und ermöglichen? Werden sie nicht alles daran setzen, die Kinder zu finden, schließlich wurden sie doch aus dem Sperma ihres Führers gezeugt. Und, also, ich fürchte ja, dass diese Leute ganz schnell wieder frei kommen werden, die haben Geld und clevere Anwälte."

„Da hast du leider recht, Amanda, es sind insgesamt neunundfünfzig Personen festgenommen worden, davon sind fünfzig schon wieder frei, bei neun beschränkt sich die Anklage oder der Tatvorwurf auf kaum beweisbare Tatbeteiligungen und nur bei Dr. Gravers und Mark, also er heißt ja in Wahrheit Heinrich Wegener, nur bei den beiden kann eine Anklage wegen versuchten Mordes, Freiheitsberaubung usw. formuliert werden."

„Und welche Rolle spielte eigentlich dieser Professor Laubner, ist er wirklich ein V-Mann?" Mein Mentor blickte auf die große Uhr, die über dem Türrahmen hing.

„Ach, der Laubner, ja, der wurde eingeschleust, aber nicht

von uns, er hängt mit dem Staatsschutz zusammen, darüber weiß ich nicht sehr viel. Aber er hat in den vergangenen Tagen so einiges dazu beigetragen, das Schlimmste zu verhindern."

Er informierte mich, dass die Zeit für meine Fragen beendet sei und ich bemerkte, dass die Erinnerung an Mark, also eigentlich an Heinrich oder an Wolf, schon zu verblassen begann. Der Einfluss der Himmelsleute bewirkte das, niemand von den Himmelsboten sollte nach den Einsätzen einen Gedanken daran verschwenden müssen, in welch großer Gefahr er oder sie geschwebt hatte.

„Meine liebe Amanda, du musst jetzt gehen. Wenn du diesen Ort verlassen hast, wird die Erinnerung an deine Mitwirkung gelöscht sein, bei allen Beteiligten, das schützt dich vor irgendwelchen rachsüchtigen Anschlägen. Leb wohl, Amanda, wenn wir dich das nächste Mal brauchen, werden wir uns melden!"

Zuerst verschwamm sein lächelndes Gesicht vor meinen Augen und dann, ich schmeckte noch die Süße des Cocktails auf meiner Zunge, befand ich mich schon an einem anderen Ort. Die Sonne schien und ich dachte, wie nett es doch wäre, einen Spaziergang durch die Befestigungsanlagen der Goslarer Altstadt zu machen und am Breiten Tor in der Bäckerei neben dem Werderhof einen Kaffee zu trinken.

Charlotte

Charlotte stieg aus dem Taxi, sie war sehr nervös, mehrmals hatte sie sich im Vorbeigehen ängstlich in Schaufenstern betrachtet. Sie war so alt geworden, würde er sie überhaupt noch erkennen? Alles stand auf dem Spiel, es gab kein Zurück.

Als sie endlich wagte, auf die Klingel zu drücken, zitterte ihre Hand. Ein Mann öffnete, er stand gebeugt im Türrahmen und sie musterten sich gegenseitig mit wachsender Neugier. In seinen Augen, in seinem faltigen Gesicht war etwas, das Erinnerungen wachrief, Erinnerungen an einen kleinen Jungen, mit dem sie die ersten siebzehn Jahre ihres Lebens verbracht hatte, mit dem sie herumgetollt war und auf den sie aufpassen musste, wenn die Eltern zu beschäftigt waren.

„Armand? C'est moi, Charlotte."

Bewegungslos stand er da, starrte sie an und Charlotte machte sich schon bereit, wieder zu gehen.

„Mon Dieu, mon Dieu, Charlotte!!!" Er machte einen kleinen Satz auf sie zu und schloss die zierliche, alte Frau so fest in die Arme, dass ihr für einen Moment die Luft wegblieb. Dann zog er sie ins Innere des Hauses und rief aufgeregt: „Fred, viens ici, Charlotte est déjà là!"

Jemand kam um die Ecke geeilt, stand im Flur, ein großer, schlanker Mann. Fred. Er blieb stehen, außer Atem, sah sie nur an, wortlos, sah das Leid in ihren Augen, die Angst. Behutsam nahm er ihre Hände, zog sie zu sich heran, sie küssten sich in der in Frankreich üblichen Weise auf die Wangen, dann drückte er sie an sich und die Zeit hielt einen Augenblick den Atem an. Beide verharrten in der Umarmung.

„Nun kommt schon, Kinder, meine Frau wartet drinnen mit dem Essen und Charlotte hat die französische Küche bestimmt vermisst!" Armand rieb sich wie ein Kind lachend die Hände, während sie ins Wohnzimmer gingen.

Epilog

Ich sitze gern im Straßencafé und beobachte die vorbei flanierende Menschenmenge. Natürlich ist Goslar nicht mit einer französischen Kleinstadt zu vergleichen, aber die deutsche Gemütlichkeit ist auch ganz angenehm, vor allem, wenn man gerade zwei hektische Wochen in Étretat verbracht hat. Ich habe meine Tochter Johanna und ihre Familie besucht und mir kommt es vor, als seien René, mein Enkel, und ich die gesamten vierzehn Tage und Nächte nur umher gerannt.

Ein Mann, sehnig, mittelgroß, mit schlohweißem Haar, ungefähr Anfang sechzig, schlendert vorbei und bleibt neben meinem Tisch stehen.

Er wirkt beinahe wie ein Bittsteller, als er fragt: „Darf ich mich zu Ihnen setzen?" Sein Gesicht ist verhärmt, seine Haut unnatürlich bleich, er sieht aus wie jemand, der lange nicht an der frischen Luft gewesen ist. Sein muskulöser Oberkörper und die betont aufrechte Haltung lassen auf intensives Krafttraining schließen. „Sind Sie von hier?" Er sucht Kontakt, nicht zu übersehen. „Ja, ich wohne um die Ecke." Er dreht sich um, als könne er meine Wohnung entdecken.

„Goslar ist eine schöne Stadt, ich heiße übrigens Heinrich." Unsicher lächelnd rückt er seine Sonnenbrille zurecht, die ihm vom Kopf zu rutschen drohte. „Ein furchtbarer Name, Heinrich, vollkommen aus der Mode geraten, ich weiß, vor allem, wenn die Leute einen Heini nennen!"

Er lacht zu laut, das hohle, irgendwie traurig klingende Lachen eines starken Rauchers. „Stört es Sie, wenn ich rauche?", er hat die Zigarette schon im Mund. „Nein, es stört mich nicht, ich wollte sowieso gerade gehen."

Ich stehe auf und gehe, während er mir enttäuscht hinterher blickt.

Die Autoren Jani Pietsch und Dr. Friedhart Knolle u. a. haben die leidvollen Schicksale der Zwangsarbeiter, die Funktion der Munitionsfabrik `Tanne´ während der NS-Zeit und die Spätfolgeschäden der Gifte für Umwelt und Natur aufgearbeitet und in Buchform herausgegeben.

Mein besonderer Dank geht an Dr. Stefan Cramer, der mir half, logische, stilistische und grammatikalische Fehler zu finden und zu korrigieren, für alle noch vorhandenen Fehler jedweder Art bin ich selbst verantwortlich.